最温情的校园散文

陆城 主编

一个故事，
也许会让你感受那
至情至爱的暖洋洋的氛围；
一段经历，
也许会让你萌生
跋涉红尘、豪情万丈的冲动；
一句箴言，
也许会让你受益匪浅、
增添勇往直前的力量。

团结出版社

UNITY PRESS

图书在版编目(CIP)数据

最温情的校园散文 / 陆城主编. —北京：团结出

版社，2014.1(2017.10 重印)

ISBN 978－7－5126－2333－0

Ⅰ.①最… Ⅱ.①陆… Ⅲ.①散文集－中国－当代

Ⅳ.①I267

中国版本图书馆 CIP 数据核字(2013)第 302452 号

出　　　版：团结出版社

　　　　　　(北京市东城区东皇城根南街 84 号　邮编:100006)

电　　　话：(010)65228880　65244790(出版社)

　　　　　　(010)65238766　85113874　65133603(发行部)

　　　　　　(010)65133603(邮购)

网　　　址：http://www.tjpress.com

E－mail:65244790@163.com（出版社）

　　　　　　fx65133603@163.com（发行部邮购）

经　　　销：全国新华书店

印　　　刷：北京中振源印务有限公司

开　　　本：710 毫米×1000 毫米　16 开

印　　　张：15

印　　　数：5000

字　　　数：180 千

版　　　次：2014 年 1 月　第 1 版

印　　　次：2017 年 10 月　第 2 次印刷

书　　　号：978－7－5126－2333－0/I.882

定　　　价：39.80 元

前　言

　　校园文学,作为校园生活中一道最生动的风景线,点缀着青青校园。一批又一批对文学怀有崇敬和追求的人,曾在这片流动的风景里踩下自己奋进的足迹。在青春萌动的人生季节中,花样年华的学子们不但拥有追求理想的热情和信念,而且还建立起了纯真的友谊,当然也无法避免地会有无奈、失败、哭泣、困惑……所有这些构成了生命中一段最单纯透明、最富有梦想与激情的时光。

　　一个人在其一生的时光里,阅读一些立意深远、具有丰富哲学思考的散文,不但能够开阔视野,重新认识历史、社会、人生与自然,获得思想上的领悟,而且还可以学习散文家们高超而成熟的创作技巧。

　　读优美的散文,就像喝一杯好茶,馨香久久难以忘怀。读一本好书,就像跟众名家对话。本书篇篇精品都来自于名家高手,篇篇都是人类的共同财富;篇篇都寓意深刻、辞藻优美、尽显大师家风范。同时本书内容涉及广泛,包罗自然、社会、人生等很多方面。在名家名作前,能够启迪心智、丰富思想;它给读者提供了一方鸟瞰校园文学的视窗,是青年人陶冶情操、增进文学、艺术、美学等方面修养的必备读物,也是忙碌的现代人的一片憩息心灵的家园。

这些文章中的故事,有的与我们自己的生活很相似,甚至是我们曾经经历过的,那么会在不经意间就深深地拨动我们的心弦;也有一些与我们相差甚远,那么它们会开阔我们的视野,丰富我们的生活体验。

目　录

第一辑　似水流年

最温情的校园散文

第二辑 心泉呢喃

第三辑　且听风吟

第四辑　品味人生

最温情的校园散文

第五辑　雕刻时光

第六辑　往事如昨

最温情的校园散文

似 水 流 年

春天盛开在左耳与右耳间

孟祥宁

　　和往常一样背着书包,迎着升起的朝阳上学校,当我把车子锁好后,一抬头,看到校园围栏外,一棵开满白色花朵的小树,一团团一簇簇的小花叠在一起,在微风的吹拂下,幸福地摇摆着。平时上学下学,来来往往间从未发现,它竟然这样一点又一点地开满了整棵树,仿佛一夜之间,幻化出了一个春天。

　　我在细微深处发现了春天,激动得我驻足,久久不愿离开。我怕我一离开,那些美丽的花瓣,就会随风飘逝;我怕我一离开,那些美好的景象,就一去不复返。我贪婪地望着,像很多年前,我还是个小孩子的时候。

　　那时小学的操场,还是石砖地,我穿着红色的小皮鞋,咯哒咯哒地跑着,缝隙里的尘土扬了一路。我跑到一棵大树下,树上开满了不知名的花,深深浅浅的黄色,有清香萦绕在鼻尖,飘入我的心中。我仰起头望着,阳光从叶子的缝隙穿过照在脸上,我眯起眼睛,赞叹于春天的美好。

　　突然,一只毛茸茸的东西掉在了我的脸上,我尖叫了一声,发现地上是一只棕色的杨树花。背后响起调皮的笑声,我扭头看见他捂着肚子笑弯了腰。我上前揪他的耳朵,他才停止了笑声,嗷嗷叫着"女王饶命"。

　　他的耳朵就是被我揪大的,我坐在他的左边,只要他出线了,我就揪一下他的耳朵,所以他的左耳要比右耳大。这以后,只要我再惩罚他的时候,他都要先说一个"停"字,然后转过身换个角度,露出右耳。于是,他的耳朵总显得比平常人大一点,我为小时候的事情感到愧疚,毕竟他的外号从来没有变过——大耳朵图图。

他的学习很好,也许与我经常揪他耳朵有关吧。我们都考入了最好的高中,有同样伟大而崇高的梦想。他说,等到三年后的春天,会有花儿盛开,这样到了夏天,花儿一定会开得热烈而奔放。

仿佛时光轮回,现在我每天骑车仍然沿着几年前的路线。沿途卖煎饼的阿姨,周围总是围着一圈准备上班上学的人。她辛苦地摊着煎饼,脸上挂着汗水与微笑,早餐工程的车上还是摆满了面包与豆浆,报亭还是挂满了报刊和书籍,偶尔还会想起曾经将买零食的钱攒下来,只为了每月必看的《漫画 party》。小学的操场,石砖地早已换成了塑胶跑道,楼房被粉刷一新,那棵大树却依然在那挺立着,只是比以前更加苍老。树下是一群群跑跳着的小孩,追逐、打闹、唧唧喳喳地说笑,只是少了一个仰面看花的女孩。

物是人非事事休,欲语泪先流。每每想到以前,心中总是充满了淡淡的忧伤与向往。或许成长就是一件令人欢喜又令人烦恼的事情,我们改变不了,那就欣然接受吧。

微笑着穿行在家与学校的路上,两旁的槐树泛了绿色,远处的阳光依旧明媚。

有时还会感到书包的沉重,未来是否会达到理想的目标,还是一片渺茫。每当我背书背不下去的时候,每当我做题做到流泪的时候,他的话都会回响在耳边——把握春天,才能迎接热烈而奔放的夏天。

从食堂回来,路过理科班的时候朝里面瞥了一眼,吵吵闹闹的男生在过道跑来跑去,他坐在座位上的身影时隐时现,戴着黑边眼镜,怀着伟大而崇高的梦想,安静地学习。

这时他抬起了头,目光与我相遇,有些惊讶的神情。我突然很想喊他一句"大耳朵图图",却将话咽回了喉咙,我很想再揪他耳朵一下,可我知道这不可能,毕竟我们不再是不谙世事的孩子了。

他突然将手中的笔放下,双手拽着自己的耳朵,吐着调皮的舌头。

时光一下子回到了那个春天,树下的我拽着他的耳朵,他嗷嗷叫着"女王饶命"。

我的眼眶竟微微有些湿润,莞尔,转身离开。

我抱紧手中的课本,没有一刻比现在更想抓住春天。

毕业了,才记起老师的好

孟祥宁

夏天,是个离别的季节。阳光温柔地照在我们身上,像老师曾经拍着我的肩膀。

毕业照上我们灿烂的笑脸,记录着往日美好的时光。看着一个个老师的微笑,耳边仿佛回响着他们的谆谆教诲,黑板上他们挥汗写下的板书,深深地印在了我的脑海。

我将初中三年所有的学习资料全部整理出来,竟装了满满两大箱子。我曾经非常痛恨它们,是它们剥夺了我玩耍的时光,占据了我的生活,我也曾抱怨老师留的作业,多得让人喘不上气。而现在,看着这些书,轻轻地摸一摸,上面落满了灰尘,竟有些怀念与感激。怀念以往在台灯下熬夜苦读的时光,怀念咬着笔头苦苦思索数学题的神情,怀念老师鼓励我们坚持下去的话语。更多的是对老师和书本的感激,他们使我取得了优异的成绩。

以前,我们总是把老师对我们的关心和爱,当作是一种习惯,然后理所当然地去享受,等到真正分开之后,才发现老师的重要。

我曾经把老师对我的忠言抛到一边,然后义无反顾地去做自己想做的事情;我也曾不顾老师的劝阻,像飞蛾扑火般扑向熊熊烈火,直到遍体鳞伤后才觉醒;我曾经在交作业名单中偷偷打过勾,只为了一支草莓味的棒棒糖,然后笑着对老师说作业交齐了;我曾经被老师冤枉,然后哭着在桌布上写下恶毒的话,一抹眼泪后嘻嘻哈哈地以为咒语会实现。

现在想想,我当时真的好幼稚。

人总是在变,我们都在成长。人生的路上会有各种各样的声音,好的、坏的、善良的、恶毒的、你喜欢听的、你不爱听的,这些你都要用自己敏锐的耳朵去聆听,而且要用智慧的大脑去分辨。我一直相信,一个好的老师,是绝对不会误人子弟的。

课堂上,老师踮着脚尖在满是字的黑板上将最后一行笔记写下,不顾自己红肿的嗓子用沙哑的声音讲课;运动会上,老师努力地敲着瓶子,用自己矮胖的身子跳着为我们加油,一滴滴汗水在阳光下泛着光。

我们总是犯着同样的错误。离开了,才发现相守的好;误会了,才发现理解的好;生病了,才发现健康的好。我们总是安然地享受着上帝赐予我们的每一样东西,却从不懂得珍惜。只有当你永远失去它时,你才会发现它的好。

毕业了,我们才记起老师的好。

一夜长大

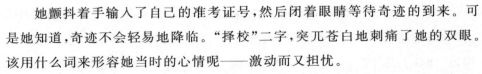

孟祥宁

她颤抖着手输入了自己的准考证号,然后闭着眼睛等待奇迹的到来。可是她知道,奇迹不会轻易地降临。"择校"二字,突兀苍白地刺痛了她的双眼。该用什么词来形容她当时的心情呢——激动而又担忧。

她又想起那天她爸喝醉酒后说的一句话,考不上就别上了,掏钱的事你就

别想！伴随着重重的摔门声，她愣了一秒，泪就缓缓地流了出来。她的同学，因为加了分便可以一分钱不交直接开学。她开始恨自己为什么不是少数民族的，为什么自己的爸妈不是华侨，为什么自己的爱好和特长不被人重视。她开始觉得这个世界其实很不公平，可又能怪谁呢。

她关掉电脑，忐忑不安地把成绩告诉了爸妈，就扭头回到了自己的屋里。她倒在床上久久不能入睡，她不知道以后自己的命运会变成怎样，不知道以后的路该往哪走，大脑一片空白。她听到爸妈在床上辗转反侧的声音，突然觉得很对不起他们，他们起早贪黑，每天辛苦地干活，有时候回到家大汗淋漓，却一个累字都不提。

闷热的夏夜，让人喘不上气，身上黏黏的，她想起身去洗把脸，便悄悄下了床。她听到爸妈房间传来阵阵私语，就悄悄地贴着房门偷听。声音很小，但还是可以听个大概。原来，他们早已准备好了择校的两万块钱，因为他们无意中看到了她在本子上写着"铁公鸡，一毛不拔"的幼稚的话语。她顿时报颜，羞愧地低下了头。

她回到床上时，脸上湿漉漉的，不知是汗水还是泪水。她下定决心，一定不会让爸妈失望，她要用努力来回报父母。

她想起自己总是嫌弃房子不够大，不够豪华，却永远不知道爸妈为了挣钱流下的一滴滴汗水；她记起自己为了一点小事和爸妈大吵大闹，摔碎刚刚擦干净的盘子，却永远读不懂爸妈因为心酸而掉下的泪水；她忆起自己因为自行车不好骑，便说出希望小偷可以偷了去之类的话而被爸妈打了一巴掌，却永远不能体会那一巴掌带来的无奈与失望。

她永远也数不尽爸妈为自己流下的汗与泪，永远也感激不完爸妈对自己的爱。

她想着想着，闭上泪眼，渐渐睡着了。

第二天，她起得很早，爸妈也刚起床，她穿好衣服对他们说："我们不要大房子了，现在房价太高；我也不要山地车了，一会儿我把车子打打气，用布擦干净，还能骑上几年呢；手机也不用换新的了，又没有坏，能打电话就行了。哦，我去买早餐，你们不用做了。"说完，她就出了门。

爸妈一脸诧异地看着她，直到听到房门"咚"的一声关上，才异口同声地说："这孩子一夜之间长大了？"

这一路

孟祥宁

这个城市骤降大雪，我们也被迫停课，和好友约好去离家很近的公园打雪仗。外面白茫茫一片，马路上偶尔有几辆汽车在雪里艰难爬行，缓慢得像一个个白色的乌龟。本来很宽敞的道路被厚厚的大雪覆盖，仅有一条被人们踩出的狭窄弯曲的羊肠小路。我小心翼翼地走着，到了一个十字路口，抬头看看是红灯，于是便歇歇脚，我往旁边站了站，给后面过路的人让出那条羊肠小路。

突然有人问我："前面过不去了吗？"

我忙说："哦，没有。"

"那你站着干什么，为什么不过去？"

"因为前面是红灯啊……"

那人诧异地看了我一眼，就径直往前走了。我的脸突然就红了，说那句话的时候也显得那么没有底气，好像我做错了什么似的。

等到绿灯亮起，我才慢慢地往前走。

我一路上一直纳闷：为什么不是我问她你为什么要走，而是她反过来问我为什么要停下来？

我只是做了我该做的事情，这样都会使人疑惑，我真的不知道究竟是为什么。

我问过很多人，为什么他们要闯红灯，答案也无非是"赶时间啊""又没有人"，但有一个答案我当时听了就笑了——"别人都过去了我看着不爽"，笑完之后心里突然凉了，莫名地感到很悲伤，哦，不，是悲哀。

后来又往前走，迎面遇上一个男士，看他戴着一副眼镜，应该蛮有学问的，我刚这样想着，就看见他鼻子一吸，随口就吐了一口痰，白皑皑的雪地上开出一朵小黄花，我厌恶地将头扭到了别处。

我于是打消了"还要尝尝雪的味道"的念头，打消了"和同学在雪地上打滚"的念头。我的胃突然剧烈地抽搐。

不到一个课间的时间，我目睹了这个冬天的五次"花开"。

然后我便沉默了。

于是再也没有兴趣去触摸那些纯洁美好的东西，仿佛轻轻一碰，便会沾染上污浊。

我不能说自己受过很好的教育，毕竟还很年轻。我只是觉得，像生活中这么简单的小事我们都做不好，那更别说干一番大事业了。并不是每个遵守规则的人都能成功，但我敢肯定，每个成功的人都是遵守规则的人，他们往往非常注意身边的细节。

前苏联宇航员加加林乘坐"东方"号宇宙飞船进入太空遨游了 108 分钟，成为世界上第一位进入太空的宇航员。加加林之所以脱颖而出，起决定作用的是一个偶然事件。原来，在确定人选前一个星期，主设计师罗廖夫发现，在进入飞船前，只有加加林一个人脱下鞋子，只穿袜子进入座舱。这个细节使加加林一下子赢得罗廖夫的好感，并执行了这次飞行任务。

我们的路还很长，以后还会有很多考验，但我的心中会一直坚守一个信念，那就是——凡事从遵守规则做起。

我抬起头，前方又是一个红灯，我停了下来，装作看不到那些径直往前走的人的身影。

这一路很短暂，却走得我刻骨铭心。

青春的长度

孟祥宁

春暖花开,阳光正好。微风吹过发梢,听着音乐,我沿着操场跑道的边缘漫步,低头数着自己迈过的步子。

七分钟,从食堂走到教室的时间。比起青春的长度,应该是很短的吧,可我们的青春年华,还剩下多少个七分钟?那些无意中被冷落的青春,现在却再也无从找寻。

星期日,一周的最后一天。从星期一到星期日,是一个轮回,生命就处在这一个又一个七天中。每天都有不同的风景,不同的心情。

十七岁,一个花季少女的年龄。不知道该喜还是忧,突然很不愿意长大,突然很怀念儿时玩过的游戏,突然听着听着歌,眼眶就有些湿润。

很小的时候,每当看到那些大哥哥大姐姐,他们骑着单车,耳朵里塞着耳机,一副悠然自得的样子,就无比羡慕,我却不得不背着书包,继续在林荫道上慢慢地走。当自己真的长大了才发现,小孩子看到的,永远只是我们骑着单车飞快掠过的身影,却永远感受不到,肩上背的书包的重量。

于是开始试着回到过去,像孩童般蹦蹦跳跳,却发现自己的步伐竟是那么沉重。试着卸去伪装的面具,露出曾经那些纯真的笑脸,干净得不带一丝杂质,却发现脸上的笑容早已僵硬。

不知道是时间改变了我们,还是我们自己改变了自己。

初春的阳光,既不那么黏人,也不会让人感到寒冷。微微斜落在地上的影

最温情的校园散文

子,散发着一丝丝遗憾与淡淡的伤感。

我喜欢低着头走路,并不是自己不想面对现实,也不是自己害怕众人的目光,只是,这样可以离自己的心脏更近,更能听清心跳的声音。

低头走路,但要让梦想高高飞翔。

听到有人喊我的名字,抬起头,一张干净白皙的脸,白衬衣在微风中摇摆,和小时候一样,他总喜欢穿一件干净的白衬衣,皮肤也一直那么白皙。他抱着篮球,冲我一笑,我羞涩地打个招呼。很久没有联系过了,现在我们都变高了,长大了,再也不是曾经一起玩过家家的小屁孩了。那个时候即使满手沾满泥巴,也会想象成是甜蜜的巧克力酱。

现在还会玩幼稚的游戏吗?我们都自以为成熟了,翅膀硬了,能够为生活奔波了,却也丢了些什么。

我们互相点头微笑,他与我擦肩而过时,我轻轻扭头,嗅到了他身上散发的清香,像刚长出嫩叶的柳枝,像刚开出的一朵小花,像春天的味道,像阳光的味道。

此时我们的影子,被阳光拼凑成了一幅完整的图案。

继续享受阳光的温暖,享受只属于孩童时代的漫步,却怎么也无法走出像猫一样优雅的步调。

远处的天台上站着一个长发飘飘的女孩,看不清她的表情,但能感受得到她向往蓝天、向往自由的渴望的目光,这里的每个人,都是向往着的吧。

穿过一条走廊,墙面贴满了学生的作品,五颜六色的画,各式各样的人物。自己的屋子,曾经也贴过画的,一张墙满满的,现在也早已被我丢进了废纸箱,和那些无穷尽的卷子混杂在一起,才显得那么绚丽多彩。现在看起来笨拙的不规则的线条,那时却是熬夜趴在爸爸高高的书桌上,一笔一画认认真真描绘出来的,描绘的是对未来的美好憧憬,现在多少感到一丝失望。

很多东西,很多事,很多人,也都被我们遗忘在了废纸箱里了吧。

五楼的高度,我怀抱着书本,气息均匀地向上走,我想象自己在登天,只要一步一步地走,总有一天可以触到云朵。

身边来来往往的学生,我们素不相识,却也因为某些缘分在这里相遇。一生中也会遇到无数个素不相识的人,虽然素不相识,但我们每个人都怀抱着同样美好的理想。

还有三层,两层,一层。

阳光透过教室的窗户,无论在哪里,总能捕捉到她的身影。

阳光照到水瓶中的水面上,映射在天花板上显出一道道波纹。像老人脸上的皱纹,总有一天,我们也会这样,染上岁月的沧桑与无奈。

但是也要微笑,面向阳光。

五楼的高度,虽然不会触及云彩,但我们的眼前,却充满了彩虹般绚丽的色彩。

我的青春是首歌

孟祥宁

我们站在山脚下,天空中弥漫着雾气,空气湿润,柔柔地包围着皮肤。雾岚中时隐时现的翠绿,大片大片的野花点缀,给山峰穿上一件花衣。清风徐徐吹来,将我两鬓的发丝拂到眼前,深深吸一口新鲜的空气,然后大口地吐出,顿觉清爽宜人。

清晨起床,看着窗外淅淅沥沥的小雨,心想同学们肯定都不去了,心里泛起一点的无奈与惋惜。到了集合的地方,看到一个个花花绿绿的小伞,还有伞下那一张张可爱的笑脸,我不禁微微湿了眼眶。我们亲切地拥抱、握手,然后一起谈论自己的理想,就这么踏上了旅途。

我们手拉手,一步一步地爬着台阶,嘴里呼哧呼哧地喘着粗气。抬头看

最温情的校园散文

看,男生们早已经把我们甩下走得远远的了。不愧是篮球队的啊,我发出一声感叹,然后拉着我同桌的手继续慢慢悠悠地往上爬。

还记得,那天烈日炎炎,放学后我们班男生要和邻班的男生打比赛,在他们软磨硬泡之下,外加一根阿尔卑斯棒棒糖,我便决定和几个要好的女生帮他们加油。我们坐在篮球场的一边,抱着一箱矿泉水,戴着粉色的鸭舌帽,用手里喝完的塑料瓶边喊边敲,有的花痴甚至还站起来,大声呼喊着爱慕已久的男生的名字。我则安静地坐着,一口一口地喝着水,可是却目不转睛地盯着他。有时候遇到一个漂亮的三分球,便和他的目光相对,我对他微微一笑,攥紧拳头做出一个加油的姿势。我能看得见,他的汗珠在阳光下闪着一点一点快乐的光芒。

可不可以慢一点啊,等会儿我们。无奈之下我只得拖着疲惫的嗓音大声冲着远处的那群超人喊道。

他们停了下来,笑着俯视我们,好像我们像一群乌龟一样。我真有种想扁他们的感觉。

我们好不容易爬了三分之一,衣服已经可以拧出水来了,我们一人买了一支老冰棒坐在亭子里休息,互相看着对方,即使一句话也不说,仍能感受到依依的惜别之情。

曾经我们就是这样子,一下课,便朝着对方的座位瞧去,四目相对后,嘴角上扬,眉目中传来的全是爱恋。即使他不在,我静静地望着我送他的笔袋,心里也会感到很舒坦。我嘴里嚼着鬼脸嘟嘟,然后示意他吃不吃,他张开嘴,发出啊的口型,我就比划着往他嘴里一扔,然后自己赶紧吃掉,还有滋有味地发出吧唧吧唧的声音。他跑过来抢,我就抱着我的饼干在教室里跑,可惜每次的结局都是——我的饼干一个也不剩地全部进了他的肚子里。他揉着鼓鼓的肚子喝一口水,吃饱喝足之后满足地看着我说,嗯,味道不错,还有吗?我超级鄙视地说,你知道你这种行为叫什么吗?得寸进寸!他打了一个饱嗝,不对,是得寸进尺。我笑着对他说:无尺(耻)!然后哈哈笑着跑开了。

有人建议打牌,于是大家分成了两拨,一拨继续爬山,另外的人留在这里。我跟在他的后面,一边爬一边说,我一定要瘦成纸片人,然后便赶上了他。他诧异地看着我，纸片人？那你还有人要吗？我瞪着他，哼！当然有了。他坏坏地笑。

山里的空气可真凉爽，风吹在身上，汗液被蒸发掉，还有点冷的感觉呢。我扶着栏杆，放眼望去，郁郁葱葱的树林，叶子上缀满了雨珠，还啪嗒啪嗒地往下掉，不时飞过来几只不知名的鸟，穿着黑色和白色相间的美丽衣裳，忽地就又飞回去了，消失在这片林子当中。

我们走到清泉旁边，听着水声，看着鱼儿游泳，轻轻地捧起一滩水洒在脸上，凉爽至极。他走过来，冲着那边指着说，看！松鼠。我就真的傻傻地扭头去看，正纳闷呢怎么什么东西都没有啊，突然头上一阵凉，他洒了我一身水！我开始追他，好像忽然就恢复了活力。

闹着闹着，就快到山顶了。我累得一步都走不动了，他挽着我的胳膊，鼓励我，就像体育考试时一样。我还清楚地记得，当时冲刺时我狰狞的面目，他在旁边的一句句加油，我追随着他的脚步，奇迹般地得了满分。

我们就这么连滚带爬地到了山顶，回头一看，本来一大帮子的人只剩下三四个了。我看着我们走过的路，好长好长，突然很有成就感。那美丽的鸟儿在盘旋，好像在庆祝我们，我的心情非常愉快。

手机突然响了起来，我按了接听键，他们那些打牌的人已经坐上了返程的汽车，说是太累了，约我们在KFC见。

我很生气，又有点无奈。他们永远也感受不到"一览众山小"和"不畏浮云遮望眼"的气概，坚持不懈的人最终才能成功。我终于知道他们的成绩为什么提不上去了，这就好比爬山，遇到点困难就放弃，得到的是一时的轻松，可失去的却很多很多。

我和他并肩站着，望着那一条曲折的河流，仿佛还能听得到哗哗的水声。太阳从云层中露出了半个脑袋，照在河面上像一条白色的绸缎。

我突然想起一首老歌："青春的岁月像条河，岁月的河啊！汇成歌……"我想说，高中的生活像条河，我们再也回不去了，那些一起奋斗的时光，那些一起流汗的时光，那些一起玩耍、一起打闹的时光。都只能用来回忆了。

我们走向不同的岔路口，然后沿着各自的轨道生活。

我望着他，渐渐地湿了眼眶……

最温情的校园散文

你想做一只小鸟，逃避青春的无奈与忧伤

孟祥宁

看到你在网上的日志，充满了对教育的无奈与辛酸。你说，我们的青春还剩多少，只留下了数不尽的书本与练习。当我们年老的时候，又有多少回忆值得留念，没有欢笑、没有温暖、没有感动，每天埋头于各种各样的辅导书中，大脑只是用来想题、背书，根本没有空闲与朋友谈心，没有时间和父母共享天伦之乐。我们的青春被教育无情地支配，我们无能为力，只能向高考低头妥协。

我发了一条评论——你小子的日志最近这么富有文学色彩了，看来作文有进步了，好好学习吧，我们没有办法改变。

你回复了一个无奈的表情，眉头向下撇，嘴巴是一道波浪线，眼睛里泛着酸楚的光。

没想到，那是我们最后一次谈话。

如果早知道，我一定会好好劝劝你，让你重新拾起对生活的希望。

很小的时候我们就认识了，我们住在同一条街上，你在街的那边，我在街的这边。每天上学放学都一起走，那个时候，你和我一样高，玩石头剪子布只要我赢了，轻轻一抬手就能弹到你的额头。可是每次你都只是笑笑，露出一口洁白的牙齿。

小学的时光是如此美好，我们上课偶尔会开开小差，偷偷聊着晚上看什么动画片，下了课我们像一群小鸟一样飞出教室，在走廊里打闹，生活总是充满了欢笑。

上了初中后,我们被分到同一所学校,虽然不在同一个班,但还是能经常见面。你已经不再是原来喜欢梳中分头的小男生了,你换了一个更帅气的发型,有几缕刘海儿垂在额头。

你的个子也长高了,比我高出半头,我还是喜欢没事了就玩石头剪子布,然后一抬手,就能弹到你的额头。

那个时候生活风平浪静,我们都按部就班地学习,利用课余的时间一起去书店看小说,或是和同学到公园踏青,生活过得有滋有味。那时,我们都觉得自己很聪明,上课只要稍微听听课,就能考得很好,于是我们上了最好的重点高中。

刚开学,我就被高中快节奏的生活压得喘不上气,我总是比别人慢一拍,在别人都写作业的时候,我在看杂志,在别人都复习的时候,我开始狂补作业。每天生活得昏天黑地,没有一丝乐趣,大家也都只是埋头学啊学,根本没时间聊天谈话,就连去食堂吃饭也是一个人来也匆匆去也匆匆,稍微吃得慢点,就会担心自己耽误了学习的时间。

于是我开始变得沉默。

在校园里看到你,发现你的眉宇间也多了一丝忧郁。我试着去弹你的额头,却发现已经要踮起脚尖了。你真的长大了,长高了,变帅了。可是我们却都失去了些什么,到底是什么,谁也说不清楚。

青春里所有美好的时光,都被无情的试卷淹没。在我们的生活中,友情变得淡了,竞争变得浓了;亲情变得淡了,陌生变得浓了;快乐变得淡了,忧伤变得浓了。

我们的青春充满了各种各样的无奈,我对你说。

你点头,眼睛里泛起潮湿。

有时候我做梦都会梦到,在一堆卷子中间,扎着脑袋透不过气来,然后我张开嘴大声喊着救命,老师和家长的脸清晰可见,可他们却对我无动于衷。我说。

我想做一只天空中飞翔的小鸟,逃避青春的无奈与忧伤。你顿了顿,说道。

　　如果那个时候，我告诉你，即使做一只小鸟，也会有面对猎人枪口的恐惧与惊慌。

　　后来听朋友说，那天你在上课的时候写日记，被班主任发现了。他通知你的家长并谈了话，说了一些你最近学习状态不好之类的话。你始终低着头，没有说一句话。

　　那天晚上你写下了那篇日志《我们的青春，还剩多少》，我是第一个评论的，也是最后一个评论的。

　　后来你就把空间加密了，你收起了你的狂傲与不羁，你不再与老师作对，而是慢慢变得乖了。你在最后一周的时间里，试着与每一个同学微笑，与父母和老师好好沟通。

　　然后，传来了你自杀的消息。

　　你的父母跪在校门口，大条幅上清清楚楚写着几个大字"还我儿子的命"。

　　这种事情校园里也发生过，可没想到那么真实地发生在我的身边。

　　我翻出你给我写的同学录，上面你的照片是那么的阳光，你还是一笑就露出一口洁白的牙齿，让人看了之后，心里总是暖暖的。

　　我对你的照片说，你怎么这么傻啊，你小子怎么就不知道与我们一起渡过难关、一起挺过高考呢？你怎么能这么不负责任地撇下你的父母与朋友离开人世呢？天堂没有青春的无奈，那难道是你所向往的地方？

　　我说了好多话，才发现自己的泪水早已把你的照片打湿。

　　我们再也不能一起上学了，我们再也不能玩石头剪子布了，我再也弹不到你的额头了。

　　你真的变成了一只小鸟，逃避了青春的无奈与忧伤。

　　可你留给我们的，却是无尽的痛苦与悲伤。

海边童话

孙　禾

　　很小的时候，我就想编织一段海边童话，可一直没有。长大后，才知道竟真的有海边童话。

　　从前，有个煤球王子，历尽千辛万苦来到一座城堡，终于找到了那个和自己两情相悦的爱唱歌的乡下姑娘。从此，煤球王子和乡下姑娘在一起种地浇花，唱歌跳舞，谈情说爱，共枕一帘幽梦。当他们相爱到第九九八十一天的时候，乡下姑娘被一帮人用马车掠走了，煤球王子这才知道乡下姑娘就是白雪公主。煤球王子被赶出城堡后，每天都跪守在城门外，他只祈求国王能放过白雪公主。白雪公主被囚禁在一个没有阳光的木屋里，每天都在木屋里为煤球王子唱歌。白雪公主的歌声长了翅膀，从木屋的小窗里飞到空中，飞到城堡外落下，跌得粉碎，化作情丝化作思念化作牵挂，化作飞翔化作奔跑也化作泪雨一遍遍落下，溅起的泪花又凝成雾。泪雾聚呀聚，聚呀聚，聚到白雪公主再也不能为煤球王子唱歌时，泪雾便飘坠下来，汇成一片爱的海，淹没了整座城堡……

　　我就是煤球王子，你就是白雪公主，我们一路走来，不是为了大海而存在。我们的不远处，都有干净的天空，温暖的阳光支撑。我们的爱不会倒下，因为爱的海不会干涸，因为爱的海以水的名义，爱。我们真是太感动了，感动得几乎让人说不出话来。不知道，爱的海装有多少童话？不知道，爱的海会浮出多少花？我们爱海，爱海边的沙滩，爱有爱的脚步——因为，那爱的脚步里，注满

了青春,注满了童话,注满了梦想,注满了祝福——

给你。

也给我。

青春似水

崔东浩

如果说人生是一条河流,青春则是最富激情的那一段。

淌过童年的涓涓细流,人生便开始躁动个性的浪花,一朵朵一片片奔腾着青春的旋律。它的汹涌澎湃,它的桀骜不驯,时时拍击着岁月的堤岸,起伏着人生的航船。

作为个体,水是柔弱的,时常轻而易举地被其他物体所征服。作为群体,水是坚韧的,它可以不懈地滴穿顽石,毫无畏惧地冲破万重关山。所以说,水是最有团队精神的。它最初的探索可能是盲目的,而一旦确定了自己未来的流向,就会毫不迟疑地冲上去,在大地上勾划出一条条开拓者的足迹。

君子之交淡如水。它随遇而安,大有大无,有着极强的生命力,以灵活多样的存在方式显示着睿智的波光,涧溪、湖泊、河流、海洋,甚至人的汗腺和眼睛都是它灵魂的容器。它以超然的心态矫正着人际关系的坐标。所以说,水是万物里的君子。

我们常说水火无情,那只是指它的消极面。作为万物之源,水是最无私的,不管造物主把它降生到哪里,它都无怨无悔。它使生命得以延续,使江山充满灵性,同万物并肩抵御着太阳热能的消耗,同空气一起维系着人间情感。

青春之水从来就没有那么多的顾忌和条条框框，一旦旧的河床盛不下爆发的青春，便会冲破束缚，开创出新的渠道。它的透彻映照着世界的明媚，它的单纯往往容易造成泥沙混杂，它的勇敢震慑了前路的绊脚石，它的不羁又常常误伤无辜。单纯与复杂交织，创造与破坏同生，这就是青春，一段湍急多彩的人生之旅。

因为活力四溢神气沛然，所以常使人担心它的脆弱甚至易于崩溃。然而，青春之河是从来不会断流的，尽管有险滩暗礁阻拦，都挡不住它义无反顾的决心。顺应自然规律，后浪无情地淹没前浪的身影，而前浪会心甘情愿地扶助后浪一道流向远方。

有人喜欢风平浪静波澜不惊，其实他没有看到青春活力的作用和价值，没有体验过搏击风浪的快意。青春的魅力就在于壮怀激烈，没有青春世界就会如死水一潭，人生也就平淡无味。

由于条件限制，不是任何一滴水都能在洪流中激荡，不是每一条河流都能浩歌千里汇入大海，有的还没有落地就被无情地蒸发，有的被人为地浪费。尽管如此，都不能改变它张扬的个性。

涧溪岂能留得住，终归大海作波涛。正因为滴滴水珠流向大海的壮志，才有了江河滔滔万古长流的历史。青春不会因为自己是一滴水珠而渺小自卑，也不会因为堤坝的增高而收敛起张扬的个性。当精力不济渐趋平缓时，望着身后的滚滚波涛，它会自豪地说：我也曾经是这样。

最温情的校园散文

寂寞的时候

常大利

人总是有寂寞的时候,寂寞中会产生忧伤,寂寞中会产生惆怅,寂寞中会感到无限的孤独,寂寞中会去深思凝想。

寂寞多在夜深人静之时,寂寞多是独自一人之时,寂寞多是你身在他乡之时,寂寞多是在节假日之中。寂寞让你想到家乡和父母兄弟姐妹,寂寞会让你想到朋友和远方的恋人,想到往事,想到漫长的道路和未来的人生,也会想到故去的亲人,寂寞犹如冷雨冰霜。

其实,寂寞是人生中的常事,我们经常会面对无限的寂寞。怎样面对寂寞,那只有自己调解自己,在寂寞中寻找快乐,找一些事来做,把这看成是难得的安静,平衡心态,让寂寞不再寂寞。寂寞中你可以出外走走,寂寞中你可以去找朋友,你也可以到闹市中去游览,你也可以到歌舞厅去跳舞唱歌,你可以给亲朋好友打打电话,你可以自己摆一摆扑克、纸牌,你可以看看电视听听收音机,你可以读读你喜欢的书籍,你可以练书法、绘画、写作,上网打电脑等等。

寂寞并不是坏事,你要学会和习惯于在寂寞中生活。寂寞也许会让你去奋发图强,创造出新的成果,寂寞也许会让你深谋远虑,有益于你的事业,寂寞中你可对走过的路进行反思,产生新的思想,寂寞中你也许会创作出最好的绘画、书法或文学作品,寂寞中你也许会钻研出新的课题,你也许会去发明创造。一些大家、名家就是在寂寞中展现,在寂寞中创造出辉煌的成果。

寂寞是由于心态和环境所致,有人寻求喧闹繁华,有人却专爱在寂寞中生活,寂寞并不是寂静,而寂静会产生寂寞,躲进深山老林并不一定就会寂寞,身在喧闹的都市也会有寂寞,也会产生厌烦。性格也决定你是否寂寞,精神闭幽,思想沉闷也会产生寂寞,心中的压力会使你害怕寂寞。特别是失去精神依托、身边的亲人时,你有时更会感觉到寂寞好似一个无底深渊。所以,寂寞会与一些人终生相伴,寂寞是一种痛苦。寂寞也许会因年龄所而至,为了不让年迈孤独的长辈总是沉入寂寞,当儿女和晚辈的应常回家看看。

然而,寂寞并不可怕,我们要正确面对寂寞,哪怕是无限的寂寞。我们要想办法充实自己的生活,看到明天的希望,即使这种希望是幻想、空想、渺茫的,我们也要在期望中追寻。为了这个希望去努力,去鼓起生活的勇气,珍惜生命,坚定信念,也许最后你的希望真的会实现。

妈妈的心灯

凌代琼

在我的心中亮着一盏灯。这盏灯,是母亲用心为我点燃的。

那时,我在一个偏远的矿山"三班倒"。每当下小夜班回家,就像过鬼子"封锁线"一样怕。多坟、阴森、鬼故事般吓人的回家必经之路,硬将我颤抖的声音练得嘹亮。壮胆,壮出优美的歌喉,是我不曾想到的。

那天,当我走到那个毛骨悚然的地方时无缘由地生怕。就又故技重演,张口啊啊大叫壮胆。可这一叫,却引来汪汪汪的狗叫,叫声吓了我一跳。定睛一看,一只小狗已跑到了我的跟前。它摇头摆尾地围着我转,并用舌舔着我的脚。是我们家的阿黑,阿黑!我一声唤,汪汪汪,小狗叫得更欢了。阿黑的到

最温情的校园散文

来,令我一扫害怕的阴霾。一股母爱般的暖意,流遍我的全身。这是妈妈的心灯,妈妈流动的心灯。我激动地弯腰用手抚摩着阿黑,体会着母爱般的温暖。脑海里跳跃出心灯的往事……

少年,我想拥有一盏小马灯都想疯了。我想只要有了这盏小马灯,就是世界上最幸福的人了。停电我不害怕,走黑路我也不怕了。我还会在小马灯下读书,拎着小马灯到同学家串门,在地道里围着小马灯讲故事、下棋。可我们家穷,买不起小马灯。我只能听着外公讲宝莲灯的故事,用思维连接美丽的阿拉伯神灯,口中嚼味着冰心《小橘灯》文字的味道,手能触及的就是父亲的矿灯了。我常在晃动的美灯中惊醒。

外公去世,家中点着一盏香油灯。我反问母亲,你说人死如灯灭,为什么还要点灯? 母亲轻柔地说,这灯是人死后归途上的一盏路灯,有了它你外公就不会走黑路了。我看着母亲,突然间感到,那盏香油灯的光是那么温柔,跳动的灯花仿佛比外公故事里的宝莲灯还美丽。

那是月初,晚上又闹停电,我急中生智偷偷地用父亲的矿灯照着写作业。心里还在暗喜,父亲的矿灯光照我写作业,长大了应该孝顺父亲。光亮引来了妈妈。我被大骂一通。把你爸的矿灯电用了,你爸下井用什么? 井下可是上下左右前后都是石头,危险着哩! 跟你爸一船来矿上的 12 人,已在井下出事故死了 4 人,我们一家 8 口人就指望着你爸,这你应该知道吧! 没灯,妈妈给你想办法。妈妈拿来一只碗,将碗底朝上,倒香油在碗底上,再敛成线,做油灯芯,火柴一划,小油灯便点亮了。我于是不服又无奈地就在这灯光中做起了作业。灯光虽然不大,却驱赶了我眼前的黑暗。矿灯不仅是妈妈的心灯,也是我们全家的心灯,它还是我们家生活的小太阳。妈妈说以后做事,要能想到别人,不能只顾自己。我想着矿灯,注视着小油灯,顿时感到眼前的油灯比在农村看社戏的汽油灯还亮堂。小油灯下,妈妈一边看着我写作业,一边自言自语地说,没有光咋行,以后有事对妈妈说,下次妈妈给你做更好的灯。

可第二次妈妈的心灯亮起,时空已被切换。母亲对我所处的黑暗一无所知。我努力睁开眼,一起下放的知青分成两排站在我的病床边,看着他们关爱的眼神如妈妈所说的心灯一样温暖,我流下了热泪。我因体力透支,下放不到一个月就病了。是他们一个接着一个背了五里路，将我及时送到了公社医院。下放的知青们用爱温暖着我、守护着我，轮流为我陪床、送饭。我在病中时，知青们共同点亮的爱的心灯，让我感到了无尽的温暖。尘世间的风风雨雨也从来都没有吹灭过它。我享受着这温暖的阳光，一点一点地储藏着爱的热能，并对家中封锁了一切消息。我常梦见妈妈来公社医院看我，醒来后我时常注视着远方的路。

　　不知是心灵感应，还是第六感觉，准确地说是母子连心。我住院时突然接到母亲一封电报，"母病危儿速回"。看着电报，我在心里猜，莫非梦是反意？想到这里我真是归心似箭，哪里顾得上自己的病。冲出医院，急往家赶。此时，妈妈的电报就是引领我回家的心灯。可手里捏着妈妈病危的电报回家，心里害怕极了。我胡思乱想地想回城。推开家门，母亲却笑吟吟地迎接我。傻儿子，妈妈想你了！不发病危电报你能回来？想儿子却抓不着、看不见，那是怎样的一种感受与牵挂。当我为人父后，才体会出这种心空而不安的滋味。我闭嘴，坚决不说一个有关生病的字。琼儿，你是妈妈身上掉下的肉，初出家门，连小麦韭菜都分不清，下放农村的日子怎么过啊！母亲的话让我心一酸，我真想扑到妈妈的怀里，像小时候那样痛哭一场，可我已是一个男子汉，我必须坚强。母亲看我瘦的不像样子，心痛地说在家养一阵，妈妈给你好好补一补，再到农村去。你是妈妈的心灯，走远了妈妈心里瞎，回来了妈妈心里就亮堂多了。还有在农村谁给你们烧饭？你看，衣服脏得像黑狗肝，换下来妈妈给你洗干净。母爱的心灯又一次将我点燃。想着妈妈用诅咒自己的语言，换回远行的儿子的行为，我心里难过。我已找不到汉语适当的词组来形容我的心情，只喊了声"妈"，情感如决堤的水，再也忍不住了，就趴在桌上"哇"的一声哭了。因为那年我才 17 岁，根本不知道什么叫控制感情。

　　印象中的心灯，一下子照亮了十年的记忆。我也真可笑，前一阵为家中养狗还和她闹别扭，也太不懂母爱了。妈妈用她的方法为我点亮了一盏流动的心灯，是我无法想象的。妈妈的心灯将可怕的路程，变成我快乐的时光，一下子亮化了我心灵路程。我在这神灯的福佑下，与阿黑一起往家走。我对着夜空大喊：我有一盏世界上最美的灯了！我是世界上最幸福的人！我喊，阿黑也叫,那滋味真是有说不尽的甘美。现在提起,还让我甜滋滋地激动不已。到家了,我喊一声,阿黑叫一声;我连喊,阿黑连叫。还没开门,就听到妈妈的笑声了。不久,就听到母亲的鼾声了。过去,我躺在床上还能听到母亲不断地叹息呢。我抚摩着小狗,问自己幸福是从哪里来的。我还能说什么?只有行动是最好的回答。爱的光芒,吞食着心灵角落的黑暗,照亮了我的精神。我躺在床上,品味着母爱的味道,并享受着这种福佑,那一夜,我幻化出什么已记不清了,可我的梦好香好甜那是真的。

后来,我沿着爱的光,穿过了时间隧道里无数的昏暗。走到哪里我都不害怕,因为我有一盏明亮的心灯。这心灯帮我在人间大爱中,找到了许多珍贵的东西。妈妈的心灯,是母爱绽放的心花。我总是这样想,总有一天,心灯的光芒,会通透我的全身,会将我变成一个精神明亮的人。因为我也是妈妈的心灯,年老的母亲更需要儿女这盏关爱的灯。生命需要这种互相关照的爱,亲情也需要这爱的传承。

让失去的更加美丽

黄南军

人生就是在得到与失去中来回地摆动,像钟摆一样,永不停息,然而生活中更多的是一种失去。在情感上,在事业上,在诸多方面,也许我们在哀叹命运不济的同时,流露出的更多是失落、彷徨、伤感,其实失去的才是美丽的,一切都是最好的安排!

人相对宇宙空间是渺小的,是有限的,在追求中,不可能什么都会得到,给自己留下一定的空间去沉思,去冥想,坦然地面对失去。我曾记得这样一个故事:一个老人在高速行驶的火车上,不小心把刚买的新鞋从窗口掉了一只,周围的人倍感惋惜,不料老人立即把第二只鞋也从窗口扔了下去。这举动更让人大吃一惊。老人解释说:"这一只鞋无论多么昂贵,对我而言已经没有用了,如果有谁能捡到一双鞋子,说不定他还能穿呢!"有舍必有得,人要有宽阔的胸襟,不能只看到眼前的利益,而使自己处于被动的局面。

我们都在失去,失去金钱,失去亲人,失去朋友,也许当你不小心的时候也会将自己失去掉。失去,直观上看是悲悯的,实际上很多的事情当我们去面对的时候是无法抗拒的,我们应该去遵循自然法则,自然而然地去平和骚动的心,留下一点清凉,一份快乐,将自己的生命点燃,在激情燃烧的岁月里去追求过往的遗憾!

也许在失去中我们最难忍受的就是亲人的别离,一朝夕,化作一缕轻烟,魂系归来,可终究看不到,只能在感悟的空间去想象那曾经的片刻温情,以及留下的只言片语……

在我的记忆深处,我时常会想起我逝去的表姐,你在天国还好吗?我不得而知。我很怀念她,在我年少的时候她就悄然而逝,化作一缕尘埃,静静地走了。她还那么年轻,才30岁多点,可突如其来的脑溢血夺去了她年轻的生命。当时看到我姨妈都哭昏在地,还有我们,在那一瞬间也忍不住内心的悲痛。刚修的新楼,还有她的一双儿女,可表姐还是舍弃他们走了,也许是累了,也许是……在新的生命里去寻求新的快乐去了吗?我很难去诠释。

我曾经看过这样一篇报道,有位记者去采访一位年逾古稀的老人,在偏僻的山庄一座低矮的茅草屋旁,这位老人静静地坐在屋前的草坪里向记者讲述自己以前的经历:他童年就失去了父亲,年少的时候又失去了慈爱的母亲,当成家之后,妻子又不幸染上绝症,撒手人寰!之后他由于去山间采草药摔断了一条腿,到老的时候由于车祸又失去了儿子,现在孑然一身。但记者能感觉到这位老人的话语是那样的平和,过往的一切在他看来都不是太重要,他说重要的是我现在还活着,每天还能见到新的阳光,还有那山间的小溪水,还有那静静的大山,都使我留恋,每年清明,都会牵着我的小狗在我的父母、妻子、儿子

的坟前,向他们讲叙今天的生活,还有今年的新气象,他们会听到我说话的,我不会寂寞,我会为了他们而坚强的活着,也为了我自己……

让失去的更加可爱,更加美丽,当我们得不到的时候去转移自己的情绪,去追求你能追求到的,不能得到的,先暂且放一放,放下的是一种负担,得到的是一种新的人生理念。在这竞争的时代里,充满着更多的诱惑,留下着许多的传奇,在其中,会演绎更多的精彩和无奈,也许我们在没有得到时会苦恼、郁闷,可你得到了又能怎样,人是单一的个体,每个人的力量毕竟是微不足道的,如果只注重自身的感受,自己的欢乐,自己的利益取舍,我想就很难去进化和超脱自身,社会也会是很难进步的。

失去的已经失去,也许今生都无法得到,但你会得到另外的一些,没有了爱情,我还有亲情、友谊,我还有事业,没有了双腿,我还有我的双手,去耕耘幸福的领地,开拓人生美好的前景。

失去的更加美丽,你有你的生活目标,我有我的人生方向,在这世界大舞台我们都在扮演不同的角色。虽然曾经有过辛酸,有时我们会落泪,更多的时候就我们会为自己的角色而汗颜失色,但我们走过,曾经得到过,辉煌过,虽然随着时光的久远,会黯然失色,会失去,但人生本是一架不落的天平,平衡自我,平衡你的人生,让悲壮演绎成欢歌,成就你美丽的花环……

凰村时光

王诣

我总觉得我在读初中的时候已经非常懂事了,几乎有一种少年老成的感觉,现在回想起来,竟然非常奇怪为何会有那种感觉。但在别人的眼中,似乎我一直都有那种老成的感觉。也许自己一直都是这样走来的。

在凰村中学读书,记忆的时光是从初二开始的。初二我们就开始住校了。那时学校只有四栋房子:一栋教室,一栋食堂,一栋是老师宿舍,还有一栋是我们学生的宿舍。操场旁边的柳树上挂着一块大铁板,敲起来的声音却非常悠扬,能传出好远。有时我们还在上学的路上,听到钟声响起,便加快了脚步。

我们都使用井水,数九寒冬井水直冒热气,夏天却非常凉爽。教室里挂着一个巨大的电灯泡,幽黄的灯光照着教室,我们就在那样的灯光下自习。

寝室里的灯泡挂在中央,我们的通铺就在电灯泡下,电灯泡不时地被人碰得东摇西晃的,人的身影也随之摇晃。熄灯很长时间以后,我们才会在老师的反复督促下,安静地睡去。

我们星期六下午回家,礼拜天下午回校。从家里回校,带两罐咸菜,来度过一个礼拜的时光。偶尔让家里大人担点柴火,顺便交一点米给学校食堂,并帮我们领回饭票。我们把饭票看得很重,大多人没有零花钱,所以这个饭票就是我们最大的财产。我们的食堂里是一个老人在做饭,不管我们吃半斤还是六两,他总是只给半碗饭,他打饭的时候用锅铲包着饭筒一转,看起来非常用力,其实是趁机从中间刮走了一个大洞,饭又打得比较松,倒在碗里一下子就平了下去。我们便半碗饭接着半碗饭地从星期一吃到星期六,直到回家。

在我们学校前边有一户人家,夫妻都是瘌痢头,但是从他们那里可以用饭票换爆米花。我们有时下晚自习饿了便到他们家敲门。他们的态度很好,不管什么天气,都能起来,即便是煤油灯,他们的头还是显出与一般人不同的样子。但我们紧张的是他们给我们多少爆米花,我们不知道是多是少,在那样正长身体又是难得吃饱的时期,自己也觉得自己的胃口是无底洞,所以我们想到自己没有吃饱的原因并不是因为别人给的少了,而是因为自己实在是太饿了。那种爆米花非常香脆,这样我们就更没有理由去怀疑他们给少了。

初三的时候我们的晚自习加长了,我们也就更加饿了,尽管家里也想办法给我们带点零食,但是家里带的总是不够同学之间相互分享,总是吃不到几天就完了。剩下的几天还是在饥饿中度过,寝室里时常有米,但是我们无论怎样的饿,也不至于吃生米。但即便是这样,也会不时都有人反映他们的米少了,

最温情的校园散文

说是称米的老师扣了他们的秤,闹得家长都来过问了,却发现没有那回事,学校的秤杆没有问题,而且称米的老师也没有玩什么花招。后来还是有同学发现,有人拿米到镇上的小餐馆里换馒头,这才给我们一个答案。

初三,我们是大孩子,老师和家里人都把我们当成大人看。大孩子当然有接近成年人的生活方式,要不然就会对不住别人的重视。一个周末的晚自习,老师们都不在了,食堂里的窗口也是可以爬得上去的,当我们发觉到这点的时候,兴奋极了。家里为了方便我们读书,都帮我们配好了手电筒,当天色完全暗下来的时候,我们在校的四个同学打着电筒,提着蛇皮袋,去田野里捉青蛙。那时的青蛙很多,我们的眼神也特别好使,没有用多长时间,我们便捉回了半袋子肥大的青蛙。我们在池塘边打着电筒把青蛙宰了,清洗干净,然后顺便摸到附近的菜园子里,摘了一些辣椒,再翻到食堂里,点起火炒了吃。我们美美地吃了一个晚上,什么也没有留下,食堂里也没有什么反应。

离中考越近,老师们的要求也越加严格。我们仿佛都紧张起来,但是那种紧张也只是上课的时候稍微紧张一点,我们的升学压力并不大。早夏的傍晚有一段很长的时间属于自己,老师也鼓励我们到外面的田野里去读书,我们就趁这个机会,捧着书本,在田野里游走。田野里有山,山上有树;田野里有小路,小路边有花草;还有池塘,池塘边有平平的草坪。在田野中,我们的心思并不在书上,我们俨然大人一般谈论着班上的事情。似乎有很多人长大了,那个学期还没有结束,班里有一个同学就回去订亲了,订完亲之后就继续来学校上课。对这件事情学校有没有干涉,我们不知道,这件事情很平淡地过去了。那位同学初三毕业之后就很快结婚成家了。

我的同桌是一个多情的人,他上课的时候喜欢用手撑着头,不停地向右擦拂,时间长了,头发便固定地向右披着,额头便亮光光的,上课不怎么喜欢看黑板,只是喜欢朝一个女孩子的方位去看,那也正是在我们的右方。偶尔他会高兴得涨红了脸,那定然是那个女孩子回头看了他一眼。他便更加有劲地揩了几下头发,节奏也加快了许多。但顶多也只是那样看看,初中毕业之后,也没有什么传闻,始终都没有。

锦瑟华年

衣 水

中秋节这一天,天高气爽。我同朋友约好,一块去李商隐公园凭吊这位晚唐的诗中豪杰。驱车至郑州中原西路的檀山岭上,我们碰巧见到一对大学生情侣去李商隐公园休闲。与他们一路同行,我们省下很多问路的麻烦。

我很久以前就想来这里凭吊一番了。在课本里读《锦瑟》,吟《无题》,在做题中默写"夕阳无限好,只是近黄昏"。那时年少,不知何谓"锦瑟无端五十弦,一弦一柱思华年",也不知何谓"身无彩凤双飞翼,心有灵犀一点通",至于"夕阳无限好,只是近黄昏",就更不得要领。不过学生时代的我,朦朦胧胧之中,硬是把李商隐的很多诗句背了下来,至今不忘,时时还能脱口而出。

那些隐匿在历史深处的,或是忧伤凄迷,或是华美浮艳的诗句,随着我上大学、参加工作、学写诗文,随着青春的萌动、美丽的恋情、幸福的婚姻和家庭,我越来越感觉出它们的栩栩如生,仿佛触手可摸。我感觉到它们不再是一句句、一首首百无聊赖或可有可无的诗,而是诗人掩藏的穷尽他人生所有的哀婉。

所谓"锦瑟无端五十弦,一弦一柱思华年",让我深深意识到"而立不立"的我,锦瑟华年正悄悄流逝,属于哭也不是笑也不是的境地。我仿佛坐在一辆打圈转的车子上,听时光哗哗地不见或失踪。我已经跨进三十的门槛了,我看见一列开往坟墓的单向列车。人早晚都是要死的,而之前的往事之千重、情肠之九曲,都蕴藏于这音繁绪乱的锦瑟华年之中,又何止五十弦呢?

所谓"身无彩凤双飞翼，心有灵犀一点通"，已经不仅仅是李商隐和宋华阳的凄美爱情。李商隐一生命运多舛，怀才不遇，在"牛李之争"的夹缝里，委曲求全地度过四十七个春秋。他先是出自令狐楚门下，自然被归入牛党的阵列；现在他又成了李党的东床快婿，中国自古"忠臣不事二主"，而李商隐却如此轻易地"改弦更张"，是可忍孰不可忍！他的一生也只好如此这般始终伴随着牛党人的咒骂、诋毁和中伤，最终成了那政治漩涡中的溺水者。可谓"虚负凌云万丈才，一生襟抱未尝开"，嘘唏嗟叹，令人深思。

我们现代人常常呼吁理解、呼吁和谐，此时此刻，我们又怎能浅薄地简化这首《无题》诗歌的蕴涵呢？李商隐在这个他不能左右的政治漩涡里，最终也没能走向光明的仕途。他一生凄凄惨惨戚戚、怨怨恨恨恻恻，然而在孤独的内心深处，他越来越需要寻找精神的和谐和出路了。否则他这个才高八斗学富五车的一代大儒，终究会疯掉的。李商隐选择了人类心灵最柔软的部位——爱情——他和宋华阳的爱情，伴随着对锦瑟华年不再、功业未建的哀怨，在那个风雨飘摇的时代求得平衡。

我感觉我越来越进入了李商隐的诗中。在李商隐公园的门口，在李商隐抚琴吟唱《锦瑟》的屏风碑前，我清清楚楚感受到李商隐无奈的哀痛和不尽的吟唱。公园里面有"商隐尚吟"的石碑，待我仔细地看了那红色的四字行草，不禁有些哂笑。我知道俗世的人们误解了这位开创中国"意识流"诗派的伟大诗人。难道李商隐真的"尚吟"吗？我有些不以为然，李商隐不是尚吟，而是不得不尚吟。倘若那晚唐的皇恩向这位才子稍微倾斜，李商隐将是不遗余力要"出将入相"的人。然而事与愿违，晚唐的朋党捆住了诗人的手脚，而不给他用武之器；封建的礼教绑缚了他和宋华阳的心灵，而不让他爱得轰轰烈烈明明白白。如此一来，李商隐只得"锦瑟无端五十弦"，只得"身无彩凤双飞翼""商隐尚吟"也非他莫属。

我们今天的那些没有历练的诗歌爱好者，多是把李商隐的带有泪水的句子，当作华丽的外衣来作装饰和炫耀了。因为那诗句中流出的泪水，我们往往误以为是早晨晶莹的甘露。如果我们拿掉了诗人的苦难和历史的烟火，李商隐的诗就只能是年轻人吟唱爱情的漂亮外衣。这对于我们来说未尝不可，但对于李商隐,无疑是一种奇耻大辱。

一路走过去,公园里有李商隐如椽大的铜笔,有李商隐诗歌长廊,有李商隐诗歌壁。这一切都是以现代人的眼光,现代人的心态,尤其是现代人的需要,来量现代人之身而为李义山定做的。尽管一看就知道这是为了一个地区经济发展的需要而建设的公园,但不管怎样,能把李商隐这位雄踞于杜甫之后的中原大诗人的公园修建起来,让我们能看到、能感觉到、能体悟到这位愁苦一生的诗人的内心世界,也算温一温诗人冰冻千年的心吧。李商隐一生的凄美诗句,终于在我们这个伟大的时代,找到了心有灵犀的知音,这该是李商隐的幸事,也是我们时代的幸事。

秋天的落叶

衣 水

在一个深秋的傍晚,我轻轻掸去马甲上的灰尘。一个季节的遗失和一个夜晚的来临,让我开始沦陷于肌肤如玉的梦幻。我不想被老化的皱纹扰乱新鲜的血色。我把说不完的贴心话都裸露出来,我不愿在岁月的湖面腾不起一丁点浪花。

我不是没有球状之根的闪电,我不是不能突围。在一个深秋的傍晚,我看到那些无家可归的灵魂,从兀立的大树,扑落在虚幻的大地上。我知道大地是冰冷的,而它们依然存在着对大地的渴望。它们是一个平面,正面或者反面,迥然而异。但在落地的那一刻,它们并没有感觉到来自大地的温暖。

我几乎听到了它们在落地那一刻细微的叹息,一个模糊的平面浅浅覆盖

最温情的校园散文

在理想的表层。这是无法意会的一刻，这一刻我只想把自己的根隐匿在鸩毒的酒杯里。我在竹子屯放羊的时候，曾不经意间看到红叶像蝴蝶一样翩翩起舞，我以为那是大自然最为壮丽的飞翔。但我并不曾想到，这是落叶的葬礼，这是上帝收回的华贵装置。

我听到远处悄然风起，一片一片疲惫不堪的叶子像被抛弃的灵魂一样，被撕裂，被胡乱地扔在草丛里、岩石上。有时候会像撞击后疼痛的叹息，从沙沙的风声里传来。我能想象得到，秋天的树叶泛着浅黄、暗黄、深黄，或许还有红色，挂在树枝和树梢上，不断地照耀着人世间的心灵。它们多像一张张攫取心灵的钞票，一元、十元、二十元，挂满一树，在风中频频向我招手。不过我以为，最好看的还是那面值一百元的大钞，在喧嚣的秋色里，占尽风头。

那伟大的钞票，我相信她是我永远的恋人。看呢，她那花容月貌；看呢，她那婀娜舞蹈；看呢，她那狐狸的眸子；看呢，她在向我暗送秋波。我不能不蠢蠢欲动，我掸去儒雅的仪表，并牵手送她回家。它不再是我放羊的时候怡心怡性的舞蹈，而是我行走于世、特立独行的标签。

我走在街道上，经常看见卷风旋起几片落叶，哗哗地转悠。有时候，大点的风就能把落叶旋到天堂里去。在我原初的记忆里，我知道那风不是自然的风，而是大白天出来玩耍的鬼魂。它们在另一个世界缺少钞票了，就冒险来到我们的世界，抢走几个零花钱。而我们这个世界的人，不愿意它们来掠夺财产，就想法阻止它们。对付鬼魂抢劫，最好的方法是吐它们几口唾沫，它们立刻就无影无踪了。尽管我也很贪婪，但是若碰到无恶意的鬼魂，抢走一点小钱，我是不在意的。在这个秋天，我们的世界已经有足够的落叶，来驱动人们的心灵照常运转。

一阵大风就是一只无情的巨型大手，摇落了整个秋天的盛装。赤裸裸的深秋，使我们孤零零地兀立在冰凉的土地上。在飕飕的冷意中，我左手抓了一把又一把的大钞，差不多装满了我的梦境。右手呢？在这个世界上，我不能右手空空，树叶和钞票一样可爱，我要用右手抓一把树叶，让它也深深埋进我的血脉。

一个夜晚

何小龙

夜色如瀑的黑发散开。

一张月亮的脸,俯向我。

我以旷野的渴望,迎接你漫来的似水柔情。

当潺潺流淌的月光,汇成一片银色的海,我就把束缚生命之舟的缆绳解开,去那起伏的波涛上航行。

船下的夜晚富有弹性。

在海浪的呢喃里,我把一条条叫作欢愉的鱼捕捞,喂养饥饿的心灵。

这时,世界模糊成一峰峰很淡的剪影,不再对我的身心造成挤压。

哦,月亮白皙的手掌轻轻地抚摸着我,温柔如一只暖和的熨斗,熨平烦忧的皱褶。

失落的激情回流进我的血管,鼓荡起亢奋的潮汐。

晨曦是一条彩色丝带,扎起黑夜的秀发。

这是我和月亮吻别的时刻。

覆满寒霜的旷野,挽留不住退潮的缱绻。

几颗星星,是从月亮如玉的肌体上滑落的汗珠,依然散发着香味。

我用记忆的盒子把它们一一装起来,当作无价的钻石收藏。

最温情的校园散文

纷飞的雪花飘落尘世

何小龙

纷飞的雪花飘落尘世，前赴后继，义无反顾，显得那样决绝和勇敢！

圣洁的身体不怕被脚步踩脏，不怕被车轮碾压。

也许这不过是一种自由落体运动，但她们热切的付出和奉献，却将满身尘垢的城市装扮得冰清玉洁，使那些缺氧的城里人，仿佛挣扎在沙滩的鱼被涨潮的海水拯救，呆滞的目光闪烁出光亮和活气，紧闭的嘴巴张开，在贪婪地呼吸着清新空气。

哦，雪花！

这些上苍派来的白衣天使，她们来尘世做客，润物细无声，荡涤污秽不计报酬，是多么伟大的壮举！

可是，不知为什么，也许是怜惜她们的纯洁，也许是不愿看到这一张飘落在地上的白纸，会被那些肮脏的脚印涂满斑斑污痕。

我倒希望她们还飞翔在高空时，或被树枝留住，或被远处的山塬留住。

这样，她们从诞生到融化，就会有一个始终干净的完美过程。

假如哪朵雪花甜润的吻，能够催绿一棵草，催开一朵花，那么，那在春天摇曳的绿色生机，该是她生命的延续；那被蜜蜂和蝴蝶追逐的一朵美丽鲜花，该是她不死的灵魂在吐露芬芳！

生命如瓜

王诣

　　给学生讲史铁生的《我与地坛》，讲到史铁生的痛苦。由于痛苦，激发他对生命的思考，从而产生对生活中苦难的认识。我很喜欢这样风格的散文，既美丽，又深刻。但是学生仿佛不是很懂。尤其是对生与死的思考，在他们面前，死亡是非常遥远的事情，这是非常正常的事情。讲到史铁生在漫长的生活中面对痛苦和折磨的态度，学生们都很钦佩。我问他们知道生命到底有多长，他们拉长声调说，生命很长。他们的"长"字的确拉得很长，好像在表明在他们的面前有很长的人生路可以去走。

　　我微笑地看着他们，的确，在他们的面前，生活还没有完全开始，的确是漫长而美妙的。等到他们完全安静了下来，我说，我们可以来做一道简单的算术题，看看生命到底有多长。假如我们人均一百岁，一年按照三百六十五日计算，那我们在这个地球上可以生活多少日？他们轻而易举的回答，三万六千五百天。说完之后又非常惊奇地静了下来，他们不敢确信，人的一生怎么只有三万六千五百天，然而那的确是一道简单的算术题。

　　那么，自己算一下，我们已经过了多少天，自己还有多少天？他们静下来飞快地运算着，然后我又问，究竟谁能肯定自己一定会活到一百岁，谁能确定生活中不会有其他的情况发生，谁能告诉我？没有人吭声。或许，还没有人在这样的环境中用这样的数字让他们把生命丈量一番。

　　他们开始严肃起来，看着他们严肃的样子，我宽慰地说，还是按一百年计算,在剩下的时间里,我们还要做什么其他的事情。有一半是要用来睡觉的,还不包括那些偶尔上课睡觉的时间。同学之中发出低沉的哄笑声,那么我们可以用来做我们想做的事情的时间更是有限。这些悠闲时光中,在学校的时间更是显得珍贵。我在黑板上轻松地给他们计算下去。我自己的心跳也快了起来,直到这一刻,我也非常真切地感受到时间的短暂,生命的可贵。生命中只有那么多的天数,我们在这个时间上多活一天,可以说是多享受了一天的阳光,但同时也就是说,我们的时间也就少了一天。时光就是这样毫不留情地过去。

我看着一张张沉默而年轻的脸,我感觉到仿佛走进了一块瓜地。一个瓜季又有多长的时间呢!如果用小时来计算,或许可以与人相当。在无边无尽的空间和时间中,一个小时和一天又有什么区别呢?

人就是瓜啊,生命都是同样的鲜嫩而短促。

第 二 辑

心 泉 呢 喃

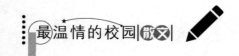

好想握住你的手

孟祥宁

在我的印象里,姥爷一直是高大魁梧的,他身体很好,很少生病。每逢过节,他必定会在饭桌前喝上几杯,他喜欢谈论政治和军事,每每聊到开心处,他总是爽朗地大笑,露出一口整齐的牙齿。那个时候,我总会沉浸在家人团聚的幸福之中,觉得我们的生命是那么漫长,我们还有很多时间可以珍惜。

小的时候,我最爱去姥姥家,姥爷知道我爱吃鹌鹑蛋,每次都戴着老花镜,用不怎么灵活的手,帮我一颗一颗把壳剥下来,虽然费事,但他还是一直坚持。他的眼睛不好,每次问我剥得干净不干净的时候,我都会使劲地点头,虽然,我每次都将没有剥掉的壳偷偷扔到桌上,因为我知道,看到我开心,姥爷才会感到欣慰。

姥爷喜欢带我去早市,他总是让我站在右边,紧紧地拉着我的小手,生怕我幼小的生命出现危险。他的手宽宽的大大的,即使是在寒冷的冬天,他的手里面也是温暖如春。遇到我喜欢的小零食,我只需轻轻拽一拽他的手,他便立马帮我买下来,我舔着棒棒糖,心里乐开了花。

渐渐地我长大了,文章陆续在报纸杂志上发表,姥爷总是用手抚摸着我的头说,要继续努力。他拿着笔,在我的文章上圈圈画画,一脸认真,像小时候他教我写字时,我趴在小板凳上的样子。

突然有一天,姥爷说他肚子里面长了一个瘤子,去医院一检查,才发现得了癌症。由于姥爷年事已高,手术切除风险很大,只能保守治疗。药物的反应让姥爷健壮的身体一天比一天瘦弱，病号服在他身上松松垮垮，瘦弱的身体仿佛风一吹，就会吹倒。

癌症，这个可怕又可恨的词，我将这两个字用铅笔写在纸上，然后使劲地用橡皮擦，我想将它永远地消灭，让它永远地消失在这个世界上，可是怎么也擦不干净。刺啦一声，纸破了一个大洞，我的泪也跟着掉了下来。

初冬的风很大，树叶刷刷地往下落。天好像一下子就变冷了。

姥爷的癌细胞迅速扩散，比想象中要快得多。当我看到姥爷的时候，第一次这么强烈地感受到死亡的气息，他的脸干瘦、枯黄，苍白无力，颧骨高高地突起，姥爷张开嘴费力地呼吸着。

姥爷说话含含糊糊，妈妈也听不清楚他在说什么，好像小时候牙牙学语的我，一遍一遍重复着说过的话。

姥爷被疼痛折磨得直呻吟，一声声仿佛利剑般刺入我的心中。出了医院，强忍的泪水喷涌而出。

过了不到一周时间，老天爷仿佛预感到了什么事似的，天格外的阴，冬天的冷风呼啸着穿过这座灰色的城市，雾大得看不清前方的路。

从来没有受过伤的我，在第一节课做实验的时候，不小心被铁架台烫伤了手，手指起了两个大泡，我的泪像哗哗的流水顺着脸颊一直流进了脖子。后来才知道，我烫伤手大概十分钟后，姥爷就离开了人世。

最后一节作文课上，老师出的题目是《我想握住你的手》，关于姥爷的回忆就如潮水般涌上心头，我写着写着，泪水就打湿了字迹，氤氲了一片蓝色。我换了一张纸，一气呵成，洋洋洒洒地写了满满一大篇。

我想握住你的手，给你温暖和力量。我想握住你的手，为你撑起生命中最后一片天。

中午回到家，喊了半天，也没有人给我开门。我的心脏突然跳得快了，我赶紧用钥匙打开门，飞快地冲进家里。

桌子上是一盒泡面，和一张纸，上面是爸爸的字迹——

你姥爷不行了，我去医院办后事。

然后大脑一片空白，我瘫在地上，大声地哭了起来。

姥爷真的再也不能帮我剥鹌鹑蛋了,他再也不能拉着我的手一起去早市了,他再也不能拿笔在我的文章上圈圈画画了。

那些曾经以为会永恒的画面,那些曾经以为还很漫长的路,那些曾经以为还来得及珍惜的亲情,仿佛像一个个虚幻的泡泡,啪啪地一个接着一个破灭了。

只留下我一个人坐在冰冷的地板上,任泪水淌成了河。

后来听妈妈说,姥爷走的时候很平静,没有丝毫的痛苦。血安静地从嘴角流出,没有呻吟和挣扎,仿佛还有一丝微笑挂在嘴边。

一整天,雾都没有散去,我想那是老天爷在人间凝成的泪滴吧!

善良的人,就算到了天国,也会永远幸福。

姥爷,一路走好。

我们爱妈妈

孟祥宁

母亲节这天,窗外刮起了呼呼的大风。我显得比平常更加羞涩,一直沉默着,在心里想好的那些祝福的话语,突然逃之夭夭,大脑变得一片空白,不知道该怎样迎接这美好的一天。

我总是在朋友或者同学过生日之前,就早已买好了礼物,一定要包装得很精美,看着很气派。可是在母亲节这天,我却忘记了买礼物,总是打着时间不够用学习很忙的招牌,一次又一次地放过自己,这时才发现,原来时间过得真的很快,我们忽略了一些很重要的东西。

周日是母亲节,所有的妈妈都应该休息吧,她们在家里悠闲地看着电视,或者和孩子大手牵着小手在商场购物,度过一个愉快的假日。可是,我的妈妈呢?她匆匆忙忙地吃完早饭,匆匆忙忙地打过招呼,匆匆忙忙地离开家去上班。看着妈妈匆匆忙的背影,我的眼睛就湿了。我还是没有勇气说出那句话——母亲节快乐。

窗外郁郁葱葱的大树,在风中优雅地起舞,仿佛在迎接妈妈的到来。她冒着大风,在路上使劲蹬着自行车。劳动者是最美的人,突然我感觉,她在我心里是那样的高大。

我坐在电脑桌前,听着音乐,想着该送给妈妈什么,突然发现自己竟然都不知道她最喜欢什么东西,最喜欢什么颜色。可是我却清清楚楚记着我偶像的爱好,包括他经常穿什么牌子的衣服。我的脸羞得通红。

爸爸在母亲节前一天问我,知道明天是什么日子吗?我点点头。他说,你一定要好好给妈妈过节日,我想过也过不了了……

我奶奶在三年前的母亲节突然对爸爸说,你好像从来没有给我过过母亲节呢。我爸笑笑。那年的秋天,叶子落了满地,奶奶走了。爸爸很后悔很后悔,没有陪她度过最后一个母亲节。

爸爸哽咽地说,要好好珍惜和亲人在一起的时光,否则后悔也来不及了。

我一边点头一边哭得不能自已。

我现在是高中阶段,周六补课,每天晚自习上到很晚,和父母在一起的时间屈指可数,将来又要高考,学习忙得更没有时间陪他们了。高考后短暂的暑假,又要忙着聚会,忙着收拾行李,去离家很远的地方上大学,一上就又是四年。上班后,有的离家很远,一年才回一次家,有的甚至去国外工作,我们又有多少时间和父母一起呢?答案可想而知。

但是我们竟然对这一切毫不在意,认为都是理所当然的。可当你看到父母在一天天地老去,看到自己的成就一天天地变大,事业蒸蒸日上,你要记住,你成功的速度在与你父母的生命赛跑。

好好对待自己的父母,不要让他们生气为你操心为你落泪,不要让他们因为你而多长一丝皱纹,多长一根白发。

我想了想,决定将这篇文章送给我亲爱的妈妈,送给养育我的妈妈,送给

最温情的校园散文

为我操劳一生的妈妈。感谢你对我写作的支持,感谢你为我所做的一切。我想这是送给你最好的礼物了。

"感谢上天,让我们身为你的孩子。独一无二的母爱,我们从未在别处得到过。只有你,可以为我们舍弃生命。没有豪言壮语,只想发自内心地说一句——我们爱妈妈。"

我们爱妈妈!

我永远的大院

孟祥宁

走在大街上,一座座华丽的高楼在这个城市竞相拔地而起,看着同学们一个个住进了新房,再看看如同高楼般高不可攀的房价,我心里就莫名其妙地涌出一点点酸楚。

我家住在这座城市一个很老的家属院,屋子很小,楼也不高,只有五层。院子里有两棵大树,一棵是梧桐,另一棵是香椿,树上有时会掉下一些令人讨厌的小虫子。每天上下学,都要路过一段凹凸不平的小路,车筐里的钥匙总是发出当当的碰撞声。路两旁是卖菜的,卖菜大叔用黝黑的大手在太阳的照耀下擦着汗,有时嘴里会吆喝着新鲜的蔬菜水果。总之,在我的印象中,那就是一个脏乱的地方,每次经过那里,都会加快步伐匆匆离去。

于是我就有了一个强烈的梦想,希望可以住高楼大厦,最好是顶层,有一个属于自己的天台,上面种上我喜欢的花花草草,闲来无事的时候就推开窗户,看看天空,呼吸呼吸新鲜空气。我的房间一定要大,还要放一张大大的床,这样就再也不用为掉到地板上烦恼了。我要将我的房间刷成淡粉色,要摆许许多多毛绒玩具。我要有一个属于自己的书房,里面放满我爱看的书。

我知道,这只是梦想,但常常这样一想,所有的烦恼也就消失了。

直到有一天,在我对大房子的强烈渴望下,我去了朋友家。她家在新盖的住宅区,一座座高楼仿佛是气派与高贵的象征。在她的带领下,我们绕了好几个弯,终于到了楼下,那天天很阴,楼道里的灯恰好坏了,我们在黑暗中看着电梯上的红色数字从二十多慢慢降低。我觉得每天坐电梯是一件多么新鲜神奇的事情,于是问她怎么样,她一听,脸色立马变了,你可别提电梯了,每天早晨上学排队等电梯都要花上好几分钟,这就是为什么我总是迟到的原因。要是赶上电梯停电,爬楼梯可真要命了。她说这话的时候,我的嘴巴张得老大。

好不容易到了她家,一进门,就闻到一股刺鼻的气味。同学说,现在住新房的人都很重视装修,花不少钱把房子弄得跟宾馆似的。可这新装修过的房子,都会有一股很重的味道,即使过去很多年,仍然很难保证对身体不构成伤害。这时,我想起了我的家,虽然很小,虽然很陈旧,但却很整洁,更没有这种令人头晕的气味。读书之余,我总喜欢把我家收拾得干干净净,一家人在一起,是那么的温馨美好。

她说,小区里住着很多人,每天都匆匆忙忙地上班下班,即使在电梯里见到邻居也没人打招呼。现代人总是生活在物质的世界中,忙于追求物质,从而忽略了精神需求,人与人之间的隔阂越来越深,虽然在同一楼层里生活,可是在现实生活中彼此都戴着厚厚的面具,不知道彼此都在提防着什么。我想起了我的家和那个老院子,只要见到一个院子里的人,大家都会亲切地问声好,对门家的小女孩,每次见了我都会叫声姐姐,还有老爷爷老奶奶,夏天总喜欢坐在院子里聊天,他们的说笑声常常荡漾在院子里,让人感到一种浓浓的亲情和祥和。

同学说,小区的环境很好,有喷泉,还有花园,可是这些都要交很多物业费,日子长了,就感到有些压力。此刻,我又想起了我们家:春天,和朋友爬到墙上去摘香椿;夏天,在院子里玩捉迷藏;秋天,踩得落叶沙沙作响;冬天,调皮地在楼前堆雪人……

最温情的校园散文

我想起书上的一句话:我们都是远视眼,常常忽略了离我们最近的幸福。是啊,我们总是向往别人拥有的,却不知别人也在羡慕我们的生活。

那天从朋友家回来,我一边骑车一边哼着歌,车筐里的钥匙发出了清脆的响声,好似一首优美轻快的伴奏。在老家属院门外,我看到卖菜的阿姨和叔叔,扬着笑脸,热情地为人们挑着新鲜的蔬菜,是他们方便了我们的生活,他们是阳光下最勤劳的人。

刚进我熟悉的大院子里,邻居家的小女孩便跑了过来,用那甜甜的嗓音叫道:宁宁姐姐好!我一脸兴奋。

当晚,我打开电脑在博客中写到:大院是我永远的家,我永远也不想离开!

放歌于夜幕下的专属舞台

孟祥宁

曾一度羡慕广场上无忧无虑的老年秧歌队,他们无拘无束,有着孩童般快乐年轻的心,尽情挥洒着自己肆意的情态。到了晚自习的时间,他们开始活跃了,激情洋溢的乐曲,清晰地回荡在安静的教室中,我们年轻的心也不禁跟着跳动。

何时才会像他们一样,活得那么自由自在、了无牵挂?何时才会像他们一样,可以追求自己心仪的梦想?夜幕笼罩之下,我骑着单车,穿行在寂静空旷的马路上。学业压力、生活压力压得人喘不上气,如这夜般浓黑的压抑。

突然抬起头,昏暗的橙色光芒笼罩了我的视线,路灯仿佛是一颗镶嵌在行道树葱郁叶子中璀璨的黄宝石。微凉的夜风拂过脸颊,灯光下可以看得到空气中飘过的尘埃,像细碎的星星洒在人间。一切恍如梦境,恍如梦境中常常出现的那个舞台。

那是我的音乐梦,飘满了我的希望与歌声。没有华丽的装饰,没有耀眼的灯光,没有沸腾的观众,只有一束柔和的灯光笼罩,寂静得能够听得到呼吸与心跳。我一个人站在只属于自己的舞台上,轻轻哼一首不知名的歌,旋律回响在自己心中,也偶尔会淌出幸福的眼泪。

而此时此刻,寂静的夜,昏黄的街灯,我情不自禁地唱起了歌,不去在乎行人诧异的目光,不去理会世间的任何烦恼,将灵魂回归内心深处,让自己被自己感动。

在一个又一个路灯的光照中穿梭,把它们想象成一个又一个实现梦想与希望的专属舞台,好似奔波于一个巡回演唱会,即使没有鲜花与掌声,我依然莞尔浅唱。

影子时而变长时而变短,奇妙地来回转换。脚步随着旋律时快时慢,脑海中充满甜甜的温暖,完全将成绩与竞争抛在脑后,心情变得格外舒畅。一天中,只有这短短的十几分钟是属于自己的,是我的专属舞台。

早以为,我小小的梦想,就这样被学业的繁重所湮没,而现在,它又重焕光彩。不时地将自己的梦想拿来倾听,将它作为自己奋斗的不竭动力,有了梦,才会有希望。

脑海中回想起小时候的自己,扎着冲天辫,穿着公主裙,偷偷踩了妈妈的高跟鞋,一个人在家里对着镜子又唱又跳,小丑般滑稽而又可爱。可是又是从什么时候开始,在自己心情不好的时候唱悲伤的歌,在自己累了烦了困了的时候,独自一人唱着寂寞。

他们说,我,长大了。

长大了就要有无尽的烦恼,长大了就要享受寂寞,长大了就要强忍压力埋头奋斗。真的是这样吗?即使是,我们也要学会乐观,学会在无人的时候,站在自己专属的舞台上,浅唱一首温暖的歌。

回到家里,歌声停止了,我安静地坐在自己的书桌前,翻开书本。

我知道,有些梦想,只是拿来仰望的。

而我，要将这些不可企及的梦，化为成长道路上前进的动力。在失意的时候，放歌于夜幕下的专属舞台。

妈妈等不起迟到的爱

孟祥宁

从小到大，无论是写日记还是作文，都离不开一个永恒的话题——母爱。小的时候也写过很多篇关于母爱的作文，可都是千篇一律，没有什么新意，甚至有时候为了应付老师布置的作业，绞尽脑汁苦苦编出一两个感动的场景，现在想起来不觉莞尔。当我们还是孩子的时候，满脑子里想的都是怎样吃得更饱、睡得更香、玩得更开心，想家长给的零花钱还够不够买这个月的漫画，想放学了去公园里是玩捉迷藏还是碰膝盖，想中午的饭是不是合自己的口味，想兜里的零食是不是快吃完了，要不要再去小卖部买一包。我们的思想被各种各样的东西充斥着，唯独忽略了离我们最近的人，我们不知道这世间还有一种情感叫做亲情，我们不懂得体贴不懂得感恩，所以我们没有发现爱，只能无中生有一些牵强的字句，然后拼凑成一篇篇考场作文。

一个视频将我从迷茫中唤醒，蓦然发现我遗失了很多很多。

很普通的一节语文课，像平常一样，老师熟练地打开投影仪，说要让我们看一个短片。一向喜欢看视频的我们立刻来了兴趣，目不转睛地盯着那个题目《天堂午餐》，脑海中浮现出无数想象，该是怎样的一个故事。

只有短短的六分钟，班里从寂静无声到传来小声吸鼻涕的声音，再到断断续续的啜泣，女生们用力捂着嘴巴，哽咽着，颤抖着双肩。

儿子在精心准备一顿午餐,不时回忆着自己和母亲的往事,中午十二点,他坐在饭桌前静静等待母亲回家,母亲进来了,欣慰地吃着饭,儿子也开始吃饭,可是吃着吃着却流下了眼泪。直到我们发现这一切都是幻觉,母亲的座位上是一幅触目惊心的遗像,原来他在做一顿送往天堂的午餐。看到这里我们早已泪流满面。

当你在等以后,就已经失去了永远……泪眼朦胧中,这句话深深地印在了我的眼里,刻在了我的心里。

我们不仅仅是因为感动而落泪,更为自己曾经愚蠢的做法而感到愧疚与悔恨,我们反省着自己的内心,给灵魂来了一次新的洗涤。

我于是萌发了一个念头,重新写一篇关于"妈妈"的文章,我更喜欢用"妈妈"而不是"母亲"这个词,总觉得"母亲"这个词太正式,相比较而言,"妈妈"更加亲切。"妈妈"是小孩牙牙学语最先学会的一个词,上下唇轻轻触碰,同时发出"啊"的声音,甜甜的,暖暖的。很简单的词语,却是天下最美的称呼,无论用什么方式用什么语言,都道不尽妈妈绵绵的爱与情。

当我把这个念头告诉我的妈妈时,她愣了一下,随即笑着说:"我有什么好写的啊,我又没有什么轰轰烈烈的事迹,我一直在做我应该做的普普通通的事。"

所有的妈妈都这么说,她们做的是最平常不过的普通小事,这些事情是她们的本分,这些事情微不足道不值一提。好像自从有了人类以来,妈妈就被赋予了一种艰苦而神圣的职责——培育孩子长大成人,于是这仿佛成了一种理所应当,一种最易被人忽视的情感。可是妈妈的爱,往往于细微深处,彰显出它的伟大与无私。

妈妈说我小的时候总是嫌她太温柔,对谁都是笑眯眯的,不像别的妈妈那么严厉,生怕她会受到外人的欺负。这的确是她最大的特点:温柔、平易近人、不易怒。也许是多年胃病的原因,她很瘦,似春风中的细柳。她很爱笑,每次笑起来,眼角边的鱼尾纹都像盛开的花朵。就连她生气的时候,也是那么和蔼,永远没有电闪雷鸣的暴风雨,而是和风细雨,微风吹过,烦恼就飘散了。我和爸爸则不同,两个人的性格都很倔强,仿佛针尖对麦芒,稍有不合,就大吵大叫,每当这时,妈妈都会好言相劝,她的声音柔柔的,令我们浮躁的心平静下来,让我们好好反省自己的错误。她就是有这样的魔力,能够以柔克刚,用看似微不足道的弱小的力量,解开生活这条绳索上的一个个小疙瘩。

一天晚自习,有同学带了肯德基来班里吃,我看着很久没有吃过的汉堡,突然想起了小时候的一件事。那时肯德基和麦当劳正风靡一时,价格比普通饭菜高很多,没有人说那是垃圾食品,也没有媒体曝光里面掺了什么化学药剂,用的什么肉,那是一种身份的象征,是有钱的孩子才能享受的,我却只能望着玻璃窗里的人,独自往肚里咽着口水。

妈妈听同事说珠算可以开发智力,能使我变得更加聪明,便建议我去报个课外班,我正玩着手上的洋娃娃,哭着闹着不同意,妈妈为了我的前途,决定每次上完课,都带我吃一顿肯德基作为奖励,我便立刻答应了。于是每周六的晚上,我都会准时坐到宽敞明亮的肯德基店里,每次点餐时,妈妈都只要够我的那一份,她自己什么也不吃,我问她为什么,她说:"我还不饿呢。"我当时竟然信了,便毫无顾忌地大吃特吃。直到我吃得越来越胖,妈妈越来越瘦,我才理解了她。她回到家便将剩菜剩饭热一热,和爸爸一起消灭干净,我却打着饱嗝在一旁看电视,嘴里回味着汉堡的余香。是妈妈真的不爱吃吗?还是她舍不得?我的一张嘴,吃掉了多少血汗钱。

我很清晰地记得,有天周末,送液化气罐的男人看到了厨房角落里一个高乐高的瓶子,吃完了之后一直放在那里,家人便渐渐将它遗忘了。他问妈妈:"那瓶子还有用吗?"妈妈说:"没用了,正准备扔呢。"男人便高兴地将瓶子擦了擦,放到了自己的怀里,他说:"找了半天,终于看见了,把它给我吧。"妈妈说:"都脏了,我帮你洗洗吧。"他说:"不用麻烦了。"妈妈从橱柜里拿出三四个高乐高的瓶子,都递给了他,问他要这个有什么用,他说:"我的饭盒坏了,这个盛饭正合适。"我和妈妈听了,都愣住了,他不好意思地挠挠头。"我们家有好几个饭盒,你拿走一个吧,放着也是放着。"妈妈说着便从里面又拿出来一个饭盒,"以后有什么需要就说,不用客气。"男人直道"谢谢",脸上洋溢着幸福的笑容,看着他满载而归离开的背影,我感动得眼泪差一点夺眶而出。

都是劳动人民,都是最光荣的岗位,妈妈深知他的辛苦与艰难,在他最需要帮助的时候，伸手拉他一把，一件小事足以温暖一个冬天。

妈妈总是教育我，不要和别人比较物质生活，我们家虽然没有那么富裕，但是我们能吃饱穿暖，能健健康康地在一起生活，这就是一种最大的幸福，可是这世上还有很多人，他们连最起码的物质生活都保证不了，他们需要我们的关心和帮助。家里的旧衣服都捐给了农村贫穷的孩子，看过的书和杂志，也飘向了更远的大山。妈妈以她朴实无华的话语，和她以身作则的榜样，教会了我如何做人，做一个善良的懂得感恩的人。

去年冬天，亲爱的姥爷去世了，妈妈一个人静静地落泪，静静地悼念，那是如一池没有涟漪的湖面下阵阵涌动的暗流，深深地伤着痛着。

一个人只有悲伤到无以复加的程度，才能显示出异常的平静。

妈妈将花花绿绿的衣服移到了衣橱最底下，穿上了黑色的外衣，将最爱穿的带着亮钻的靴子收了起来，穿上了朴素的黑色棉鞋，将五彩的发夹给了我，自己每天只用黑色的皮筋。她开始虔诚地信佛，每天看佛经，嘴里跟着念念叨叨。我很是不解，将自己刚学的哲学搬出来："你这是唯心主义，是不科学的，世界是物质的，物质决定意识你懂吗？要坚持唯物主义不能陷入唯心主义！"我洋洋得意地说，越说越起劲，我就是不明白，她整天这样到底是为什么。可是妈妈只是微笑，这微笑中夹杂了些苦涩的味道。她说："我知道，但是一个人总得有什么支撑着吧，有些东西永远也无法解释。"

永远也无法解释，永远也无法释怀，那是一种信仰，一种崇拜，一种生活的支撑，追求的价值。我终于明白，有信仰的人是幸福的，有信仰的人是值得尊重的，我们无权剥夺一个人的思想，也无权剥夺一个人的幸福。这是灵魂的拯救，我们谁都无权干涉。

只要妈妈幸福快乐便足够了。

我常常怪她："刚说的事情都记不住，让你买的东西怎么总是忘。"她也怪自己老了记性差了。见报纸上说，电磁炉微波炉之类的家电都有辐射，会使人的记忆力减退。妈妈最常去的屋子就是厨房了，免不得要与这些打交道，看来这是有科学依据的。不过我还是说她不放在心上，如果将一切嘱托都用心去记，肯定不会忘的。不过也有例外的时候，每次说起我小时候的事情，她都能说得如滔滔江水绵延不断,说我那时喜欢什么不喜欢什么,最爱去哪些地方,吃什么零食,甚至还有偷偷暗恋着邻家男生。她一脸眉飞色舞,我却茫然像得了失忆症。妈妈将她所有的心都献给了我,心上都是关于我成长的点点滴滴、喜怒哀乐,已容不下别的琐事,因为没有什么比儿女更重要的了。

在播完视频之后,语文老师说了一段她的经历,那是她上大学的时候,父亲住了院,她从学校赶到医院,父亲在病床上艰难地度日,她却在一旁翘着二郎腿,干着自己喜欢干的事情,有时还会在床上昏昏睡去。她说她那时多么的不懂事啊,没有好好陪着父亲,没有尽到自己的孝心,可是心中除了悔恨还有什么?她一边说一边流泪,我们也都哭了。她说:"我只想告诉你们一句话,重复了很多遍的话,大家也能背上来的那句古文——树欲静而风不止,子欲养而亲不待。"

我们成功的速度,永远在和父母的生命赛跑。我们以为自己能够等到海枯石烂、地老天荒,可是父母却等不到了,他们将自己鲜活的心奉献给了子女,希望我们能够理解,能够铭记,能够将大爱一代代延续下去。

我听到轻轻的敲门声,听到妈妈小声地说:"饭好了。"她知道不能打扰我,总是轻轻地走路,静得没有一丝声音。

我擦干眼角的泪水,说:"我马上就过去。"

就这么结尾吧,因为妈妈在等我。

我知道,我等得起,她却等不起。

七个小矮人的美丽童话

孟祥宁

不知道我们老了以后还能否重逢。

在盛夏的阳光照耀着的窗台，我看着楼下的老奶奶，突然自言自语道。一共七个，不多不少，有的扇着大蒲扇，有的织着毛衣，有的嗑着瓜子，聊天时大笑得露出满口不完整的牙。梧桐树荫斑驳了她们瘦小的影子，像花般灿烂美好。

突然想起了我们七个小矮人，我们一起写作业的时光，我们一起问问题的时光，我们一起做游戏的时光。你们现在在哪儿？又在做什么呢？不知道我们老了以后是什么样子，不知道我们是否也能坐在同一棵大树底下，围成一个圈，聊天聊到天黑，笑到生命的最后一秒。

我们曾在操场的草坪上许下一个盛大的诺言，我们的心会一直在一起，直到天崩地裂、海枯石烂，永远也不分离。

不知道你们还记不记得。

那是开学的第一个联欢会，同学排练了一个小话剧《白雪公主》，很荣幸的，我的身高刚好可以演小矮人，于是我们七个就相遇了。

我们排成长队，双手搭在前面人的肩上，然后在教室里面转圈。

"谁偷了我的面包？"

"谁吃了我的苹果？"

"谁动了我的床？"

最温情的校园散文

"谁穿了我的睡衣?"

……

我们嗲声嗲气地说着,班里哄堂大笑。

于是理所当然的,在演完之后,我们就顺利地成立了一个小帮派,名字就叫"七个小矮人"。

老大是万事通,虽然叫万事通,但她有时候真的很迷糊。

记得有一次我们在宿舍洗头发,我听见她说:"咦? 我挤了这么多怎么没有泡泡啊?"我一边洗一边扭过头看她,她挤了好多放在手心,然后往头上揉搓,就是不起泡泡。"难道是我头发太脏了? 可我两天洗一次啊! 难道是洗发水过期了? 可上个星期我才买的,没用几次呢! 真奇怪!"我拿起来她手上所谓的"洗发水"一看,其实是护发素! 我们当时就笑成一团。

我的年纪最小,排老七,因为老七的名字叫爱生气,可是,我是个乐天派,从来不生气,但是却很爱哭,于是在征求了老大老二老三老四老五老六的意见后,我成功地被唤作——爱哭鬼。

在一次体育课上,忘了是谁提议玩碰膝盖游戏,这是我第一次玩,以后便一发不可收拾。每天放学后,我们都会跑到操场上疯,很简单的游戏,具体怎么玩我已记不太清了,只记得当时我们在操场上肆无忌惮地大笑,嚣张地手舞足蹈,弄出各种搞怪的动作,惹得其他同学惊呼。

我说,碰膝盖这个名字太老土了,我们改一下,就叫碰碰碰碰碰膝盖吧!

前四个字连着读,多带劲儿。

大家一致同意,认为我的个子虽小,但还是蛮聪明的。这就叫浓缩的才是精华。

的确是这样,我们七个在班里没下过前二十,经常是互相争前三,这肯定与我们之间互相学习是分不开的。

那个时候,我们喜欢围着老师问问题,七个人手拉着手,很是壮观。

那个时候,我们中午坐在奶茶店里,一起看书写作业。

那个时候,我们为了中考时候考体育在操场上挥汗如雨,互相鼓励坚持下去就是胜利。

現在，我的个子也长高了，不再是小矮人了，不知道你们有没有长个呢？原来我们已经很久没有见过面了，毕业照上，我们站在一排，个个笑得像向日葵。不知道我们以后会怎样老去，不知道我们会怎样死去。

我想起这些来，眼睛就微微有些湿润。

楼下的老奶奶还在聊着天，我希望有一天，我们能够重逢，坐在一起，围成一个圈，伴着知了的鸣叫，聊着闲天，直到我们永远地闭上眼睛。

七个小矮人虽然没有白雪公主的美貌，但是我们很快乐，我们很幸福。

七个小矮人的美丽童话，将会永远写在属于我们的十六岁。

让心不再孤单

孟祥宁

我有幸参加了一次老师组织的和石家庄市少年儿童保护教育中心的联谊会，因为是第一次参加这种活动，心里难免有一些紧张和激动。

我们十来个学生在老师的带领下来到了少保所，参观了那里的展厅，听到了许多关于这里孩子的故事。他们都是流浪的孤儿或者离家出走的少年儿童，还有服刑父母的子女，他们是这个社会上缺少爱的孩子们。

有一位小女孩生活在一个不幸的家庭中，她的父母总是吵架，爸爸一生气就打妈妈，终于有一天，她妈一气之下杀死了爸爸，并且还不解气，又将他的肠子都拽了出来。那个时候，她只有七岁，她亲眼目睹了整个过程，像在心上用刀深深地划下一道伤痕，她一闭上眼睛，就看到爸爸血淋淋地冲她走来。于是她被送到了这里，在心理医生的治疗下，她渐渐变得活泼，也不再总是生活在

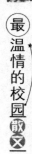
最温情的校园散文

那惨痛的阴影中了。

有的少年离家出走,在外打工赚钱,但还是常常吃了上顿没下顿,他们不愿意回到自己的家,被送到少保所后,经过长时间的教育,终于说出了自己的家在哪里,得以和亲人重逢。

我的心情变得很沉重,充满了对他们的同情,原来这个世界上,并不是所有的人都像我们那么幸运的,他们可能有一个悲惨的童年,经常受人侮辱,被人歧视,他们的心灵是敏感脆弱的,他们受到的苦和累是我们永远也无法想象的。

来到一个大礼堂,上面挂满了红灯笼,我们一进去,就听到了热烈的掌声,整齐的桌椅旁,是一排排充满童真的笑脸,他们热情地接待了我们。

虽然他们穿的衣服并不是多么漂亮,虽然他们的小脸并不是那么干净,但是我能感受得到,他们一双双明亮的眼眸,还有温暖的笑容。

我将我准备的小礼物发给了他们,他们小心翼翼地接过去,然后说声"谢谢",声音稚嫩,他们低着头,腼腆的样子,我冲他们笑笑,他们也害羞地回一个笑脸。

我是第一个表演节目的,我准备了一首很好听的《隐形的翅膀》,这首歌已经很老了,大家都耳熟能详,但我每次听到它,心中都会产生无限的希望。我想,每一个人,都有一双隐形的翅膀,只不过有的人的翅膀尚未成熟,容不得一点点的伤害,这些孩子也是一样,他们往往更加敏感,但是,当你的翅膀经受过大风大浪之后,就会变得愈加成熟,从而能够飞往更加广阔的蓝天。

我们在一起玩了许多游戏,最让我感动的是一个名叫"背后的温暖"的游戏,我们给每一位小朋友发了一张便利贴,然后让他们在上面写下一句祝福的话,贴到想送给的人的后背上。我真没有想到,很多小朋友都贴到了我的身后,他们够不到,我就蹲下来让他们贴,有个小男孩使劲往我背上一拍,疼得我直咧嘴,他却做个鬼脸跑开了。我从后背上揭下来,一张张纸条上,笨拙的字迹,是他们一笔一划认认真真地写下的——

"祝大姐姐天天开心(笑脸)"

"祝姐姐虎年万事如意"

"姐姐你好漂亮"

"祝你永远快乐,身体健康"

"Happy every day"

"一起做好朋友吧"

……

我的眼睛有些湿润,我会永远珍藏起这些话的,每当看到它们,就会想起那一张张灿烂的笑脸,就会想起,这个世界上,还是有许多人需要我们去关爱的。

我给他们发糖吃,他们都紧紧攥着,不肯先打开;我给一个叫露露的小女孩擦鼻涕,将放糖的小袋子挂到她的脖子上;我拉着小朋友的手转圈圈,他们抱着我说不要离开……

可是我们终究还是会离开,在一起唱完拍手歌后,我摸着露露的头,告诉她我还会来的,但我也不知道,什么时候还能和他们再见面。

虽然只有一上午的时间,但是我们却都依依不舍,我们坐上车后,他们一起向我们招手,我使劲挥着手臂,眼里充满泪水,却还是要笑得很开心……

我会永远记得,有一天,我会将自己微薄的爱,分享给那些需要爱的孩子;有一天,我会将美好的希望和鼓励,分享给那些自卑的孩子们;有一天,他们的心将不再孤单,因为他们有我,有爱,有温暖……

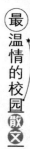

最温情的校园散文

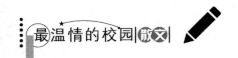

男孩子女孩子

孙　禾

　　在这个奔跑的岁月中,因为有了男孩子和女孩子,才充满了故事和花香;因为有了男孩子和女孩子,才有了风花和雪月。

　　男孩子女孩子都有自己的天下。

　　当然,做男孩子有做男孩子的好处,做女孩子有做女孩子的好处。

　　男孩子有了心事可以挥拳乱舞,并以酒浇愁;女孩子有了心事可以遥望星星,然后独自泪流。

　　男孩子可以去流浪,说梦在远方;女孩子可以到远方做梦,说爱就是一辈子。

　　男孩子可以潇洒,可以爱得干脆,可以爱得如风;女孩子可以漂亮,可以爱得缠绵,可以爱得像雨。

　　男孩子离别的时候可以抱拳说,今生多珍重;女孩子离别的时候可以掩泪说,来世再相逢。

　　男孩子的睡眠可以有呼噜可以有冲动,女孩子的睡眠可以有微笑可以有悄悄话。

　　男孩子的床头可以有个大背包,女孩子的床头可以有个布娃娃。

　　男孩子可以承担痛苦忍住忧伤,可以独步长街,嫉恶如仇,女孩子有咸咸的泪水,可以有长长的头发,浅浅的温柔。

　　男孩子可以在外面挣生活挣气质,挣男孩子的本分与实在;女孩子可以在小屋里闭着眼睛守天空守月亮,守女孩子一生的幸福和梦想。

男孩子没事时可以编个故事吓唬吓唬女孩子,女孩子没事时可以用一根小草拴住情感的门考验考验男孩子。

男孩子女孩子各自有各自的故事,男孩子女孩子各自有各自的传说,男孩子女孩子都喜欢无忧无虑的生活,男孩子女孩子都有激情澎湃的情怀,男孩子没什么不好,女孩子也没什么不好。

最后,有人会说,一个人一辈子只做男孩子或女孩子是多么乏味的事情呀,要是男孩子想做回女孩子,或女孩子想做回男孩子,怎么办?

要是让我说,没办法。

等下辈子吧。

春天的章节

才 苟

我一直渴望抵达一些词汇的本质。譬如苏醒、绽放、回暖、生机等等。有些词汇明显带着一种趋势,有生命变化的时间秩序,并与人的表达、感性认知联系在一起。春意渐浓,当我这样感知并试图用这些词汇去表达的时候,发现窗外的景象正迸发着美丽的诗意,词所能达到的境象远没有实际来得生动。

似乎有一种习惯在我身体里变得根深蒂固,我喜欢静静地坐,目不斜视,好像遍布全身的毛孔最终给我反馈季节的、环境的、人性的各种变化,甚至什么人穿着什么样的衣服站在身后,气候的变化通过他的身体,他试图传递给我的时候,我已经感知到了,他并不是我两鬓厮磨的情人,也不是相交多年的故

最温情的校园散文

旧,他只是一个为我传递一种信息的使者。

"在场"和"话语权"紧密相连。

如此湿漉漉的春天,我快速地行驶在马路上。我只是让自己的感觉器官在速度里疏忽掉外部世界的变换,不至于影响缓慢的生活节奏,我的思维活泛在静静的端坐和目不斜视里。

春雨的痕迹。大片的轻雾氤氲,流动,交织其中的另一种雾,绿色。就是这样的视觉差别,让内心顿时升腾起雾障一样的茫然。我明显触摸到了某种急促或者缓慢的节奏,是声音,是光和影,是颜色,也可能仅仅是幻觉。不像是物质形态,在既定的空间里逐渐泛滥,一段段地结构起春天的起始,春天的膨胀,春天的消弭。快乐也晕了水墨,扩散,潮湿,无处找寻。

春天只剩下两个形容词:焦灼、不安。两个形容词,我说春天只剩下两个形容词。

春天像蒲公英一样长满内心,我的内心有"过分"和"似是而非"的膨胀。

不能行,不能写,我空洞的眼神等待春暖花开的救赎。

眼睛是一种容器,就让它在夜的深处亮着,醒着。

亮着的醒着的还有街灯,它们在夜的黑里星罗棋布。

夜凉如水,有预谋的写诗歌,戒酒,戒烟。

烟酒让人变得憔悴枯槁。皮肤和骨头,但心理是喜欢它的,骨瘦如柴,笑成委顿的鲜花。

自己对鲜花的眷顾值得怀疑,因为我在叙述春天的两个形容词的时候津津乐道。

春天就是一个女人。

她的脸多干净,她的眼多明澈。有鼻子有眼地描述她时,俊俏大方的脸一片模糊,茫然不知去向。

杨柳青烟。杨柳只是低垂着发际,粉嫩的桃花如同初施粉黛的戏子。我寂寥地说,你何必眼含淡淡的雾气,一副做梦的样子。

有时候我只看见了常青树的蓬勃,像我的性格,不愿意被变更。春天,我用仅有的热情当宝剑,将冬天还是盔甲的树冠磨亮。朴素厚重得像一种品格。

总有一天我会再次焕发青春,总有一天蓬松着头发便于呼吸,总有一天我让你看起来像顶着一头泡沫。

重新呼吸。鱼儿在4度的水底沉睡了一个冬天。落雁从来没有站在湖中的石头上照镜子,蓝天也是一面镜子,沉鱼和落雁心心相印。

我有飘飘长发,我有窈窕身姿,我还有百花点缀的裙幔,蜂蝶起舞时我也起舞。我只是伸长脖子,在寻找相适应的阳光、空气和水。

春天的雨水。

不由得你不信,女人是水做的,春天里最动人的是雨水。然而我被一场春雨淋透之后,伤怀不已。我有思想我有情感,我只能将要流淌出来的眼泪重新忍回去,即使是笑了,笑得丰满而又干瘪,像被人雕刻出来的一样。

我的爱人离开了。再绵长的雨水,再缠绵的情话,于是都有了黏稠的气息,长久地萦回于人在他乡的梦里。

春天的雨水就是一场梦。梦醒了它就过去了,闭上眼其实它还在下。

跑道上有只花蝴蝶

曹　秀

我喜欢运动会,又怕那长长的跑道,因为跑道上有只花蝴蝶,搅乱了由我主持的运动会。那天,运动场上红旗招展,鼓乐震天。各班运动员们你追我赶,我班和一班比分拉平,双方都把全部希望寄托在接力项目上,都挑选了班里最优秀的短跑运动员上场。

我是百米冠军,为班里争光的荣誉感强烈地震荡着我的心。不料,距离我

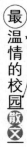

上场比赛还有两分钟时发生了意外,这让我措手不及。我平时有两条裤衩,一条红色,一条花色,其他几条都是学校发的运动服。

比赛前夜,我准备好第二天上场所需的物品,特意将红裤衩放在床头,谁知第二天早晨起床时忘了换裤衩,直到比赛开始我脱裤子时才恍然大悟:我穿的是条花裤衩!

我想跟同学借一下裤衩,可是来不及了,教练已经站在椅子上举起了发令枪朝我叫喊着:"预备……"在这千钧一发之际,没有招了,只有硬着头皮脱裤子,然后羞羞答答地走近起跑线,这时就听有人议论纷纷。我的心里马上着急起来,心想同学啊同学,你们千万不要看我的花裤衩呀!然而,就在我走近起跑线的一瞬间,全场犹如开了锅的热水沸沸扬扬喊开了:"花裤衩,花裤衩……"

我羞愧得无地自容,恨不得把地面踩出一个洞好钻进去,一班叫喊得最凶,班长喊:"一二。"全班同学(包括女同学在内)很有节奏地应一声:"花裤衩。"我朦朦胧胧觉得他们似乎在与我打心理战,企图在心理上压倒我,于是我强装镇定。

可是没有用,我被他们笑昏了头,连发令枪什么时候响的我都不知道,只是木呆呆地在跑道上跑着跑着。我知道我就像一只花蝴蝶,在跑道上飞来飞去,或者说像一只断了线的风筝,在运动场上难堪地飘着。结果是,我们班输了。

"你怎么穿条花裤衩出洋相?"教室里,不少同学质问我,连老师也对我瞪起了眼睛。我感到有苦难言,我再三说我忘记了穿运动裤,我把物品都准备好了,可是,他们就是不相信,还批评我是在出风头。

我很难过,有这样出风头的吗?然而,我毕竟因为穿花裤衩影响了班里的成绩。同学们对我非常冷漠,没有人跟我玩,开班务会时,每次都是我主持,这回换了别人,会议宗旨就是批评我穿花裤衩影响班级荣誉。同学们的发言如一颗颗炮弹,将我的神志炸得七零八落,我像一只老鼠颤抖着堆在角落任人宰割。

我越想越憋气,越听越委屈,一股说不出来的情绪冲涌着我,当着全班同学的面大胆地解开裤子脱下运动服,露出了那条招人恨的花裤衩。我转了一圈,质问着:"我为什么不能穿花裤衩?"

谁知,我的这一行为让所有人都大吃一惊,有人叫喊着:"你……这是流氓!"老师终于带动同学离开了教室。第二天,我穿着花裤衩上学时,在教室门口被老师堵住了,显然,学校是不让我再上学了,我一怒之下也离开了学校,从此像鱼一样在社会上游来游去。

然而走上社会我总是喜欢穿花裤衩,有人笑我男子汉大老爷们却有女人味,我也不恼更不抱怨,因为没有谁再管我穿什么了。甚至有人给我起外号,公开场合叫我花裤衩或花蝴蝶什么的,我也不恼,我相信人们迟早会理解,穿花裤衩原本是件最平常的事,不必大惊小怪。事过境迁,也是巧事,在改革开放的年代里,人们的穿戴早已经发生了天翻地覆的变化,各式各样的服装,样式新颖,连男人们都兴起了烫发染发。

一次扶贫,我专程买了一百条花裤衩,同事们不理解,对我的举动产生疑问,我便趁机将花裤衩的故事讲给他们听,于是他们受到了感动,不约而同地都买了花裤衩。我眼里闪着泪水,感动地说:"我这人自尊心非常强,但穿花裤衩挨批评受污辱却是第一次……"那天我喝醉了。

一晃十几年过去了,当年的孩子都已经长大成人,社会上时兴同学聚会,我便有机会和他们再次相逢。我发现我的母校发生了巨大变化,原来矮小的平房不见了,教学楼拔地而起,唯独那昔日的操场似乎比从前小了许多。

在当年的起跑线上,我看见一群踢足球的男孩儿身上几乎都穿了一条花裤衩,我感到奇怪,情不自禁上前询问,一打听才知道他们都是我同学的孩子。于是同学相聚,许多人都哭成泪人,当年的老师也已经是满头银发,十分显老。见我来了,她很高兴,抹了一阵眼泪。提及运动会时,我们都是感慨千万,同学们一致请我谈谈,我就说我很感激老师和同学们,如果没有当初的羞辱就没有今天的收获。同学们七言八语,有的摇头叹息,有的落泪,有的什么也没说,可是他们心里都知道这是为什么。临分手时,老师送我一包东西,她说这是同学们的意思。我当时没有打开,也没在意送了我什么东西,当我回到家里打开包时我竟愣住了:老师和同学送我一条花裤衩!我捧着礼物,如同捧着深重的负

担,积蓄了十几年的感情在心里急剧奔腾起来,我这才知道一个人什么都可能忘记,唯有同学和师生情谊不能忘记。

感谢那课前五分钟

王哲珠

可以毫不夸张地说,未进师范之前,我是个十足的书呆子,除了课本、考试、分数,我从未有过"非分之想",从不敢思考。除了读书升学,我不知道还能有什么样的能力和素质。果然,我凭着自己的勤奋,换来了不低的分数,换来了师范的录取通知书。

我珍惜这来之不易的机会,暗暗下定决心,到了师范,还会继续努力,保持这骄人的成绩。然而,踏入师范大门后,我才意识到,这是一个和初中完全不同的世界,它是那样陌生。师范的世界里,需要的是活力,是自信,是表现,更是多才多艺,单单不需要我这种只会啃书本,记知识的"高材生"。一时之间,我感到有些无措,在自己封闭的天地里茫然乱转,悲哀地发觉,从小学到初中一路畅通的我竟是这样狭隘。

再也没有动力让我对那些"知识丰富"的课堂产生兴趣,唯有文选课例外。文选老师跟以前的语文老师完全不一样。他从不手拿课本讲课,也不让我们抄密密麻麻的笔记,总是把话题自然而然地引向多彩的课外读物,引向广阔的社会,引向深刻的人生,待我们深深迷醉其中时,又毫无痕迹地把思绪拉回来,让人有些意犹未尽。那时,在枯燥的课堂中,我们独对文选课有种急切的期待。最令我在意的,还是文选课前那特别的五分钟。

每节文选课前五分钟，老师都留给我们。他让我们利用这五分钟走上讲台，向全班同学展示自己。你可以介绍自己、朋友、亲人，可以发表意见，可以议论社会上种种的现象，甚至可以提出问题与大家讨论……要求就是大胆地走上讲台，声音响亮地说。老师安排得很公平，从不点名上台，而是按号数轮流，每个人都有机会，也有时间准备。不少同学是兴奋异常，尽情地发挥。而对于我来说，是既紧张又期待的。紧张的是，我这个尖子生，平常虽没少被提问，走上讲台却是从未有过的，更何况是任自己发挥，一点底也没有，我早已习惯了老师提了问题让我来回答。期待的是，这是一个表现自己的机会，我希望能在这个机会中重拾信心，重新为自己定位。心里又不禁怀疑着，能行吗？我一向是"两耳不闻窗外事，一心只读圣贤书"的。

为了将要轮到我的那五分钟，我充分发挥自己的老牛精神。早早地把要说的话写成稿子，在僻静的地方，对着镜子一次又一次地练习，无数次地想象面对"观众"时该有的神情，甚至到书店翻阅了一堆有关演讲、交际的书。仿佛我将要参加的不是课前的锻炼，而是一个重大的演讲比赛。

终于轮到我了，在同学们习惯性的鼓掌中，我微颤着双腿走上那将改变我的讲台。极短时间的怯场后，充分的准备帮了我的忙，我开始介绍我的二伯，一个憨厚、善良、朴实的单身农民。深情的回忆让内敛的我也止不住音调低沉起来。当二伯帮别人干完最后一件事后，走回自己破旧的泥屋，无声无息地永远闭上眼睛时，我的眼眶湿润了，台下一片静寂。随之而来的，是长时间热烈的掌声。我听出来了，这掌声不再是应酬性的，更不是习惯性的，而是一种心灵的共鸣。

文选老师没有从表面或细节来评价我的表现。而是顺着我的话题，谈了令人感动的亲情，谈了平凡而真实的人生，以此来表示对我的肯定。我的话题就这样让我们共鸣了一节课。

事后，不少同学惊奇地对我说："你的表现真让人想象不到，看你平日沉默寡言的。"是的，连我自己都想不到，我真的也能表现自我了。不久之后，这芝麻大的事早已被人淡忘。对我来说，却如一股猛烈的风，在心里刮起狂风巨浪，冲击着我原本呆板、畏缩的心灵。

俗话说，迈出了第一步，接下来就有路了。一个月后，一个舞蹈老师办了

最温情的校园散文

舞蹈班,我再次不平静了。舞蹈,对于我来说,是个迷人的词儿,它代表着高雅、美丽、灵气和内涵。就算在最单调的初三阶段,我还是做了不少关于舞蹈的梦,梦里有天鹅,有孔雀,有黑发,有长裙。然而,这些仅仅停留在梦中,从未曾把自己和美梦联系起来。这一次,我忍不住把梦里的主角变成自己。我想起了文选课上那五分钟。终于,我攥着节省下来的钱鼓起勇气找了舞蹈老师。又一个月后,在舞蹈班里,我成了集体舞的主跳,独舞的首选,老师的助手,我开始享受舞蹈。

后来,第一次上台表演,第一次向出版社投稿,第一次参加演讲比赛,第一次参加学校作文比赛,第一次上公开课……我无不想起那文选课前五分钟,我珍惜每一次"五分钟",哪怕在别人眼里是多么的细小、平凡,也尽力去把握,因为我懂得,我所收获的不仅是看得到的光环。

感谢那课前的五分钟,感谢生活中的每一个"五分钟",因为这点点滴滴的"五分钟",我发现了生命中被掩藏着的且有可能被永远掩藏的东西。如今,已站上讲台的我,希望能给讲台下的孩子多些这样的"五分钟",让生命彩虹中的每种颜色都显现出各自的美丽。

别忘了开花

刘清山

印象中,君子兰是一种娇贵的室内观赏花。在我年少的时候,君子兰是按叶片来计算价格的,一片叶子可以卖到五元钱左右,一棵有十片叶子的君子兰价格能达到惊人的五十元。当时我父母一个月的工资加起来,也不到一百元。

如果谁家中有几盆君子兰,在当时大家的眼里,他无疑就是拥有聚宝盆的富翁。

五年前,在陪一位朋友逛花市的时候,我被君子兰盛开的绚烂花朵所打动,试着问了一下价格,只要一百元。我如获至宝,乐滋滋地把它抱回了家。

君子兰的花期较长,从打花骨朵起到花朵凋落足有一个月的时间,每天望着灿烂的花朵,我的心情也时时处在心花怒放中。花败落了,两侧排列齐整的叶片墨绿油亮,令人浮躁的心一下子安静下来。君子兰其实也没有想象中那般娇贵难养,我并不是一个善于打理花的人,有时出差在外,几天没有给它浇水,而回来后发现叶片仍旧碧绿如洗,浇下水去,花盆像一张干涸的大嘴"咻溜"一下把水吸干,然后继续张着大嘴,嗷嗷待哺。

本以为在自己的魔爪下,君子兰以后很难再开花。但出乎我意料的是,此后几年,君子兰每年初夏都向我报送好消息,以美丽的花朵愉悦着我的心情。

去年,我搬到了一个新的小区居住,花随人走,我把君子兰也请到了楼上。由于小区住户不多,还没有供暖。一个冬天下来,君子兰一侧叶子全被冻伤了,春暖花开时,冻伤的叶片全变得黑黄而干枯,而另一侧的叶片也呈黄绿色,看起来像是身体遭受摧残、气色不好的病人。我担心它会死掉,虽然仍旧按时给它浇水,但对它能恢复到以前的模样,已不敢抱什么奢望。因为也是在这个冬天,临近春节时,我买的一盆盛开的腊梅花,经过严冬的洗礼,这位一向以"抗寒"闻名的斗士已经被冻死。君子兰在这样的比拼中能够胜出并有一息尚存,已经出乎我的预料。

今年四月的一天,在给君子兰清理腐叶、喷水浇灌时,蓦然发现它中间紧贴的两片新叶向外鼓了起来,小心翼翼地用食指拨开两片叶子,更有了意外的惊喜,君子兰竟长出了一簇青白色的花骨朵。在经历了一场多年不遇的严寒,躯体残缺后,它仍要开花。

没有谁的生活会一帆风顺,生活重压下,挫折和磨难中,每个人的身体和心灵都会受伤,如果想证明自己的勇气和坚强,不希望别人看扁你,那么,即使遭受到现实无情地打压,该做什么还要继续坚持做下去,哭泣后请别忘了微笑,受伤后也别忘了开花,因为石头阻挡不住小草的成长。

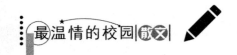

其实幸福很简单

曹 秀

作为有生命的人,谁也不知自己会有什么天灾人祸,当你有困难需要别人帮助的时候,你是不是感到自己很痛苦,甚至觉得苍天对你不公平。可是当别人需要帮助的时候,你是否很愿意伸出援助之手呢?我不知你怎样想,可我觉得人就应当帮助别人,因为这才是人类最高尚的境界。诚然,一个人有困难时,需要你的帮助,帮助他脱离困境,于是,他感到了欢乐,感到了幸福,感到了世间是这样美好。

曾几何时,我也是这样想:如果一个没有腿的人,你能帮助他站起来走路,这对他来说就是幸福。一个眼睛看不见东西的人,如果你能让他眼睛复明,看见世界上所有的一切,对他来说这也是幸福。其实幸福对别人来说都是很简单的事,都是在有意或无意间发生着,谁也不会过多看重自己办了什么事。可是对当事人来说这就是幸福,是让他们一辈子感激涕零的事,于是,在他们的心里经常思索着,如何报答恩人。然而对于我们这些正常人来说,事情本来并不复杂,甚至有些事办起来轻而易举,于是我们渐渐认识到:幸福就是这样简单。

实际上,幸福就是你帮助我,我帮助你,在生活中寻找乐趣。

温暖的声音

樵　夫

　　我的双脚已经挪不动了，手肘撑在膝盖上，屁股往下坠，裤子贴着水田里的泥水了。我倒着头从裤裆里望去，我想哭，水田的那头望不见边。我跟着大人们插秧已经四天了，早春的上午，双脚插入水田，脚仿佛被刀子划割着，血不由分说地渗出来。姐赶了上来，我给她让路。我总是挡着他们。我已经挪不动步子了，双脚陷入泥水仿佛打了桩。这是村里人的鄙视说法，村里人瞧不起一个在水田插秧慢吞吞如蜗牛般的人时就这样说。还有两天，我们这个假期才结束。学校是我的天下，我的快乐在那儿。我直起腰，看了看太阳，太阳才升上山冈几尺高，离午饭时间还遥远着。我站在田中央，木了。我明白水田里不需要我这样的人。村里的一些人站在田埂上，说，你今天"桩"在中间吧。他们笑着，笑声里充满着蔑视与揶揄。我感觉被一种弥漫的东西"桩"住了。这时，有人在村口唤我。我竖起耳朵，生怕听错。有几个人在喊，你妈在喊你，你们胡老师来看你了。胡老师是我们初中学校的校长，他很有才气，教数学也教语文，人又帅得不得了。他在方圆几十里都很受尊重。我从田里拔腿就走，村里人一路看着我，这时，笑容堆满了他们的脸。

　　我跑回家，双脚是泥，我羞怯地站在门口蹭着双脚。胡老师从椅子上起身，迎了过来，笑着说，累了吧。他又摸了摸我的头。我不到十四岁，读初一。母亲幸福地张着嘴笑着，我从没见过她那样笑过。我知道母亲的日子里需要这种笑，她需要被人瞧得起。母亲说，他不听话不好好读书，你帮我们管着他。

最温情的校园散文

母亲双手不知所措地搓着。胡老师说，他很用功，成绩是最好的。母亲这才放下心来，然后抱柴禾，去取篮子里的鸡蛋……临走时，胡老师说，以后你住校时要看书就去我房间拿。他从一挂钥匙串里拣出一把给我。

母亲送老师离开村口。老师远远地向我招手：别不好意思啊！

这声音让我们一家感到温暖。

一年多以后我升入县重点高中，我们学校只有一个人与我一起升入高一(五)班。全是陌生的面孔，我感到恐惧，我不知道跟谁说话，家在城里的同学用异样的眼神看着我们。我知道母亲即便把她的心全搁在我身上，也不可能给我在同学面前带来什么。报到后我们上第一堂课，老师宣布班干部名单。团支部书记，某某。大家刷地一下全朝后看，一个身材高大的同学从最后一排站起来。班长，某某。天，老师在喊我的名字！我不安地从第一排站了起来，我耳根发烫。后几排有同学拍打着桌子，发出笑声。真恨入地无缝，当时我就是那种感觉。班主任兼物理老师的杨老师，一脸宁静，一声不吭。教室里静悄悄的。杨老师面无表情地说，我告诉你们，你们中间入学考试最高分是某某。老师指着我。课后，老师把我叫到他房间，他住在四合院里，四方都是他的同事。一抹阳光斜斜落进老师的房间。老师说，你要好好带这个班，好吗？老师相信你。老师坐在床沿上微笑地看着我。那是陌生而令人生寒的九月，但老师的声音仿佛眼前这抹阳光一样温暖。

老师课后总要布置一道难度较大的物理题，而第二天能做出来的常常是我一个人。我常常着迷于物理试题的解答。老师把我叫到他房间，把他在江西师院时的参考书给我。两年一晃而过。我一直默默地，我知道命运的鞭子定会把我赶到家乡的水田里去。老师说，好好读书对你总有用的。记住老师说的话。

我记住了老师的话。老师的话像盏灯，不仅仅可以照明更给予我温暖。

坐在静静的山坡上

衣 水

我坐在静静的山坡上，一个下午都没动。而我的牛，在不断地吃吃停停。偌大的一个山坡，坡底溪流潺潺，坡上青草肥美。别说是一头牛，就是十头牛，吃上半个月，也吃不坏这些噌噌往上蹿的美味。

如此说来，我要在这个山坡上呆呆坐上半个月了。这半个月，吃过午饭我就把牛牵到坡下的溪边，然后我就放心地爬到坡顶。牛喝完溪水，就开始一个下午的大餐。我坐在坡顶的草地上，一动不动，守望着这个宁静的下午。

在我的梦境之中，午后的山坡开始慢慢矮下去。一点又一点，我渐渐开始看到山坡的影子，在缓缓地拉长。开始很胖实，后来一点一点开始瘦薄，直到像一张平铺并延伸向东山的纸。之后，遇到东山，就开始卷起来。到太阳落山，这西山坡的影子已经爬到东山的头顶了。

尤其是我躺在草丛里美美睡上一觉起来之后，山坡的影子正好到东山西山之间的小路上。这时候我从草丛里站起来，看看牛还在香香地吃草，我并不担心它会走失。这时候，我开始了一个下午的白日梦。

西山坡上有一棵特别的大树，有火辣的日头时，我会躲在它的阴影里。而现在傍晚时分，它的影子足足有这棵树的两倍高，像一只巨大而单薄的手掌，轻轻覆盖在山坡的肚脐上。偶尔有微风从我的身边路过，会感到满身的舒爽而不住地用手摸自己的肚脐。它呢——那只手掌，摇摇晃晃要飘走似的，但我却能够听到它沙沙的微笑。

最温情的校园散文

　　这时候我会很兴奋，几个纵身，我就爬到大树上去了。葱葱郁郁却疏而不漏的叶子，一个个还在晃动着舌头，对我诡笑。而有一些叶子，好像已经是过期的面包，被风随手扔到了地上。此刻，我正在和这棵大树融为一体。我想，我的影子早已经深深埋在它的影子里了吧。一个孤独的下午，我将和大树一起孤独地生长。我们的灵魂，也将一起延伸到东山的头顶上。

　　这一次，我借助大树的力量，终于肆无忌惮地长高了。我在大树上，真想变成一只未开化的猴子。可是，我偏偏不是。我远比我们不会思考的祖先更加孤独。即使我不愿意思考，但我终究不是一只猴子。坐在一棵大树上，一片一片的树叶，被我摘下来，我仿佛是把自己摘下来一样，带着举世的寂寞。

　　太阳在不断地下沉，我和大树的影子也在不断地长长。我看到远处，我的牛和它的影子，亦步亦趋地吃着草。我不知道牛在吃草的时候，都想些什么。它的尾巴不停地甩来甩去，追赶苍蝇。我发现，没有苍蝇的时候，它的尾巴也是甩来甩去，仿佛它的整个世界，都是为着苍蝇似的。这让我感到好生奇怪，难道一头牛的孤独，就在它的尾巴上吗？

　　我继续在大树上玩耍，突然看到树的半腰枝桠上有一个鸟窝。待我爬到鸟窝的边沿，却发现鸟窝里空荡荡的。连鸟都飞走了，我还待在树上干什么？一些树叶还在不断地掉下来，不知道它们摔疼了没有。不过我知道，在不远的将来，这棵树就将光秃秃地承受着比天还大的孤独了。

　　我从树上下来，顿时明白，一棵树的孤独在于不能行走；一头牛的孤独在于它吃草的时候，尾巴无用武之地。而我的孤独，在于无牛可放，只能行走在白日梦里。

天蓝着蓝着就阴了

何小龙

透明的蓝,是天的好脸色,那么温和,让人感到安静和亲切。

太阳是它的微笑,荡漾着暖意。

云朵是它哼唱的一支歌曲,随轻柔的风儿飘。

天的好心情,感染得山岳意气风发地耸立着,尽情把壮阔的风景展示。

天的好心情,鼓舞着河流浩浩荡荡地奔腾,不断地加快着流速。

可是,天蓝着蓝着就阴了,藏起太阳的微笑,歌声消失,一脸铅色,把沉重的阴影压在大地的心上。

没有人知道是什么惹天生气,怒气在它的心里郁结,逐渐形成雷霆和闪电,狂野地爆发!

我清晰地看见,一只在宇宙中怒吼的狮子,它的内心,原来是一窗玻璃,哗啦啦裂开,碎落。

守望天的大地,一腔柔情被锋利的玻璃扎伤。

她敞开母性博大的胸怀,包容了天淌下的每一滴泪水,用无言的沉默,收藏着天的悲痛和哀愁。

大概也只有大地理解天,懂天,知晓在天的世界里,也有不平、失意,也有忧伤和痛苦,当这些阴暗的情绪汇聚到一定程度,超越忍耐的极限,就会冲决理智的闸门,轰然倾泻!

所以,大地并不惊慌,她以惯有的耐心和宽厚,聆听着天的哭诉。

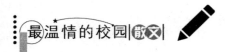

甚至承受着天的一些极为粗暴的举动。

她明白,等天发泄完了,心情就会由阴转晴,她静静地等待这一时刻的到来。

不久,雷电隐匿,天安静下来,一脸的乌云散开,蔚蓝里绽露出一轮璀璨的微笑。

这时,大地真切地感觉到,那照耀和温暖它的阳光,就是心怀歉疚的天在抚摸它的手掌啊,那流过自己身体的爱意,早把她悬在心里的担忧融化。

在我的心灵深处,也隐藏着雷霆和闪电,但我却没有勇气向这个世界发泄。这也就是我会时常仰望天空的原因。

热爱泥土

何小龙

我没有理由不热爱泥土。

从小就与故乡的田野耳鬓厮磨,多么亲切。

当我臂挎竹笼在鸡啼狗叫声里走向田野、河边的时候,蜂飞蝶舞的土地十分慷慨,不会让猪羊的期待落空。

尽管笼缝里滴答着我咸涩的汗珠,使我过早地品尝到艰辛的滋味。

但母亲的一句赞语和猪羊迎接我时的欢快蹦跳情景,又会让我很快忘记气喘吁吁的疲惫。

我为我很小的时候就能在故乡的田埂上踏出很深的脚印而自豪。

虽然脚丫上的泥巴早已被流水冲刷、带走,但那清凉的感觉依然氤氲在我的记忆深处,没有被时间的风吹散。

我也忘不了，夏天当我头顶一片荷叶从长满青草的荷塘边走过时，青蛙们纷纷跳进池塘里向我所展示的优雅游姿。

还有鸟儿的欢鸣，虫子们弹拨的琴声，依旧热烈地演奏在我怀念的舞台上，不曾落幕！

我没有理由不热爱泥土。

在城市里，我时常藏身于公园或街心花园，躲避烟尘的袭击和噪音的轰炸。

这时，长自泥土的花丛和树荫就会呵护我，就像呵护投奔它们的一只蜜蜂或蝴蝶。

夏意深深

王诣

从家里到学校，骑自行车需要三十分钟，周末前后，我来回地跑，平坦宽敞的水泥路像一条纽带，牵系着我生活的全部。

周一返校，我起得比较早。轻轻推车出门，乡村仍在酣睡，但空中有更早的鸟儿在鸣叫，田野里也有辛勤的农民在劳作。在清凉的晨风中我把车子蹬得飞快，到学校时，微微出汗，便开始了工作。

回家多在周五的下午，风很凉爽，夕阳在树梢上空往家的方向慢慢坠落。水泥路平展光洁，自行车轻快地前滑，发出清脆的"铮铮"的声音。

水泥路坚实无比，车子跑过不留下丁点儿压痕。

路两边是高大的白杨树，笔直而自由地在空中伸展开它们的枝叶，风穿拂而过，发出簌簌的声响，它们的根却沉默着扎在底下，像我们生活在平凡的世界里。

路当中,不时有机动车呼啸而过,那是距我很近却不同于我的一种生活模式。在我的眼中,他们多是一些匆匆的过客,就如我只是他们窗外一瞥的风景一样。我喜欢自行车,钢性质朴,不带一点异味,就像生活最初的本真。我喜欢它的节奏,悠缓从容,像岁月的交迭,每一步前行,都仿佛踏在岁月的厚背上,能让我感受到真实的力度。

时常有人笑我辛苦,也有人羡慕我自在,我展示给他人的只是骑车来去的身影。夏日炎炎绿荫深深,其中的甘苦唯有自知。

我以这种方式行走我人生的历程,一圈又一圈,路在脚下;方向,在我心中。

月光微凉

邵孤城

苏小明和那道数学题正斗得难分难解的时候,窗外突然传来几声"呜呜"的声音,声音很轻,很难听得真切。

会是谁在哭吗?有点像,是那种压迫声带强忍住的哭声。苏小明想,会不会是隔壁的陈三又在打老婆了,可是这声音分明不是隔壁发出来的;要么是陈三老婆逃到楼下却发现无处可去,只得在楼下无助地呜咽?他打开窗子,好奇地往楼下张望着,可是他既没有看到陈三,也没有看到脏兮兮的陈三老婆。倒是一阵冷风吹过,带进一屋的寒意,苏小明赶紧关好窗,疑惑着坐回写字台前继续他的"抗战"。

但是刚一坐下,那"呜呜"的声音便接踵而至。"耳朵作怪?"苏小明侧着耳朵听,这回听真切了,楼下的确是有什么声音传上来。他又打开窗,农历九月十八,深秋的月光干净,如水银般泻了一地,苏小明仔细搜索着楼下的动静,可是，还是和上次一样，他什么也没看见。

他决定下楼去看个究竟。

居民楼和居民楼中间有三十米的间隔，现在地价疯长，寸土寸金，这三十米便也被各家"占地为王"，或是搭个简易小车棚，或是种上四季果蔬，仅留一条过道供住户进出。老居民小区本没有物业，居委会的大妈也懒得和居民们啰嗦，睁一只眼闭一只眼落得清净，这种乱哄哄的格局就一直延续了下来。

苏小明沿着过道往里走，一边仔细搜索着。来回走了几遍，愣是什么名堂也没瞧出来。"明明听到是楼下传来的声音，奇了怪了，怎么我一下楼，这声音也跟着没了呢？"

苏小明纳闷着，斜眼一瞥，看见母亲占到的那一小块地里种的几颗青菜不知被谁踩倒了，新鲜的泥土翻在外面，格外刺眼。他赶紧跑过去，把几颗菜扶起来，把土踩结实了。

白玉芬占到这块可怜的地也着实不易。楼下的空地被瓜分得差不多的时候，她才后知后觉地要去分一杯羹。那天白玉芬做工回来已经是晚上八点半了，按照多年的习惯，她会先把前一天的衣服洗了，可那天苏小明没有听见母亲洗衣服的声音，倒是母亲进进出出急促的脚步声告诉苏小明，白玉芬今天一定有什么特别的事情要做。

苏小明到客厅的时候被母亲的穿着吓了一跳，她换了一身多年不穿的衣服，因为是年轻时穿过的，颜色显得要花哨得多。白玉芬自己也有些羞涩，所以她的脸有些潮红。

白玉芬告诉苏小明她要去楼下占块空地种菜，苏小明非常不屑，不仅不屑，甚至有点生气。他故意呛了一句："你喜欢种菜，到乡下去种好了！"苏小明说完就后悔了，自从父亲出事以后，母亲就一个人靠做钟点工挣的钱供他吃供他穿供他上学，母亲受的苦别人不知道，他做儿子的还能不知道吗？

第二天苏小明上学的时候，就看到楼下的空地里又多了一块菜地，他知道，这就是母亲昨天晚上的杰作。可惜是狼多肉少，母亲又是迟来一步，占到的地是边角料不说，还在过道边上，这样她种上的菜不是被顽皮的小孩子连根拔起，就是被路过的车子不慎轧坏，有几回，小区里的狗还在菜地里刨出一个脸盆大的坑。

想到狗,苏小明的脑袋瓜子像被什么击中了一样,使劲摇了两下。刚才那"呜呜"的声音,确有几分像是狗的呻吟,如果真是一只狗在叫,他苏小明却听成陈三老婆的哭声,还如此郑重其事地跑下来,那真有些说不过去了。

他决定最后再巡视一次,如果还是一无所获的话,他就上楼了。白玉芬快回家了,如果被她发现家里没人,她一定以为儿子贪玩耽误功课了。苏小明是个自觉的孩子。

苏小明走近对门郑家搭的简易车棚,说是车棚,连个门也没有,车是不敢往里停的,郑家把一些派不上用场却舍不得扔的东西堆在里面,算是给它们找了一个归宿。苏小明往里探了探,里面黑咕隆咚的,什么也没发现。他刚要离开,耳边突然传来一阵低沉的咆哮声——里面竟然有一只狗,真是一只狗!

苏小明觉得有些恼火,但对一只狗又无可奈何。他只能装出呵斥的声音,冲狗骂了几声,然后就打算上楼。就在他转身的时候,一团黑影从车棚里钻出来,蹭着他的身子跑了过去。狗跑出三十来米远的时候趴在地上不动了,借着月光,苏小明看到狗经过的地方,留下斑斑点点的血迹,这是一只长得很好看的狗,全身的毛都是金色的——或许是谁家养的宠物狗,脑袋上主人给它扎的辫子还在,可惜牛皮筋松掉了一半,一半的狗毛就披散下来,身上穿着一件脏兮兮的花格子"衬衫",早被什么东西划破了一大块,耷拉到了脚下——如果这是个人的话,这身打扮绝对是个精神有问题的疯女人,可它是只狗,这是只要么被主人遗弃要么迷路的狗。

狗趴在地上一动也不动,苏小明慢慢向它走过去,狗挣扎着想站起来,勉强站直了,可是脚不争气,哆嗦了几下又趴了下去,它站起来的瞬间,苏小明看到它的后腿受伤了——刚才一定是耗尽了它所有的力气才从车棚里逃出来的。苏小明看着狗,狗也看着苏小明,它的眼神是那样的无助和绝望。苏小明突然想到了父亲,父亲现在会不会也像这只流浪狗一样无助和绝望呢?

苏小明蹲下身子,狗又开始发出"呜呜"的声音来。

"别怕,别怕,我是来救你的!"苏小明轻声对狗说,一边试探着往狗身上摸去。狗一点反抗的力气也没有,苏小明的手触摸到狗的时候,他只感觉到狗在不停地颤抖。他来回抚摩着狗的背,说:"我是来救你的,跟我回家!"

且 听 风 吟

听 雨

黄南军

听，那是雨声，是美妙的旋律，融入根的世界！环抱着大地……

听，那是心律，是拨动的心弦，流向心的原野！倾吐着温情……

我喜欢雨的洒脱、柔丽，你轻轻地亲吻着我的脸颊，浸透心扉，让我清新！使我明快！你乘着彩云飘逸，扶摇在蓝天之上。你随着风，带着露珠，像一丝绸缎，装点美丽的世界！

你来了！近了！却又远了！恍惚间，你和我似不在同一地平线，穿梭于时光的隧道，你在找寻你从未有过的真，你的情！漫步人生，在爱的轨迹里是否有你我的交融，是否能有交叉点，我深情地扼守在玫瑰的花园，却找不到你的芳踪！

流连，在彼此的距离；留恋，在你我的风景，长路漫漫，我心的足迹在延绵，可还是看不到你的风景，你缥缈若纱，找寻到你的时候却留不住你心的脚步，我打开心扉，用手去捧——捧回的是你珍珠般的泪滴，捧不到的是你环抱的世界，你肆意地去流淌，却流不进我的荒原！

走过，方知岁月无痕，留不住你的脚步；爱过，方知沧海桑田，迷蒙的双眼，在单一的人生色彩里，机械地重复着过去，和现在以及未来！落寞的岁月里多么渴望你的温情渗透，多么希望能有一次爱的机会！那是春天——春天的雨，倾听，融合在那个季节里……四季的变迁变幻我的心情，左右我的心绪！无语问苍天，我犹如驰骋在落日的疆场，我看不见了……

潮来潮去,风起云涌,你从遥远的天际走来,融入海的世界,你因果循环,重复着你美丽的脸,还有你的笑颜,轻轻地绽放,抖落你的万种风情,去飞扬你的风中情缘,你真的要远走吗?带着你的激情,带着你的纯真与梦幻,遁入心河两岸,进而逐渐烟消云散,残留在我心中,成了梦中童话,现实中的海市蜃楼,我努力地去争渡……游弋在两岸,我只看见雨后的迷雾,却看不见你坠落的花环——也许你美丽的倩影柔醉在池藻间,去粉饰你美丽的残梦。

人海茫茫,独自"逍遥"于我的空间,没有人惊扰我的宁静,这宁静的美,让我感觉太孤独,尘封的自我世界里听不到雨的喧嚣声,也听不到雨的飘飘洒洒声,那雨中丽影,雨中丽影在何方?会阻隔在你我心的世界吗?……

走过一路风尘,我打开明净的窗,让春雨洗刷我尘世的灰尘,让久远的你走进我的视线……听!那遥远的心的颤音——在扑通扑通叩打我的心啊!

走过岁月的长河,你我都会回归到心海的世界!

听,那是雨声,是美妙的旋律,融入根的世界!环抱着大地……

听,那是心律,是波动的心弦,流向心的原野!倾吐着温情……

苍耳,苍耳

才 苟

苋草、苍耳子和曼陀罗长满了院子。它们都是些极具繁殖能力的植被,对,这里用植被比较合适。我不知道字典里是否有这个词,当看见院子被它们覆盖,拥挤的样子,厚实的样子,温暖的样子,我想起了被子。他们的长势有些霸道,密密匝匝的,地皮儿都没有办法呼吸,像被窝里的肌肤。我也很难分清,

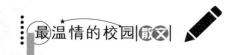

苍耳和曼陀罗是果实名，它们能否代替一株茂盛的植物？树上结着苹果和梨，可以叫它们苹果树梨树，红薯生长在土层，茎叶铺天盖地，农民指认它时叫红薯。想必，苍耳和曼陀罗也可以这样叫。不同的是，它们是中药，又生长在医院宿舍区的院子里，更适合它们的名目和形态是，中药铺抽屉里清凉、静默和毫无水分的，标签上的两个或三个汉字的组合。所以这样描写时显得不实际，不可靠，甚至被诟病。

我应该这样写，院子里长满了植物。一些在秋天里都将果实呈现出来的植物。我从院子中离开，行走在街上，从街上乘车去了趟城里，拿些颜色快要褪尽的衣服，鼓鼓囊囊装了一包袱，回到乡下陪父亲吃了午饭。衣服是给他的，他穿着这些衣服陪我吃饭，脸色很好，身上很干净，问候也是干净简洁的。傍晚的时候又回到那个院子，灯火次第开放，才发现裤脚和袜筒上纠缠着无数的苍耳。那些难缠的家伙，很主动，在十个小时里旅行了四十公里，逛了街，看望了我的父亲，从城市到乡村，行程显然不同于药柜中的苍耳，被人摘下、洗尽、烘干、包装、进千家药铺，被煎熬，血液和骨骼分离，变成植物纤维然后被倒在乡下的土路上。路过的狗们并不清楚它是苦口良药，作出一副拒绝疾病的样子，走开了。我又回到了那些可以入药的植物当中，它们隐藏了药性，生长得依旧葳蕤。偶尔有一天，有拾荒的老人误入其中，没拾出什么值钱的东西，诸如塑料袋，矿泉水瓶。他蓬松的头发，破烂的衣衫，没有补丁的袜子是灰颜色的，裤脚突然间就短去了一截，布满灰尘的脚像一个抬头仰望的孩子，他望见了几寸黄色的皮肤，在夕阳里神奇地反光。苍耳好不容易找到一个全心身拥抱它们的人，丝毫没有犹豫地亲近了他。它们亲近了一个老人，年龄似父亲，我看着就激动，就温暖，还有些哀伤。

还值得我哀伤什么呢？苍耳子生长得茂盛极了，到了秋天果实也累累，数不胜数，哀伤收获吗？可能不是。青春像鸟儿一样从我的脸上飞走之后，十几年转瞬即逝，我也收获了沉默与平静，就像现在，我可以心无旁骛地去打量这座快要荒废的院子，并记下它们。

秋，天变得高远了，白云游手好闲，一阵风将季节从高远处刮落到院子里，另一栋人气稍微旺盛一些的房子前枫树魁伟，枫叶应声而下，缤纷不已。人气真是可贵的东西,通往食堂的路、通向老房子的路很光滑,下雨天能照见人影。苍耳子就挤在路边,伸长着脖子,在秋风里瑟瑟站着。它们都站得很疲倦,分明是将可以入药的果实高高地捧在胸口,却无人问津。我突然就想起了那个拾荒的老人,像被金黄色阳光中飞舞的灰尘给提醒了。真的,想到他时,阳光异常温暖。我得告诉他,苍耳子可以入药可以兑换成货币,别看它烂巴巴荆棘丛生,其貌不扬,它具有开窍明目的药效,有合适的人等着收购,采了它去换取你想要的东西吧。院子里散落着中药炕箱的碎片,木质,快风化掉,炕箱里的石灰铺陈得满地都是,折射出冷却后冰凉的光。它们唯一的用途是可以供留下来的人晒鞋子,老人家可不能对这些鞋子动心思,我们都离开这里之后,你才是这里的客人。鞋子留给我们走后面的路吧。

我真的要离开了。离开后只能在这个院子里留下一些很寂寞的东西。不知道为什么,人只要在某个地方生活过、打量过,驻足过,离开后总会留下些很寂寞的东西。这些东西在空气中久久不肯消散。苍耳子会在离开之后的某一个冬天的早晨,徒然老去,纷纷坠入泥土,不再对曾经的茂盛抱有任何期待。

苍耳,开窍明目,可以治疗鼻炎,提高视力。即使这样,我同样也不再对它抱有什么希望。它开在我的行走中,开在我的睡眠中,开在我的恋爱甚至开在离开之后的寂寞当中。越来越发现和苍耳朝夕相处了十几年之后,我失去了对许多东西的嗅觉,比如中药的气息,医院里弥散的来苏尔、脚臭,还有灰尘的味道,这是来自本身的;我甚至闻不见农民的汗水、弃婴的小便、父辈的口气。苍耳没有治疗没有修复,放任这些气味一一从我的鼻孔中失踪。我同样也看不清许多事物、时间是怎样溜走的,人群中争吵的起因,名利为什么会让魁伟的汉子变得身材佝偻,狗为什么在很远的地方就发现了我在苍耳丛林中丢弃的新鲜骨头,晾晒的鞋子没被穿走,它自己走丢在什么地方,我也看不见。我也想就这样赤诚地走丢,这样做至少还会有一个好处,那就是苍耳在我的身体上再找不到纠缠的地方,在院子里长久地待下去。

雨打黄昏，人约入梦

贺 静

三月的窗外，细雨翻飞的黄昏，雨轻轻地打湿窗沿，如丝缠绵，轻轻地落入楼下碧绿的湖面，醉倒潺潺的流水，流连忘返，忘记了流动的方向，停留在这里，不知道归去。

清风习习，繁花飞舞，飘落一湖的花瓣，火红火红的落花，娇艳的花瓣，浸着无限的哀怨，铺满了整个水面，染红了幽幽的一潭碧绿的春水。

一阵微风轻拂，惊扰宁静的湖面，那小小的花瓣漂浮在水面，时而在风的吹拂下，在水中旋转一个优美的线条，然后悄然随着水波微微荡漾，泛起点点涟漪。

远远望去，细小的雨花飞溅，落红无数，香消云散，洗涤鸟语花香的灿烂，浓缩淡淡的花香，打湿岁月的记忆。

支起一把油纸花伞，走在三月的江南，站在古典的屋檐下，聆听窗外连绵起伏的蛙鸣，和着天上清脆悦耳的雨声，纠缠在心里的便是无数的唐诗宋词。

看着无边的细雨成为黄昏的珠帘，手捧一朵小小的雨花，瞬间消失，变成烟花，装饰此时的牵挂。思绪撩风，融化无限的烦忧，凝成一季的相思。

就在这百香消散之际，带着潮湿的思绪，霓裳翩舞，守望一份没有期限的寂寞。当雨丝静静地飘下，遥想着玫瑰色的温柔，在耳边模糊地呻吟，用一生的思念亲吻那几辈子的恩怨。

风起雨珠舞春风，桃红点点映残红，三月的乡村，江南的黄昏，金黄的油菜花铺满大地，独自飘零在风尘，五彩缤纷的灯光，销毁了柔梦般的呓语，也不能发泄灵魂里的愁，日夜的期待，一个温暖的拥抱。

黄昏的雨，雨瘦香浓，就是这样的淡雅清秀，叫人走在滚滚红尘里，依然无限地依恋那充实在里面的内容。三月的江南，书画里的世界，几千里的绿芜，总是无形地打开尘封了的记忆，云雾袅绕的山山水水，蒙蒙烟雨心儿碎，宛如泪滴，遗落潇湘，给予无尽的遐想。

黄昏的孤单，遥望梦里的红颜，踏着满地的花瓣，行走在这流光暗转的香馨里，宛如帘下的芭蕉，陪伴着悠远的音乐，在雨中摇曳一地的怜惜，潜伏在骨髓里的思念，在这浓郁的柳絮里，压抑不住渴望，崩成一片葱茏。

或许这寂静的黄昏，飘着细细的雨丝，在这春色浓郁的时节，满眼星星点点的绿芽，告诉流逝的时光，此时春色有多浓，对你的想念也就有多浓，不知道此生的守候，能否换来一个和你永恒的约定，一个激情的岁月，一片草长、水柔、风暖、日丽的景色，一个浪漫的梦。

或许花瓣纷纷入枕边，梦随天涯情已远，此时的思念在梦的这边绽放妩媚的容颜。或许享受这黄昏时候的落寞，绘画这片刻安宁的时候，等待也就越重，飞跃了红尘里的凡俗。

一缕清风，万般细语

贺　静

蓝天下的四季在变换，神秘的风也在不停地流动，给予不一样的视线。寂静时刻，走出去吹吹风，让沉重的思绪在风里孤单，让烦琐的事实被风吹得很远很远。一缕清风，万般细语。

春天的风,总是洋溢着花香的朦胧,总在艳阳天空,高挂着亮丽彩虹,粉红色的桃花沾满笑容。风里有温暖的雨丝,在柔柔地飘动,扑在脸上,有几许清醒。

夏日的风,也总是捎带些爽朗的味道,绿色染遍草丛。风里有火热的气息,带着轻盈的脚步,激活沉睡的渴求。

秋凉的风诉说着迷人的枫红,虽然娇媚的花已经凋谢,但是窗外也是色彩斑斓一片。风里虽然有点冷的味道,但是却在惊扰汗水的流程,品尝着忙碌的果实。

寒冬的风席卷着落叶,吹着孤傲的脸孔,给予大地银色世界。锻炼着温室里的花朵,磨出玉石般的光彩。

在寂寞时分,站在窗外,感受着这风,曾经的失去和拥有,夹杂在这风里,感觉还有点温柔在轻拂面孔。有谁能左右它的来路,又有谁能去控制它的步伐。四季的清风,万般细语,就这样默默陪伴着翻滚的时光,在隧道里渐渐前进。

打开窗户,让外面的风走进来。把歌曲变成风铃,让风带走一切的冷酷。风中的心绪,一丝一缕,都没有哀愁,也没有失落,枯涩也不在这里留恋,只有轻松在飞舞。在这茫茫人海里,往事浮浮沉沉,来去没有踪迹。世事颠颠倒倒,等不到真正的主人。爱恨情仇也都在盘旋歌舞,不能永久停留,只有喜怒哀乐依然围绕。但是走过的路,经受过的坎坷,看过的风景,怎么可能宛如云雾,心中没有爱和痛的感受呢?

看看一路上出现过的路标,发现此刻的自己已经和过去的感受不同。那一路上也有繁华如锦,也有冰雪覆盖。一颗心或许也会遭遇阴阴冷冷,或许也会疯狂得忘乎所以,轻狂和飘忽。曾几何时,风华正茂的季节,也保存着像风一般自由放松的甜蜜享受,只是现在已经不再拥有,那如花的岁月。

曾几何时,半夜醒来,梦中也有失落和感动,泪打湿枕头。看自己有过的心情,可能也感觉到有些寂寥,不如打开窗,去亲吻那耳边的风。风中那浅浅的笑,用一身温柔束缚,交换着今天的冷漠,一次次温热了夜晚的孤寂,带走一切短暂的白霜。

让风带来遗忘的快乐，在记忆里去好好珍惜，拾起纯洁的希望，用最好的细胞去回味，那曾经的美丽，让心跳像云般自由，让轻松没有了疲惫，身心永远不烦恼。

睁开双眼，张开双臂，看看山外的田野，捕捉风的脚步，让自己宽容地去看待过去的灰尘，编织明天绵绵的甜蜜，拥抱天边不落的太阳。哪怕昨天还是罪恶深重，一样可以吹吹大自然里的风，挺起自己的胸膛，迎着雨，走过荆棘，说出自己心里的梦。

莲心玉洁

贺　静

清澈的夜里，看窗外深邃星空，冷冷的月色，像瀑布倾泻，洒落在被面，也鞭策着幽暗处的寂寞。

风，千丝万缕，带着几分梦里的温柔，从天外悄悄地来，轻轻地在湖边跳跃。夜深未觉，风露溶月，淋湿了寂寞，也冰冷着迷茫的双眼。

烛残歌罢，无限风月，恰如此时耳边的古典音乐，涂罢所有的文字，满身花景也有了几分潮湿，串串晶莹的露珠不知道何时闪烁着自己的光芒，挂在了碧绿的草叶上。

伫立于夜晚幽静的边缘，聆听悠悠夜曲，空气中流淌着花的清香，品味着花的芬芳，遥想此时月下的莲，是否和我一样，安静、淡然？

深夜独处，我只知道我的夜晚，梦里粉香荡漾，笑整香云，花蕊的美丽。抚平所有的疮痍，低眼伴行，涵盖空虚。化身月下的白莲，冰清玉洁，惊扰你的梦

最温情的校园散文

境，莲叶浮沉之时，清香四溢，让你幽思绵绵，为我忘记红尘。

如雪的月华，静静地流泻，顺着花瓣片上的经脉，看得见它流动的方向，数得清它的血脉。淡黄色的花蕊，堆积着松软的黄色花粉，于夜风里轻轻摇曳，洒落于花瓣里。

静静地看着盛开的莲，玉洁莲心，淡然若水，没有一点杂质玷染。细小的花粉，点缀在光滑细腻的白色花片上，格外娇媚。呼吸着它淡雅的花香，贪婪地亲吻着月下的莲，湖畔的白花，闻着它的幽香，享受着它的美丽。

看，这莲的花，一片一片，洁白无瑕，宛如玉。淡淡的月色，冷冷的夜，缠绵萦绕着莲的影，融合天宫里的云，于夜色浓浓里浅浅微笑，娴静幽雅。月下的莲，此时更像是诗，不信，你看，甚至连莲的茎，都宛如翡翠，晶莹剔透。

依着音乐，在夜的宁静里，怀抱着莲的白，身心都沉浸于莲花的雅致里，不加修饰，遗忘了往昔杂乱的词语，也忘记了烦琐，更想不起红尘里的是是非非。

眼前的月光啊，在朦胧的景致里，云淡风轻，清纯淡雅。淡淡的风情，是如此的透明，竟然也映染了莲的枝叶，让一切都有了绿色的光彩镶嵌，绘出优美的弧线，夺命断肠。

伴随着这溶溶的月光，漫步在宁静的湖边，安详宁静。任凭夜晚的风纠缠着长发尽情地飞扬，看月下的莲，莲心洁净，暗香阵阵，卷走虚浮，让心瞬间安静下来，停止了思维。音乐袅袅，掺杂着月下的白莲，透明清新，优雅含蓄。折射出如烟飘飘的温馨，轻拂而下，洗涤我风尘仆仆的思绪，铺天盖地，赋予我清新的诗句。

夜下的风·月·影

贺 静

我喜欢夜,因为它安静,可以让我放飞思绪,享受寂寞的美丽。此时此刻躁动不安的心灵获得了平静,失落与不快都在夜的苍穹里,被幽静打得支离破碎,只有在寂寞里落下点点沉淀。

我喜欢夜,因为它漆黑的世界,银月弯弯,轻风习习,偶尔繁星点点,独自一个人静坐在这样的环境下,沉浸在悦耳动听的音乐里,简直是一个可以让疲倦的心穿上绝美衣服的舞台,抚慰内心的浮沉。

所以,我喜欢夜,也恋上了夜里的一切。在红尘滚滚的现在,浮躁的日子里,更多的时候渴望着夜晚的到来,更喜欢夜里的风、月、影,因为它们总是有我无法用文字表达的感觉,构成我向往的境地,于我烦躁的时候,给予我宁静和理智,让我学会沉思和冷静,于前进的路途里成为我最深爱的情人。

漆黑的天空,夜下的月,似乎也总是带着几分浪漫,有写不完的诗意,诱惑着我深深的眷恋,走不出它的清丽。

一弯残月挂天边,淡淡的月华清澈如水,看不见一丝杂质。如潺潺流水,轻轻地笼罩着宁静的大地,偶尔还有透明的云彩徘徊,遮挡住朦胧的月光,折射出瘦长的影,轻轻地躺在夜的怀里,静静地欣赏月光构成的雨。

没有月的子夜,或许是阴雨绵绵的天,虽然没有幽幽月华普照,看不清楚摇曳的花朵,也看不见优美的影,只有温润的雨,婉转得没有词语可以发泄,透着一种超凡脱俗的古典美。

最温情的校园散文

但是那蕴涵雨丝的风,却是万般的柔滑,拂在脸上,只能感觉到冰冷,却触摸不到它真实的踪迹。

夜下的风,这个时候也别样的温柔和细腻,融入雅致甜美的气息,细细的,柔柔的,吹拂在脸上,宛如一双柔媚的手抚摩,落下的瞬间,总能唤醒心底对幽静的渴望,沉醉在风的清凉里。

夜空月下的花在清脆悠扬的音乐中,虽然没有白天的妖艳,也无人欣赏她无比的艳丽,更没有好听的赞颂响彻四周,只有一片安静。微风轻拂,和着自己清瘦的影子,在漆黑的夜晚轻轻地摇曳,演绎经典的浪漫情怀,让时光停留,让人有种贴近心灵的震撼。静静地展开花瓣,于风里留下缕缕清香,于空中自然地穿梭,放飞沉重的思绪,寻找到那一方宁静。

在漆黑的夜下,大自然一片寂静,让你摆脱俗世的纷扰飘在云间,烦琐和忙碌都停息了脚步,只有寂寞泡着月下摇晃的影,其韵味是高雅、古朴,妙不可言。那可以摇动的影,仿佛是梦境中流淌的清泉,在说着无人可懂的语言,刻画出一个世外桃源。

我喜欢夜,因为当夜到来的时候,当风悄悄地偷听我的绵绵思语之时,月偶尔也会羞涩了面容,躲避在云影里,拨动我心灵上的情弦,写着自己几辈子的诗句,浓浓的相思,于红尘里流淌了几个世纪,也总是深爱夜下的朦胧的风月和清瘦的影。

淡淡月夜染热血

贺　静

夜，轻轻地笼罩着窗外，也抚摩着平静的湖面。整个画面的格调清冷、幽静，让人怀疑不是在凡尘。

山，已经逐渐模糊，看不清楚它的坎坷，只能感觉到它的柔媚。没有了白天的高度和威严，于夜晚里也开始释放思绪，对月呢喃。

月，圆圆的，白得没有一丝污点，透过薄薄的夜雾，淡淡地挂在天边。

窗外，初夏的夜，清风千缕，已经没有繁花的娇艳，风过处，撒播浓郁的花香，弥漫成绚丽的季节。幽寂里，寄情梦魂处，对月与君醉，空剩清风絮。缕缕带着雨丝的清风，袭过茂密的枝叶，摇晃之间，留下唯美。

雨，此时也已经不再是线，而是丝，偶尔装点着黄昏，带着惆怅，潮湿心绪。斑驳的树影里，婆娑中的空隙会漏着月光，穿过黑的衣，有银色穿过夜，照亮着静静的水，将地面也染成一层霜，光洁如玉。

黄昏不知道何时就拉下了帷幕，夜也就悄然地打湿有点热度的星空，不知不觉，卷走白天的烦躁。

清茶半盏，月上东山，冷冷的月光，满湖清光，万籁俱寂。清脆的蛙鸣，随着夏的节拍，响了起来。

帘下，古筝悠悠，宛如一股清澈的溪流，让思绪脱俗，洗去凡俗，心香一瓣，沉迷于梦里云外的轻盈。

此时的夜，朦胧的月下只有湖水微波拍岸，荡漾开涟涟水波，在这撩人的

初夏月色里,少了一点嘈杂,多了一点心灵的自由。特别是那细雨搅拌着清风,那一抹清新的感觉,一丝丝地反射出银白色的月光,恍如神仙。悠然之中,潇潇残红裹着几分浪漫的味道,迷离缠绵。

淡淡的月,浓浓的夜,轻轻的,月色落入幽蓝幽蓝的湖水里,随着微波缓缓荡漾开去。

依着这流畅的音乐,闲看帘外春花落,独自享受着夜的清凉,凝眸沉思,陶醉。遥望这夜色里连绵的山影,薄雾缭绕,几丝秀逸几分淡,清冷中独自缠缠!繁华的山,热燥的景,已经洗去面具,晶莹剔透。感觉夜真的很神气,透过黄昏时的寂寞,让如此沉默的景,竟然也多了几分温柔的色彩。

看,风过春淡,衣袂飘飘随风起,夜深风敲帘无语,点点滴滴的片段,不忍望,月色洗愁,爱意几多染。那一轮弯弯银月,千年依然没有改变,无声地演绎着月移花成影的绝美,虽只是昙花一现,却也流淌着瞬间的美丽。

听,梦里梦外,空中流淌的,是那清幽的,月下的弦。空灵的音符,一声声,包含水的清澈,于微微波纹里弹拨着闪烁的星星,宛如宝石般明亮。虫唱蛙鸣,轻风随流萤,只有弦在舞,吻了双眸,也渲染了风中穿梭的孤鹤,贴着有点凉的水面,低头私语梦悠悠。夜的静,也融着清冷的月华,和着夜的深,轻洒落花,扫去暗红。

躺在清清的月色里,想着、念着、牵挂着,那远方的人,不知是否安然无恙。可否和我一样,聆听着月的歌唱,喝着浓郁的酒,迎风长笑。怎能忘,风雨袭击时的痛,承载着悠悠红袖多少暖。怎么不知,血浸染了的山,爱也笼罩了那一屏落花烛帐,千里万里也添香!

回首岁月,五月十二日的那时刻,盈盈相思,流尽苍天泪。淡淡月夜泻千古,走出孤独,掩埋怒发冠,却染了热血,翻滚了青天。五月十二日的落花不需记,哀愁痛心扉,抚琴摇歌,甘愿把青春舞,写进中华的曲。热血冲啸,翻江倒海,臂揽日月山川,丝丝缕缕绕心间。问世间,抱志愿,梦阑独瞰,生我养我的祖国,不绝望。九天可问月,男儿爱意永恒在,豪迈撒江山,志在刷新灾难换乾坤!

春浓夜深，静听云水呢喃

贺 静

　　窗外，春意正浓，夜色淡，风轻雨飘柔，花开花落，瞬间一灿烂，片片红颜如梦幻，这片哀怨的花瓣，轻落枕边，惊扰春花的香甜，醒时人情炎凉如雪过，相思盛开，无比娇艳，可惜云深情淡，只能化作青烟，消失在天亮之前。

　　春浓夜深，繁花点点，静坐在夜的边缘，聆听夜的呼吸，红尘里是谁在弹琴，拨动着我那饱含思念的琴弦，在空旷的宇宙回旋，余音袅袅萦绕耳边，牵着思绪万千。

　　子夜时分抬望眼，在那水云朦胧之间，恍惚之中是谁白衣青罗带，纤指一抹，那星星点点的乐韵顿时响在空间，装满整个房间，装饰每一个角角落落。

　　古弦声声，瞬间把风月便坠入夜色，在雨里飞溅，那可以看见的花瓣，动作如珠落盘，残酷无边，声音清脆雅致，如动人的音乐。让梦里的红颜渐渐走来，在音乐里浸润，那最美的缠绵，清冽透明，没有半点尘埃。

　　深夜，云水相间，万物酣睡，明月高悬，缕缕清风低旋，幽幽一地如银的月光，笼罩宁静的大地，倾诉一时的哀伤，一生的爱恋。

　　风尘里，高楼上，屋檐下，寂寞的影子如风曼吟，似水轻诉，把等待独自拉长，变得没有期限。

　　站在窗前，在聆听里把心蔓延，无奈春深梦浅，繁华如梦落，只能看见桃红点点，几多无奈，只能醒时轻启朱唇，泪挂腮边。

　　茫茫风尘几多怨，三番折腾四番爱，都在月光里摇晃，曾经的华丽。一生的记

最温情的校园散文

忆,写着几多的激情,落下多少的伤痕,都在这夜色里腐蚀,那年轻时候的足迹。

走过一段路,遗忘一些事物,烙下滴滴印记,静听云水呢喃,默默体会那最痛楚的滋味。

夜色深深的庭院,银月轻移影,暖风巧戏帘,封锁着梦里的红颜,独守阁楼,相看无言,只能沉默一片。

楼外青青的翠竹,尖尖的叶片,在微风里摇曳,舞姿如水婆娑,如花开落。

往事如云过,情深几许,或许是昙花一现,只留寂静守候风雨里的灿烂,书写等待,反思匆匆流逝的时间。

静坐在夜的门槛,看月色淡淡随流水,情深几许在呢喃,四周寂静银水流,和着书画里的曲线,想象着古典里的浪漫,陪伴着那天外的音响,成就潇湘斑竹的泥浆,将春夜一一在灵魂里溶解。

窗外阵阵悦耳的声音,宛如你的呻吟,洞悉一切恩怨,无限惆怅。一夜春风静袭面,那一抹不能歌唱的情思,夹杂着移动的思念,蕴涵着最纯真的梦想,用文字记录着心绪点点,在夜色里独自呓语,来自内心上的悲哀,成就曾经那一时的思念,都不能在风尘里磨灭一生的爱恋。

初春的云

衣 水

午睡醒来,我想起了梦中的朵朵白云和生机勃勃的白杨树。

我推开窗户,呼吸一些新鲜的空气。我想看一看白杨树和天空,我想看一看满树的翠绿和远去的白云。不想一股暖风拂面,像婴儿的小手,软绵绵的轻抚，仿佛被甜蜜的梦轻轻抓了痒痒，我顿时兴趣盎然。

窗外，那几排几丈见高的白杨树的梢端，正与我平分这一天空安谧的阔远。远处有几只麻雀飞来，倒使这静止的画卷有了立体的动感。而我趴在窗户上，像是画框里的人儿，在偷窥生活里的春天。此刻，我在四楼，对于那些白杨树，我有一伸手就探到的感觉。它们翠绿的叶子是刚刚长完美的，有的还闪烁着稚嫩的淡黄色，一群阳光还在它们的油油的面颊上嬉闹着。我想，它们肯定是快乐极了，大概没有了忧愁，没有了烦恼，更没有了对各种不信任的提防。它们就在这样的辽阔的暖意中，做着属于自己的轻柔的梦。而那些白杨树直直地挺立在那里，没有太多的渴望，只静静地沉默，只静静地扮演着属于自己的角色，只悄悄地和这个充满爱意的飞过来又瞬间就飞去的白云说话。用语言对话，用心灵注解，还要用心中深沉的海水来融入这世界的宁静与和谐。望着望着，我不禁羡慕起来。那树是多么幸运啊，它竟然成为一棵树，而不是别的什么，只在自己的位置上，守望那朵朵美丽的白云，向远方游弋。

我随着树的心灵和阳光的翅膀，一起追寻那飞逝的云朵。它淡若鹅绒，却镶有浅灰的边儿，在海水一样的天空里，慢慢滑动，像艘艘悠闲的游艇，飘飘悠悠在海面上，讲述着美丽的爱情，描绘着童话的意境。它很快就要飞过远处的高楼群，我不由得担忧起来，前面还有更高的楼群，你要飞得更高些才好啊，免得被现实的高楼撞碎，从中跌落下来。但转念一想，笑自己傻得可爱，那朵白云有自己的归宿，何必去为它担忧呢。

那朵云远去了，只留下淡淡的梦境在心中摇曳。时而，它从远方传来飘渺的歌声，并带着玫瑰的幽香。我这才放心。可是它却无声无息地消失了，从此再也没有它的影子。

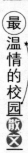

最温情的校园散文

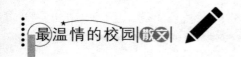

三叶草

赵逸之

这些三叶草虽然素朴得很，但很遗憾，我与它们相识的时间却很晚。

在图书馆那座小白楼后边的草坪里，满满的到处都是它们绿色的身影，从初春迄于立冬后的今日。虽说刚刚入冬，然而与它们比邻的高大的龙爪槐似乎却早已不耐轻寒而掉光了最后的几片叶子；就是前几日耀人眼目号为隐士的菊花，此刻也都是"蕊寒香冷蝶难来"了，远远望去只是一片片失了色泽的焦黄，虽然在这塞满薄雾的清冷的黄昏，偶尔你的指尖触上去它的凉蕊还有些许的柔润。

其实，我也并非是要称赞三叶草生命的顽强。恍记得前几日，这些三叶草也是开满了粉红色的小花儿，款款地在习习秋风中招摇，逗引得三五成群的蜜蜂绕着它们飞来飞去，一只一只把头儿伸进她们小小的花冠里作着深情的热吻，只露出外面金黄的玲珑的身段。三岁的儿子见了总会为这种情景惊异、尖叫，吵闹着要我带他去看。而那些早早放学归来的小学生也会常常光顾这里，顽皮地追逐破坏它们的蜜月，甚至有的把蜜蜂捉来放进水杯里取乐，制造"人间的惨剧"。

而今这才几日的工夫呢，一切都忽然变得寂寂寥寥了。

三叶草周遭那些冬青，大概是给勤劳的园丁修剪过分了吧，此刻都名不副实地落了一地的叶子，所剩枝尖的残叶也都布上了一层紫黑之色，只有星星点点金黄的小叶缀在齐平的枯枝丛中。三叶草似乎依然没有褪减它们的绿意，而周遭的冷落实则更凸现了它们勃勃的生机，走过的人们在把大衣裹紧的同时也会禁不住向它们投去一瞥惊异的目光。似乎没人注意到那些粉红的小花儿，此刻早已收紧了它们单薄的裙裾，虽尚未萎顿，然亦是变得暗淡无光缄默无语了。不知它们与那些蜜蜂是谁先冷落了谁，反正现在是再也难觅那些金黄的玲珑身姿了，小花儿们也因此憔悴了容颜吗？满心都是"岂无膏沐，谁适为容"的幽怨吗？或者是因了她们的年老色衰而遭了蜜蜂们的遗弃了呢？

即使那些小学生们踏进草丛里，俯身仔细寻检，一边还大声叫喊："小蜜蜂！小蜜蜂！你在哪里？出来！出来！"可是一点用也没有，三叶草依旧举着一只只收紧的小伞默立着。没有蜜蜂，可是孩子们并没有因此而失望，穿过草地时，他们又被月季花茎上红红的大刺吸引了，于是一个个瞠目惊呼，又小心地掰下来置于掌心玩赏。儿子再来到这里的时候，也早已把蜜蜂和花儿的故事忘得一干二净了。这次，他要努着身子去摘冬青上残留的金黄了。

然而，我却失望了，惆怅了。蜜蜂们去哪儿了呢？这些花儿就要萎谢，或者竟然有一两朵犹有残香，然而终究是敌不过寒气的沐浴。许是它们又循香飞到别处鲜花盛开的地方去了吧。我想那似乎是一定的了。蜜蜂们总是要采蜜的，就仿佛孩子们总是要找寻惊奇与快乐一样。

然而，我却失望了，惆怅了，在这样一个满是三叶草的绿色的草坪边，在这样一个塞满薄雾的微冷的黄昏。

最温情的校园散文

面对河流

王诣

河流是一切的源泉。河流很容易让人联想到时光的流动,看到流动的时光中微微泛动的尚未沉寂的碎片。我们的生命和精神,都可以从河流中找到最初的渊源,从而得到不断的给养。

面对河流,是一种面对历史的姿势,能让人读到现实以外的东西。历史中的文字如一圈圈的波纹,能够把内心的最深处的波圈送到我们思想里。我们便可以漫溯着粼粼的河水,穿越时空,重新回到那久远的传说时代。

有文字记载的河流,较早的应该是《诗经》中的那条大河。翻开《诗经》,迎面便是那条大河。我时常面对着那条大河,却从来无法穿越,我总会迷失在某一处水草丰美的地方,然后就停留在那个季节中。那个季节有可能是生命疯长的五月,也可能流火的七月,也有可能是雨雪霏霏的冬天。但无论怎样,那里,空气中有浓厚的爱情气息,有劳作者的歌声。那里,到处是最初的田园。

孔夫子的那条"川上"具体是哪一条河,还是比较难以确定。孔夫子走的地方太多了,所以人们对那条河不再关注,只是记住了他的那句话——"逝者如斯夫,不舍昼夜"。圣人留给我们的便是一种警醒,让我们透过平凡的生活,看到被忽视的一些细节。我曾经很多次面对流水,那不断的流水的姿态,那种潺潺不息的声音,让我们对生命的存在产生敬畏,也同时对浑然不觉的时空变移产生直接的反思。

庄子的濮水在中国的文化庄园里有独特的意义。庄子在濮水垂钓,楚庄王派使者前去请庄子出任楚国的宰相，但是，庄子"持杆不顾"，在历史上流传下了"曳尾于途中"的佳话。濮水是非常清澈的，它可以作证，庄子钓鱼就是为了钓鱼，不像姜太公那样为了钓周文王。也许，姜太公在历史传说中的功勋要比庄子大得多，但是，庄子在中国的文化史上，像一轮明月，照亮了一片精神的夜空。他给一些无路可走的人开辟了一个通往心灵深处的殿堂。

屈原是自杀的，怀沙沉江，这一点毫无疑问。历史上有很多文人自杀，而且也是通过投水的方式，近代的国学大师王国维在颐和园投水，鲁迅笔下的范爱农的水中站姿，老舍先生怀抱文稿的决绝，他们以生命阐释了文化的另一种含义，但是他们都没有留下与屈原同等的价值。屈原投水的地方很确切，至少在历史上有确切的记录。决定投江之前，渔父劝他说，圣人是可以与时俱进，还说"沧浪之水清兮，可以濯我缨，沧浪之水浊兮，可以濯我足。"可是面对河流，屈原想到了更远的地方。他的死亡成了一处路标，在粼粼的河边，指向超越和永恒的方向。

项羽也是在江边自杀的。对于他的死亡，历史向来喋喋不休——英雄末路总能让人痛惜，让人遐想。当他最心爱的虞姬唱着别离的歌曲："汉兵已略地，四面楚歌声。大王意气尽，贱妾何聊生！"那个时候，一代英雄其实早已绝世而去，他尚未结束的只是生命的载体。他的肉体并没有背叛他的精神，乌江见证了他的气度，历史记下了他的苍凉。

富春江的出名只是因为严子陵。他对光武帝的拒绝并不彻底，但是无比坚决，其中似乎充满矛盾。后人对他这种做法有不同的看法，正如一首诗中所说的那样："反着羊裘不蔽身，虚名传颂到如今。当时若着衮衣去，烟水茫茫何处寻。"他也知道光武帝在全国范围内寻他，所以，他的隐居其实是一种内在孤傲的一种表现方式。当光武帝亲临他家看他的时候，他还装作没有睡醒。刘秀把他接到宫里，同床而眠，他还故意把脚放在天子身上，显出睡相不好的样子。但是不管怎样，他始终是没有出山，终于还是做了他的名士。历史上还有不少人对他赞叹有加。有这样一首诗："先生为名隐，我今为名来；羞见先生面，夜半过钓台。"江水滔滔，风帆点点，江水见证了许多，但江水无言，只是不停地流淌……

最温情的校园散文

河流一直在流淌，所有的人都只是河流中的一块细片。

我时常想，如果江水不是循环往复，而是单纯地流过去流回来，它早应该是充满味道的。但历史有时是没有味道的，它貌似无情却充满了温情，就像纸页上的方块字，不动声色地熨帖我们的精神，让人从中读到自己想得到的东西。

永远的映山红

黄　泽

在百里杜鹃的清晨，只能被彻夜不眠的阳雀给吵醒。

在日出之前上山。一出门，心也随着化为清风。但通往山上的路还没有醒，路不醒，观花的人就迷迷糊糊。迷迷糊糊中，映山红已把整个乌蒙山交给了你。

于是，你走不出那一片永远的映山红。

那些映山红，远看是霞，近了看却是织锦，闻着是清香，直到你身临其中才知道是软香温玉的床。花自山山岭岭中涌出，在重峦叠嶂里蔓延。从来没有见过这么多的花，不是纯白，不是淡黄，不是绯红，也不是浅紫，似乎什么颜色都有。在这里管花不叫一朵，那叫一簇，不叫花丛，而叫花海。几里，几十里，甚至上百里。一簇簇，一团团，一片连着一片，一簇叠着一簇，整个黔西北简直成了花的天地。有的如俏丽佳人，亭亭玉立；有的如英俊男子，翠盖掩面；有的如腼腆少女，含苞待放……蓝天白云，绿树红花，不，不总是红花，那些白杜鹃，那些紫杜鹃，还有那些粉杜鹃，构成的简直就是一片花的世界，花的海洋。

微风过处,一片片花瓣落在细长的叶子上,落在五彩的花团间,晶莹剔透,自然有着"风吹绿叶碧浪翻,残红飘零泪满颜"的妙趣。试想,风摇叶动,花瓣翩翩,那不是一幅和谐而有趣的画面吗?

大红的玛瑙,淡绿的翡翠,鹅黄的云英,纯白的瑞雪,对,所有的花,构成了花的海洋,开在整个黔西北大地上,远远看去,犹如龙蛇盘走,花团锦簇,恰似天女降临。

或问:这是什么花?

答曰:映山红!

再走再问,依然映山红,永远映山红。让你不能不想写句诗:东西南北映山红。

身在这样的花中,感受着春天里浓郁的芬芳,人就会虚浮起来,有时甚至怀疑自己是否是在天界,是不是遇到了传说中的花仙,否则怎么一回眸间,看到了身着彩衣的仙子?

人在花丛中走,其实不过是一介虫蚁,无法丈量花海之长、之大,遥想杜宇当年,失去情人之后,在寻找的过程中,光脚踏出了老茧,喉咙滴出了鲜血,足迹遍布黔西北大地,也难怪唐代诗人成彦雄说是"杜鹃花与鸟,怨艳两何赊,疑是口中血,滴成枝上花"了。

你走不出映山红!只看见花瓣铺满了山间小径,那一片波翻浪涌的花海,淌的是花的血液,流的是花的乳汁;那些山山岭岭,那些飞禽走兽,饱受的是映山红的恩惠;而越过映山红的树梢,莽莽苍苍的是气势磅礴的乌蒙大山。

近半个月的百里杜鹃之行,全在山上,全在花中,全在湖光山色里。远看百里杜鹃,见首不见尾,一如神龙。能不感念:何时走出这映山红!站在花山上,左右四顾,那气势,那景象,惊得半天合不拢嘴。

这才是映山红!红霞一片,紫云一片,白雪一片……

你得相信,造化依了怎样的神工,千针万线,织出这人间奇锦!

站在花海里,屏住呼吸,仿佛有一种声音,温柔甜美,有一种馨香,沁入五体。不是风声,不是鸟鸣,莫非那是花语?那是情人的呢喃?那是仙女的馨香?其实什么也不是,那是幸福的苗家姑娘在悄悄地低语,那是热情的彝家少

最温情的校园散文

女溢出来的体香和心香。

有花香沁入我的肌肤,有心香渗入我的体内。

如此,我还能走出这映山红么?

我是一棵树

黄　泽

茶 之 述

我是一棵树,所有的人都礼赞我的品行——温婉和优雅。

蓝天孕育了我的身体,大地滋养了我的根茎,我在雨露中长大,我把我的爱还报岁月的春天。我得以重生,我得以永恒!

人们以闲适的心抚我,以饥渴的口饮我,以高雅的韵唤我。我被肤浅的人长期暴饮,我被高深的人慢慢品吟。

我是一棵树。我的家在高高的山崖上。我担心母亲发现了我的走失,我担心母亲会为少了一个女儿而伤心。

我是一棵树,没有绰约丰姿和漂亮的形体;我是一棵树,为活得光鲜体面而用绿色作为我的外衣;我是一棵树,我不会媚笑不会讨好更不会为人。我只是一棵树,但我也有尊严也有痛楚……

我是一棵树,自由地在山涧长大,自由地随山风飘舞,我啊,就是一棵树!

本不该那么娇贵和华美,我啊,就是一棵长在山涧的树!

茶 之 禅

从来，我就想寻找一座古寺，听听真正的梵唱，证证确切的菩提。

是那只欢快的小鸟把我的种子带到了这里。从此，我每天就站在这里，看香烟缭绕的大殿，看每一尊佛像露出高深，读我的灵魂。我听到了呢喃的祈祷，看到了虔诚的礼拜。可我还是我，我的心里，古寺里的烟火还是人间的烟火，佛祖呢喃的声音还是苦海不度的凡尘。

我啊，没有在古寺的烟火中迷失本性；我啊，没有在古寺的晨钟暮鼓里伤失自身。

我啊，还是绿波絮语中青翠秀丽的一棵树，根本就不懂什么禅机和佛道，从我出生，就嫁给了山岚和暮云。我啊，生存，只为被开水冲泡灿烂的那一瞬。

活今生今世，爱今生今世——普通平凡的今生今世啊！

有人说我儒雅温厚，有人誉我清香可人。

其实我就是一棵树，死而为悦我者死，生而为悦我者生。生生死死无愧此生此世，无愧众生众世。

以生证死，以死证生——这就是我的人生！

我啊，长在山涧的荒野里，但我明白：无山不古、无物不寺、无处不禅。

但我明白：修在平常，炼在自身。

茶 之 道

我是一棵树，我的家在深山里。

是陆羽的一部《茶经》，把我和我的家族引进了凡尘。从此我和我的姐妹，有了自己的名字："大红袍""碧螺春""铁观音"……

我是一棵树，我的家在深山里。

是世人的消遣娱乐，把我和我的家族引进了店铺、客厅。从此我和我的姐妹，走进了紫砂壶里，白陶罐中……

最温情的校园散文

　　我是一棵树,生长,是为了恨天太高,执意要把天挑破;生长是为了爱天太蓝,想殷勤把白云拭拂。

　　我是一棵树,爱也罢,恨也好,一生的愿望就是走出深山,成一叶舟、一片云,或者一缕醇香,散在尘世的空气里。

　　以此证明,我曾经活过、奋斗过、奉献过、辉煌过。

　　以此证明,无论生生死死,都从不曾把养育我的土地辜负。

一叶知秋

黄　泽

　　窗外的山野已是一片枯败的景象了。

　　田野上满地金黄,几捆扎好的稻草横斜在田坎上,孤零零地失去了丰收的辉煌。只剩下稀稀拉拉散落在田里没有人过问的、未成熟的稻穗。葡萄架上早没有了亮锃锃的果实,苦瓜架上,叶子已经变得淡黄,三五朵小黄花斜上墙头,孤零零地失去了嫩绿色叶子的衬托和扶持,徒有花枝上起伏不平的细小茎蔓如持枪武士般地守护着。寨子里那棵老樟树的叶子稀落了不少,但老叶子换上翠绿的新叶,显得更加精神了。檀树留在枝上的叶子被风干得黄爽爽的,还带些绿意的也都弥漫着青灰,操尽了心似的憔悴,老迈的枯黄从叶子的边缘慢慢向里面延伸。辣椒瘦小地在枝桠上垂着,颜色呈酱紫色,如吞噬光阴的无常似的把不祥延上来。菊花的叶子和花瓣与还没有来得及收进家门的金灿灿的南瓜,一层层地衬托着,艳丽如一幅年代久远的古画。

　　我站在屋外的旷野里,我的眼前只有盈盈的绿色和凋敝的枯萎,我的眼光到处搜寻，心里不住地寻思，那份古旧的枯色是什么时候给抹上去的？那份萧瑟是谁的手裁剪出来的？还有平时那份旺盛和浓郁都到哪儿去了？

已经是黄昏了，风在远方推着云块飘上头顶，夕阳的余晖还在远山逗留，但是身后屋子的墙壁上，已经镀上了一层金黄。这个时候，雨开始轻盈地飘来，而且有些洒脱地飘来。那丛芭蕉，在微风和细雨中摇曳着，垂落的叶子开始在风中微颤，叶子上撑一树飞溅的水珠。

芭蕉是热带植物，在云贵高原上是结不出果实来的，村里人嫌它碍事，刚开春的时候，把它给砍掉了。没想到，仅仅一个春夏，它却以顽强的生命力又长成了碗口粗细的一丛。云贵高原春夏多雨，是这丰沛的雨水滋养了它——润物细无声啊。一阵风来，一场雨去，世间万物，都知道因时利势，在无情的岁月长河中求得生存发展。等到天气晴好，阳光灿烂的时候，打开窗户，芭蕉的一抹嫩黄已经抢眼，新枝干更加翠绿，叶片娇嫩，宛若羞怯的小姑娘衣袂翩翩，那旺盛的生命力让人不忍再加伤害。没过几天，那蒲扇般大小的叶片正努力地向空中延伸，在它的周围，还长出了若干小芭蕉，那高高擎起的叶子，扬着健硕的身躯，像是在向世人展示着自己的存在。眼看着迎风招摇的芭蕉叶子愈加张扬，当初砍掉它的人也只好摇头叹息。

如今，那枝干仍直直地屹立在那儿。

枝叶仍然牢牢地护住生命的青春年华。

只是凉风乍起，它的枝干更加苍老，叶开始萎谢了，没有花，也没有果实，可它依然无怨无悔，静静地屹立在那儿，等待岁月的流逝和青春的再现。看着它，我仿佛看到了秋天的归宿，仿佛聆听到了冬天的脚步。

等到开春，那丛芭蕉，又该焕发出怎样的生命乐章！

自古以来，花落野岭，蛙鸣池畔，月上柳梢头，人约黄昏后，任何自然的物象都有其自身的寓意，那么这丛芭蕉，该凝聚了多少沉静的思索？该展露了多少人生的悟性？

一片芭蕉叶子可谓千年的积尘。想来亿万年前的沧海桑田，云涌浪翻，是风掀开了花开瓜落，枯藤新枝。此刻，在我面前的，岂止是一棵芭蕉，简直就是一个生存的美好愿望，一段生命的永恒与瞬间的美丽传说！

雨的表达

曹　秀

　　一到夏天我就在思索,雨季来了,似乎又向人世间表达什么。其实,雨的表达方式很特殊,它们不受任何阻碍,想怎么样表达就怎么样表达,没有谁能限制它们。雨的表达方式是特殊的,高兴时下大雨,不高兴时下小雨,然而不论大雨还是小雨它们都要表达。大雨算是大表达,小雨算是小表达,没雨就没表达。也许有人会提出怀疑,这雨怎么了,为什么是这样?

　　实际上,雨是爱憎分明的,没有人知道雨在什么样情况下表达,什么样的情况下不应当表达。也没有人知道是大雨还是小雨,是大表达式还是小表达式,总而言之,雨如同一个小孩子,浑身野性,肆意,放荡,有时又是歇斯底里。然而人们不知道,雨对风是依附的,不论什么样的雨都伴随着风在起作用。狂风时雨大,微风时雨小,风在云彩上性格变化不定,走到哪里都有说不清的秘密。幸而风是暂时的,它总有停止的时候,也许这就是风对雨的作用,也是雨依附风的秘密。

　　风对雨有爱吗?是风造就雨吗?风在云就在,风动云就动,云动多了雨就下来了。云被风吹,雨被风吹,云雨就成了风的爱情之物。风是什么?风有强风,有弱风,有冷风,有热风,而雨随时随地都伴随着风存在。雨有冷雨,热雨,有强雨,弱雨,还有那些冰雹。有人提出问题,风是什么时候开始支配雨的?雨又是什么时候心甘情愿接受风的支配?没有谁知道,哲学家说过知道了也不说,何况谁能说清天上的事,谁又能说清人世间的事?人不是神,风也不是仙,风雨同舟说的就是一种互助。

可是年年雨季,年年有雨,谁见过雨的表达?风的最大弱点就是无法稳定,而雨却与之相反,不论多大的雨都有稳定的办法,都有新陈代谢的能力,难怪有人提出雨过天晴或雨后春笋,说的就是雨后世界是什么样。不论风有多大,只要风停雨就会跟随停下来,风没有雨仍旧延续着。如果知道雨的表达,是不是也应当知道人世间男女的表达方式?男人和女人如同风雨一样,也有自己的表达,他们在这个世界上生存着,也是为了一种表达。当生命经过长空时,能有多少值得怀念的岁月?实际上唯一可以让人心花怒放的就是一种表达,这就是他们经历过风雨,经历过岁月,也经历过人世间最大的困惑。当然,还有人生最标准的表达。

那一抹红色

孟祥宁

在酷热的夏日里期盼已久的大雨,今天终于下了,"啪嗒啪嗒"地砸在窗户上,顺着玻璃轻轻地滑落。远处几朵不知名的小花,厌倦了强烈的阳光,伸长了脖颈努力地吸收从天而降的甘露,满足地望着天空微笑;小鸟在宽大的树叶的缝隙中跳来跳去,像是在找一个干燥舒适的地方休息;房顶上有一只白色的流浪猫,在雨中静静地漫步,边走边轻轻地低吟,还不时摇晃着滴落在身上的雨水。

这雨下得多么不合时宜,因为今天是妈妈的生日。她穿上红色的雨衣,然后叮嘱了我几句就去上班了。透过窗户,那一抹红色渐行渐远,仿佛盛开在雨

最温情的校园散文

中美丽的玫瑰。

我看着自己肿了一个大包的脚腕,轻轻挪动一下就会疼得叫出声,突然感到自己很没用,我不知道该如何庆祝妈妈的生日,连礼物都没买,现在也没办法为她做点什么。我的泪水就无声无息地落了下来。

我躺在沙发上,眼睛看着天花板,除了淅淅沥沥的雨声之外,家里非常安静,安静到可以听得清我的呼吸。

很小的时候,也是这样一个雨天,我和小伙伴们在院子里玩耍,光着脚丫在水坑里蹦跳,溅的白裙子上全是泥点儿,很晚了也不知道回家。突然远方一个熟悉的身影叫着我的小名,是妈妈,她打着伞在雨里小心地走着,看到我浑身沾满了泥巴和雨水,竟没有指责我,只是让我赶紧回家。洗了个热水澡,喝了一杯姜糖水之后,妈妈说这样就可以驱除寒气,不生病了,我乖乖地点了点头。我还记得妈妈那时欣慰的微笑。

前几天,中考完后,我和妈妈去学校填志愿,她排着队准备向老师咨询,那瘦小的身躯在人群中快要淹没,我突然有种爱怜她的感觉。不知不觉间,我的身高早已超过了她,我再也不用让她帮我拿高处的东西。她踮起脚尖,阳光下,她的额头有什么在闪烁。

我的脚腕又不争气地疼了,把我从记忆中拽了回来。我以为那些回忆早已变成了美丽的遗忘,谁知,此刻它们又跳进了我的脑海,像电影胶片,拼凑成一个个故事。

那天,妈妈一边耐心地往我的脚上抹着药,一边心疼地抱怨早点让你抹药你偏不。我疼得嗷嗷直叫,泪水在眼里打转。她说这点小伤算什么,又没有伤到骨头,要是残疾人就不活了。我的眼泪就这么咽了下去。她看着我的脚腕,那一片红色,心疼地叹了一口气。

我坐起来,望着窗外,等待那一抹红色,那在雨水中绽放的玫瑰。

如果有人问我,母爱是什么颜色,那我一定会毫不犹豫地告诉他,就像是我妈妈穿的雨衣的颜色,鲜艳的红色,炽热的爱。

品味人生

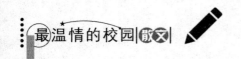

不要轻易许下诺言

孟祥宁

每年暑假,都是朋友同学聚会的好时机,平常大家忙忙碌碌,总算有了放松的时刻,爱玩的我,也愿意帮大家组织一些聚会。

当我通知同学的时候,大家总是很爽快地就答应,于是凑了很多人,让我很有满足感,本以为可以快快乐乐热热闹闹地玩,可每次到了集合的前天晚上,我就非常害怕手机会响,因为多半是有事去不了的电话。

这种事情发生过很多次,而在炎热的夏天,理由也很容易让人想起。比如,太热了,不去。生活便是这样,总有着许多我们不得不接受的无奈。

那些许下的承诺,随风而逝,无影无踪不留一丝痕迹。

我想,所有的组织者都有这样的无奈与失望吧!当自己的信心与热情被一次次失约的冷水浇灭,那种感受就是非常信任一个人,但他却欺骗了你,你的内心一落千丈,犹如从高空跌入悬崖,那是一种多么痛苦的心灰意冷。

不要轻易许诺,一旦许下诺言,就要尽力去实现。或许你对于许下的诺言并不在意,但别人可能铭记在心,不要辜负了别人的期待。

《弟子规》里有这样一句话:"事非宜,勿轻诺。苟轻诺,进退错。"对于自己认为不妥当的事情,不能随便答应别人,假如你轻易许诺,就会进退两难。这是小孩子都明白的道理,为什么我们做不到?是因为现在的人们对于"信"这个字理解还不够透彻,没有牢记并遵循它。

成事者信守诺言,一诺千金。富兰克林曾说:"失足,你可以马上恢复站立。失信，你也许永难挽回。"诚信是做人之本，立业之本。

季布是汉朝人，他以真诚守信著称于世。时人谚云："得黄金百斤，不如得季布一诺。"可见，他的一句话，比金子还要贵重。后来季布跟随项羽战败，被刘邦通缉，不少人都出来掩护他，使他顺利渡过难关。最后，季布凭借自己的诚信，受到了汉王朝的重用。

失去诚信的人，同时也会失去朋友，失去别人的信任，甚至会遭受同样的报应。

我的一位好友，和我关系非常铁，她说话每次都很随便，最近，我约她去看电影，她一口就答应了，她托我先帮她买好票，我便很开心地相信了。当我到了电影院，她突然来电说有事，这让我很气愤，决心再也不要和她做朋友了。后来听说，由于她经常随意许诺，别人也很随意地骗她，放了她的鸽子，她很伤心，却不知道为什么。

诚信是一个人最美丽的外套，是一个心灵最圣洁的鲜花，诚信是一股清泉，会洗去世间的肮脏与丑恶，让整个世界变得纯洁而美好。

如果每个人都丧失诚信，轻易许诺，那这个国家这个民族将会变得多么丑陋，到处充斥着欺骗与狡猾，终日人心惶惶。

不要轻易对别人许下诺言，凡出言，信为先。

最温情的校园散文

重视细节

孟祥宁

前几天，和同学一起逛街时买了一双乳白色蝴蝶结娃娃鞋，试穿的时候很好看，也很舒服，于是当即就买了下来。第二天聚会去公园玩，我便穿了一条淡色的裙子，搭了这双鞋。谁知，走了不到一个小时，我觉得脚腕后面有点疼，我坐下来一看，我的脚已经磨破了一层皮，露着红红的肉。好友看到了，惊讶地大呼："你怎么不穿袜子啊？这种鞋最容易磨脚了。"我一头雾水："怎么，难道还要穿上袜子？那多难看啊。"好友便支了一招："电视上说过，只要在磨脚的那里贴上一块创可贴，就可以放心穿了。"我谢过之后，又开始艰难地迈着步子。

回到家，妈妈让我抹上药，我不以为然，还坚持洗了个澡。直到有一天，我和好友去健身房上动感单车，我穿上了运动鞋，骑着单车的时候脚腕一点都不疼，可下了课，发现连路都走不了了，只要一动，就钻心地疼。我把鞋和袜子脱下来看时，发现结的痂已经掉了，还肿了一个大包，红红的，有点泛紫。我的泪水就在眼睛里打转，但实在不好意思当着这么多人面哭，于是便装作很坚强的样子，咬着牙，一瘸一拐地回家。

到家后我终于忍不住了，倒在沙发上便放声大哭，妈妈一边上药，一边抱怨我的粗心大意，我疼得嗷嗷直叫。于是，一连好几天，我都要在家里养着。

悲剧的发生，都源于我的不在乎。假如我早点抹药，假如我早点在家里养着，假如我不逞强说自己没事，也许，我可以快点好。

我们总是忽略生活中的一些细节,总是不在乎,却不知,往往是这些细节决定你的整个成败。

少了一个铁钉丢了一只马掌;少了一只马掌,丢了一匹战马;少了一匹战马,丢了一个将军;少了一个将军,败了一场战役;败了一场战役,失了一个国家。相信大家都听过这个故事吧,正是由于忽略了细节,于是导致整个国家的失败。

任何小事物都是不能忽视的,它们往往蕴藏着伟大的力量。一张柔软的纸可以轻而易举地将手指划破,一滴滴温柔的水可以把坚硬的磐石滴穿,一只弱小的蚂蚁可以啃掉一块骨头。以柔克刚,真的很神奇。

有一句谚语是这样说的:使你疲倦的不是脚下的高山,而是你鞋里的一粒沙。的确,很多时候,只要我们重视一下细节,就可以减少很多不必要的麻烦。

看着红红的脚腕,我顿时明白了许多:一定不要忽视细节,不要忽略生活中细小的事物。

五颗牙齿的警告

孟祥宁

一个阳光明媚的下午,照镜子的时候突然发现自己的牙齿有点发黑,用舌头舔舔好像有一个小洞。高中的学习紧张又忙碌,很久没有观察过牙齿了,我不禁有点害怕。我害怕走进有关治牙的任何地方,我害怕看见戴着大口罩的大夫,我害怕接触巨大的恐怖的治疗器械。小时候的阴影一直在我心里的某个角落深藏着,偶尔还会想起,偶尔还会恐惧。

那时我喜欢吃零食、糖果，每天晚上睡觉前都要喝一碗豆奶粉，不听妈妈的话，胡乱漱漱嘴就去睡觉，以至于我的乳牙坏得很厉害。它严重影响到我的咀嚼，吃不好饭，疼得我整夜整夜睡不好觉，去医院检查的时候，才发现都已经触及神经了，补牙的时候，疼得我的眼泪一直在流。

等到换了牙之后，又是一口白白的牙齿，仿佛脱胎换骨般，我便放松了警惕。十多年过去了，没有异常，直到今年的体检，医生建议我去医院检查一下，我没当回事，繁重的学业使我的心思无法分散到别的地方，牙齿就这样被忽略了。

考完之后，有片刻的闲暇时光，我便和妈妈一同去了口腔医院，本来只是想检查一下，觉得应该没有什么大事，可是我一张嘴，医生便惊讶道："这颗坏了，这颗也有点黑，这颗这颗……"一共五颗牙要补，都已经坏到快触及神经了，一颗需要 198 元！我不可思议，平时怎么都没有看出来，以为只是牙渍而已，竟没想到这么严重。

我躺倒之后，明亮的灯光刺得我睁不开眼，我的手紧紧攥在一起，手心里沁满了汗。我的嘴巴张得老大，不同的管子插进我的嘴里，又是喷水又是喷气，耳边响起轰鸣如装修的钻墙声音，我紧张得眉头紧皱。突然刺痛了一下，想必是快碰到了神经，我痛得嗷嗷直叫，满脸痛苦，虽然我看不到，但一定特别恐怖狰狞。

为了转移注意力，我将课文背了好几遍，终于在经历了一个半小时的惨痛体验之后，我将麻木发干的嘴巴闭上了，双手已经酸痛得没有一丝知觉，仿佛做了一个噩梦，醒来之后，汗湿透了后背。

五颗牙齿的警告，让我明白了很多。我们总是匆匆忙忙地进行着自以为很重要的事情，却忽略了我们学习工作的基础，忽略了我们身体的各个部分。美国有一句俗语："眼睛是心灵的窗户，牙齿是职场上的敲门砖。"在美国，牙齿是一个人财富与影响力的象征，美国人从小就重视牙齿的保健，以此来展现一个人的修养与教育。而我们最容易忽略的就是牙齿，平时一点影响也没有，可一旦疼起来时就已经很严重了。只有你爱护牙齿，牙齿才会发挥它的作用，伴你一生的成长。

美丽，从心开始

孟祥宁

从小到大，我的心里一直有一个"禁区"，别人一旦触及，就会很痛很痛。

是的，我的脸上有两个不大美观的色素痣，也就是我们常说的痦子。从小就有了，可是我并没有放在心上，随着年龄的增长，还衍生出了几个小痦子，在我干净白皙的脸上，仿佛是攻占一座城池的胜利者，挥舞着鲜艳的旗帜，长久地霸占着。

很多人都劝我，哪里都好，就是这痦子……还是点了吧。在最爱美的年龄，谁不想完美一些？能够做到完美，是多么诱人的一件事情。家人认识一位中医先生，他的医术很高明，点痦子可以不留一丝痕迹。我找到了他，说明原由。出人意料的是，他不同意。我纳闷，有钱赚为何不愿意？他说，这两个痦子，一个代表"福"，一个代表"喜"，都是好痦子，点了它们，生活中难免会出现一些波澜与变故，到时候后悔可就来不及了！

我心里一惊，家人也都同意中医先生的说法，很多书上都说过，脸上的东西，一般不要乱动，长成什么样子，都是上天注定的。我很不高兴，说这都是唯心主义，根本是糊弄人的。可仔细一想，既然是老祖宗流传了这么久的知识，一定有其中的道理，宁可信其有，不可信其无，我便放弃了"点痦子"这个想法。

回想一下我十几年的经历，虽然短暂，但学习生活过得都很顺畅。我有一个温馨的家，是文化氛围很浓厚的书香门第，一家人过得和睦融洽，父母对我很开放明朗，喜欢做的事情就让我做，从不干涉，这比许多孩子来说就是一种

最温情的校园散文

幸福。我的文学之路虽然还不是很长，没有到达我理想的境界，但是这一路走来，得到了许多贵人与前辈的相助，得到了许多朋友的鼓励与支持，在我这个年龄来说，已经是莫大的荣耀与自豪了。

我开始将心态放正，既然改变不了，就要欣然接受。我开始在别人疑惑的目光中微笑，轻轻告诉他们缘由，无论相信与否，对我来说并不重要，重要的是，自己的心不再像当初那么敏感与脆弱了。

每一个人都是独一无二的，人无完人，洁白的玉也会有些许瑕疵，完美的事物是不存在的。上帝为我们关上了一扇门，一定会将打开一扇窗子。

我们都知道，孔子的长相并不是特别美观，甚至可以用丑陋来形容。有这样一段话足以说明：孔子流亡到郑国，被当地人形容为——额头像尧，腰长腿短，腰以下比治水的大禹矮了三寸，长得奇形怪状，瘦弱疲惫的样子好似丧家之犬。可是，即便长相如此丑陋的人，我们有谁不尊敬不爱戴他呢？我们后人谈及的永远是他的学术成就，是伟大的儒家文化，而没有刻意去评论他的外表。

鸟类美丽的是羽毛，人类美丽的是心灵。俗话说，心灵美的人才是最美的人。箴言十一章上记载：妇女美貌而无见识，如同金环戴在猪鼻上。我不禁莞尔。一个真正美丽的人，绝对不会在乎长相如何、身材如何、服饰如何，她关心的一定是自己的心灵，注重广博知识、心怀善良、美德贤惠的修养，做到有涵养有教养有气度……

多读书，读好书，丰富自己的学识，为社会做出一番大的贡献，而不是关注那些浮华的美丽，一个人内心魅力的提升，是需要长期的积淀与修炼，只有这样，才会使人对你的焦点从外表转向心灵。

我们每一个人，都是上天赐予世间的礼物，无论包装是华美还是粗糙，无论价格是贵重或者低廉，都是无法改变的。我们能做的，就是努力提升礼物的内涵，将礼物的价值最大程度地发挥，让我们的生活快快乐乐幸福圆满。

美丽，从心开始。

谁最幸福

金明春

在一次班会课上,老师问学生:"感到幸福的同学请举手!"

四十多个学生没有一个举手的,教室里静静的,似乎学生们在思考着什么。

老师又问了一句:"谁最幸福?"

还是没人回应。但这时开始有人窃窃私语起来:

"能幸福吗?"

"就是,学习压力这么大! 作业多得要把人累死。"

"就是,每次考试都要给我们排名次,谁幸福得起来?"

"我现在连一个 MP3 都没有,苦啊!"

"人家的爸爸都开小轿车来接送孩子,我的老爸猴年马月也买不上汽车。"

"唉————"

没想到,一提起幸福这个词,反而引起了学生的低落情绪。老师又说:"同学们! 静一静! 难道你们真的没有幸福感吗?"

教室里又恢复了安静,同学们你看我我看你,谁也不说话。

这时,一个瘦小的小女孩说:"我感到很幸福!"

谁知她话音未落,同学们发出一片惊讶声。

"啊————"

这个瘦小的小女孩身体残疾,她的父母是普通工人,厂子效益不好,家庭

最温情的校园散文

很困难。"不会吧?"学生低语道。

小女孩说:"我的父母很普通,家庭也不富裕,而且,我身体还有残疾,但是,我的父母很爱我,对我特别好。我的家庭充满温馨,我感到很温暖,所以我感到很幸福。"

同学们静静地听着小女孩的话语,小女孩脸上也洋溢着幸福的笑容。

同学们为小女孩鼓起掌来。

骆驼与狗

金明春

一个学习上很吃力的孩子,学习名次总是落在其他同学的后面,他几乎完全丧失了自信心。

一天,他流着泪对父亲说:"我确实脑子反应慢,确实不聪明,我会一事无成的,我怎么办呢?"说着,他大哭起来。

父亲也知道孩子笨,比不上那些聪明的孩子。可自己的孩子虽然笨,他总是自己的儿子啊!父亲不想伤儿子的心,便安慰他说:"不要紧,慢慢会好的。"

这样的话听多了,儿子便不信了。他知道自己的父亲是为了安慰他,他说:"您总是说我慢慢会好的,一定是骗我的。"

父亲想了想,说:"孩子,我怎能骗你呢? 你是我的儿子啊!"

父亲接着说:"是小狗跑得快,还是骆驼跑得快?"

"当然是小狗啦!"儿子说。

　　"对,是小狗跑得快! 骆驼笨笨的,跑得一点儿也不快。但是把一只小狗和一匹骆驼放逐在沙漠中,开始,一定是小狗跑在前面,但最终走出大漠的,会是哪一个呢?"父亲说。

　　儿子说:"小狗!"

　　父亲说:"不对,是骆驼。虽然小狗跑得快,但在茫茫大漠里,长时间长距离跋涉,小狗会无法忍耐的,它最终会被大漠吞没的。而骆驼就不同了,它虽然跑得并没有小狗快但它有坚毅的耐力,耐干渴,可以长时间长距离地跋涉,所以,最终走出大漠的是骆驼。"

　　儿子点点头,说:"我明白了! 我懂了!"

　　从此,儿子再不为自己的笨拙而失去信心,而是努力学习、刻苦攻读。

　　终于,他考取了一所著名大学,后来成为一名著名的科学家。

人生如戏

崔东浩

　　人生是一场戏。在自己哭声中拉开帷幕,在别人的哭声中落幕。

　　出生时呱呱坠地的声音大同小异,所不同的是,有的人出生在衣食无忧的名门,一出场就是众星捧月的碰头彩;有的人降生在风雨凄苦的茅屋土炕,迎接他的是亲人们蹙眉愁脸的叹息。有的人一出场似乎就注定是才子佳人的角色,有的人一出场似乎注定成为面朝黄土背朝天的挣扎者。这一段戏是历史给你规定的,你无法选择这既成的事实,好在这只是一个序曲,出场亮相并不能确定你一生的命运,重头戏还在后面,唱好唱坏还不一定。

　　既然是戏，就会有主角配角之分，先天条件好的自然当主角的机会多些，先天条件差的当配角的几率高些，但这不是一成不变的，就看你如何把握机会。严肃认真把配角当主角演的终会时来运转成为真正的主角，嬉戏人生者终究要沦落为跑龙套的角色。所以，才子佳人在风雨变换中沦为落魄者，在艰难困苦中挣扎的却成为帝王将相。这就是戏剧变化的魅力。

　　社会是一个整体，人生没有独角戏，和谐是没有文字的行规，对手是相互激励奋发的条件，你成全别人也是在成全自己，你拆别人的台也是在拆自己的台。有些人不懂得和谐相处与相反相成，总想自己一枝独秀满台生辉，结果越急于露脸的往往最先出丑。

　　戏是讲究程序的，生旦净末丑，唱念做打，锣鼓琴弦，都有程序，否则就会乱套。人生也是，从生到死都驰骋在社会为你提供的舞台上，看似信马由缰无拘无束，实则有两条程序始终与你相伴，一条是法律，一条是道德。前一条是硬程序，只能循规蹈矩，不可越雷池一步，否则就会头破血流。后一条是软程序，安分守己者把它放在心上，放荡不羁者把它踩在脚下。所以，法律规定了人生舞台的界限，道德沉浮了人生的内容。

　　因为道德是软程序，伸缩性大，所以人生游戏没有固定的套路，有多少人就有多少版本，有多少版本就有多少种演绎。相同的性格却有不同的命运，相同的经历却有不同的结果。陷阱与坦途同在，阴谋与真诚共存。高尚者往往把卑劣压在心底，卑劣者常常把高尚挂在嘴上。善良是勾画在脸上的油彩，罪恶是越轨者的潜台词。刀枪相向的未必都是仇敌，称兄道弟的不一定都是朋友，白脸的不一定是小人，红脸的未必都是君子。所以，真正的戏剧在社会，真正的演员在台下。

　　台上指挥千军万马，台下可能没有一兵一卒。台上万贯家产，台下可能囊中羞涩。台上风流倜傥，台下可能举步维艰。这就是戏剧与生活的区别。洗却铅华卸下行头才会露出人生真面目。然而，许多人一生都在假戏真做，戴着面具生活，拖着唱腔应付，台上台下判若两人，人做鬼事，鬼说人话。

　　人生不能没有游戏，否则生活就会单调乏味。人生不能总是游戏，否则社会就充满怪诞。能走出戏的才是好演员，走不出戏的是下九流。不管是悲剧喜剧,不管是正剧闹剧,在你走下人生舞台后,社会都把你一切贮入历史的光盘,真正可悲的是在曲终人散之后仍不肯摘下面具的人。

做人的五种"心"

常大利

　　人生都要走过漫长的道路,有的也许会一帆风顺,有的也许会遭受各种磨难,这就需要我们必须正确面对人生,有信心有勇气地向前走,看到希望和光明,凭着自己的才华和能力写好自己的人生履历,寻找到自己的凤愿,让人生变得灿烂而美好,让生活永远充满快乐和诗意。

　　我想,做人应该具备五种"心"。

　　一是"雄心",无论做什么事,都要有雄心壮志,要有远大理想和奋斗目标,敢想,敢做,敢于去拼搏。要有志气,也要有骨气,这是做人的尊严,这样面对各种威胁和诱惑的时候,你才能站稳脚跟,才能经受住人世间风浪的考验。要看到长远,不要看眼前暂时的利益和得失,这样才能成大事。自己设计自己的未来,并为你设计的目标去努力去奋斗。

　　二是"信心",对所做的事情,一定要有信心,不怕困难,即使遇到再大的艰难险阻,也要想办法克服和解决困难,相信自己,相信未来。即使一次次失败,也不要灰心,要自强不息,不断地努力,不断地奋斗,你的理想你的事业总会成功。路要一步一步地走,只要坚持到底,总会走到你理想的彼岸。人生有穷有富,不要怕贫穷,关键是怎样去消除贫穷,只有靠勤劳和智慧,靠自己的奋斗去创造财富。不要怕挫折,即使摔倒了,爬起来再站立行走。关上身后的门,让

最温情的校园散文

过去的事都过去吧,一切重新开始。

三是"爱心",爱心,既爱自己的事业,又爱自己的家庭,更要关爱社会和他人。就是说,无论你从事什么职业,都要忠爱你的事业,要有事业心和责任感,完成你的工作任务,干好你的事业。当领导的要关心下属,以及关心百姓,为民造福,这样才能赢得民心,人们才能拥护你,你的事业才能成功。家庭是组成社会的细胞,我们也要建好自己的家,让每一个家庭都生活得美满幸福,这样社会才能安定,才能进步。作为国家的公民,人人都要爱自己的祖国和人民,爱自己的家乡,哪怕是贫穷的,通过我们共同的努力奋斗让它富强美丽。还有,做人不要什么事都要只为自己,也要关心别人,特别是比你困难和遇到危难的人,你都要尽力去帮助,哪怕尽你最微薄之力,也是为他献出了一点力量。当抢险救难时,就是牺牲自己也不能吝啬。也许因为你的帮助和关爱,就挽救了他的生命或让他走出了困境。对他人要有一副热心肠,给人以温暖。一人有难,大家都应伸出援助之手,一处遭难,众志才成城。这样,大家都有一颗爱心,社会定会变得和谐。

四是"宽心",待人要宽宏大量,这样才能办成大事。不要小肚鸡肠,看到别人比自己强或在某方面占了优势,不要嫉妒,要想办法去赶超他人,这才是你的本事。即使不能实现自己的目标,也不要灰心。要学会宽容,哪怕是敌视你的人,你也要尽量感化他,通过你的行为让他改变看法,他也许会成为你的朋友。遇事要冷静,不要冲动,否则会终身悔恨。要看到别人的长处,努力向他人学习。也要看到自己的长处,量体裁衣,发挥自己的才能,终究会在某方面取得成绩。学会宽容,就会赢得众心,有些事必须靠众心,这样才能形成力量,才能战胜更强大的敌人或对手。世上的路有千条,靠自己去选择,即使这条路走不通,再选另一条路,终究有走得通的。另外,还要勇于开拓,开创自己的路,走出自己的辉煌。

五是"孝心",人都是父母所生,我们都要孝敬父母,孝敬老人。无论你的职位高低,无论你从事什么职业,无论你的岁数有多大,都不能忘记父母的养育之恩,特别是父母在晚年之际,要尽量给他们带来欢乐和安祥,让他们幸福。要有一颗感恩的心,尽力去报答对你有恩的人。尊老爱幼,这是中华民族的美德,遵守社会公德,用你的行为去感动周围的人,用你的高尚精神去塑造自己的形象。

生命有泪

黄南军

　　泪水就像是一道道溪水,流向人生的大河里,洗涤着自身,穿透着灵性的自然。我们生命的泪水常伴随着你走过孤独的一生,然而泪水总是在你不经意时流出你视窗的门,一泻千里,也许更多的时候是在不被人感知的角落,一个人静静地俯视大地,继而仰望星空,泪水却悄然落下,也许是那份感伤,也许是心中的期待,也许是孤独难忍……终归是情感的诠释和心灵底蕴的再现,洒下一路风雨,沉落,融入……在你的大地。

　　有时很难明白泪水为谁而流,看天空的云彩散去,看狂风暴雨,看潮来潮涌,看烟花消散,看流星坠落,我就会有一种莫名的感伤。天地的变幻,人生的无常,终难成定数,泪水打湿了衣襟,却全然不觉,只是自我陶醉地宣泄。

　　人们常说对人欢喜背人泪,我们常常欢笑地面对人群,却在背后悄悄地流泪,说不出来,也许一说就错,哭不出来,也许一哭就失去了你的风采。就像是无际的舞台,欢笑总是别人的,而泪水只有自己去承受。在落下帷幕的舞台上,你的角色独自潇洒,却没有人注意,走过春夏秋冬,重重叠叠的是你化作泪水的一腔热血,驰骋在疆场,却已经是黄昏的寂寞。

　　当与亲人分手在离别的车站,那泪水是为点燃亲情的火种在绵延,去游走他乡将家人带去,泪水成了一条难圆的轨迹随着无限延长的铁轨流淌在异乡

最温情的校园散文

的河床,往回泅渡,却已经在千山万水之间了。我有一个同学,他有个叔叔在90年代初去当兵。家里人感到荣耀的同时也有一种淡淡的离愁,心中有种说不出的滋味,在送别的车站,他的父母和很多送别儿子的父母都依依不舍,泪水和火车的汽笛声交融在一起,当时他的爸爸就说,出门在外,安全第一,还有给我们家争得更多的荣誉,我们等着你早日回来。父亲和儿子紧紧地拥抱在一起,儿子走之后就再也没有回来,听说是参加抗洪抢险,在抢救灾民的过程中,被无情的洪水冲走,后来被追认为烈士。我想他儿子是光荣的,他心中的泪水和一江春水已化作永恒的怀念。

在生命的交感神经里,无论是悲伤还是喜悦,都会感动着流出你心中的泪水,也许是雨露的滋润,也许是温暖的阳光沐浴,也许是春风柔柔地扑面,当然更多的是冰霜雪雨的洗礼,我们毫不掩饰,毫不夸张,真情地流露出自己的心迹,有时那泪水像狂风暴雨,有时像潺潺的溪水,在不同的境遇里会有不同的感受,不同的心理状态和不同的人生情怀。

生活中的泪水很多,并不是我们都要为之去感动,也许会有虚情矫作,假心假意的,我们不必印记在心里,也不必当作人生的负担去承受。但我们要让今天的泪水不在明天去流,不在毫无价值的意味里去苦苦地寻求,无论精神的,还是物质的,要知道,泪水太多会迷失双眼,也会暂时迷失人生方向。

生命中因为有了你的存在而精彩,因为有了家而有了靠岸,有了社会的和谐,我们才有了新的生活和新的人生目标,然而人由于无法超脱自身,无法承受那份喜悦和悲伤。当流过了泪,在爱的潮水里你已经有了清新的空气和新氧元素,你就会感到轻松,自然了。

我很少流泪,也不喜欢泪水滴落在阳光下,但我喜欢看别人流泪,也许那份泪流却是自己的,只是自己已经慢慢淡忘了还有泪滴的存在。走在无垠的空间里,孤单的影子从身边掠过,我最怕黑,我不喜欢冰冷和黑的沉寂,我会忍不住对着空空的影子落泪,不为别的,为今生的迷惑,为今生的为情所累,为今生欲求不得,为我每天强颜欢笑,带着双重的人性左右冲刺,却难存其中。渐渐地,我喜欢在黑的夜流泪,泪水成为我的原始初衷,原始情感的寄守。

生命中终究是需要泪水作为人生的调味品,我想人生不会因时代的远行没有色彩，而会因人生的长河，泪水化作晶莹的宝石而更为珍贵，当打开你记忆的闸门，泪水尽情地流淌，为昨天的失去还有今天的复得，为昨天的悲伤还有今天的欢笑，人生的泪成为自然的风雨，流淌在你心里。

人生的位置

黄 南 军

你会有自己的位置吗？会有的，只要奔走在红尘中，你一定会找寻到属于自己的一片小小的天地，融入你擅长的角色，在流动的舞台上舞出你精彩的瞬间。在其中，你会常常忧郁，也会迷惘，更会失落和徘徊。舞台空了，人走了，留下了你，在自己的位置上沉思，喧哗过后，一切尽皆平静，也许是你心已经疲惫，也许是你厌倦了时常扮演的角色，也许是你被角色淡忘，难以融入其中，当你挥一挥手，告别舞台，告别曾经眷恋的家园，远走的时候，你才发现你走向了深层的孤独，彷徨在悠长的轨道上，来去好似都没有方向。

停留，犹豫地旋转你的心弦，在无望与挣扎中回到了起点，一次次的选择，一场场的谢幕，舞台刚刚搭建，来不及去思索，却已经成为陌路，只能看着别人在为自己去演戏，那都是别人的风采，不是自己的。

我时常想起小的时候去偷偷地看电影，虽然在一个查票的走廊上有一个我熟悉的叔叔，但我每次只能当他值班的时候，并且是星期天的时候去看，难得有这样的机会，可我又不愿偷偷地蹿进去，我很想堂而皇之地高昂着头进去，我不能藐视自己的，看到他在门口值班，我笑嘻嘻地喊着，亲切地问候着，他挥一挥手我就进去了。可进去之后，就有种忐忑不安的情绪笼罩在我的周

最温情的校园散文

围，我担心影院的叔叔阿姨来查票，那会压榨我的小得可怜的自尊，我刚刚占着好像属于我的位置，就听到有人说，这个位置是我的，你得让给我，我满面羞愧，不知所措地从位置上起身而走，回回头没有了踪迹，像无头苍蝇一般到处躲藏，那是黑的忧郁与恐慌，是不能对号入座的茫然，我只能走向深深的充满黑暗与僻静的角落里暂且偷安，但心中仍举棋不定，望着流动的观众，流动的荧幕色彩，我感觉不到光亮，也很难感觉到那剧中人的悲喜与缠绵……我觉得我的不安和心灵的骚动来源于不能真正去拥有人生的票卷，不能真正地立足于自己的空间，在游离中流落，是身心的不稳定，还是自身的否定，我难道就没有一片属于自己的空间吗？让我去欣赏，让我静静地靠在硬座上，软垫上，真皮沙发上……我能拥有吗？

当我以后和我的家人步入高级影厅，买上我久违的票卷，紧紧地握在手里，打开它交给查票员检查，我感到安全和稳定，感到心中已经很踏实，轻松愉快地步入影院，找到我们的位置，没有人去惊扰，也没有人去试问，忘情在剧中的山水里，风景里，人物里……温暖和谐宁静在我的心扉云集，我有了自己的天地，那是一个不大不小的人生坐标和位置，我高高地抬起头，左右晃动，平衡我的世界。

我们有时不得不变换着自己的位置，难以舍弃，难以释怀，难以分别曾经流连的环境，留恋的亲人和朋友！可现实中却发觉空间越来越小，位置也越来越不稳定，想去坐，却坐在了地上，想去修理，却已经陈旧老化，已经没有了实际的用途，没有了自我，没有了安全，没有了温馨。有的只是自惭形秽的心在无人的黑暗中悄悄地哭，深深地歉疚，深厚的情感成了一片空白，举头仰望，充满着诡秘，充满着悬崖叠嶂的起伏，那是一座风屏，阻隔了你，在心神向往的那一方，会找到自己的位置吗？

我们在奔走着，我们不小心拥有了自己的位置，倍感珍惜，我们担心失去它，遗失它，因此我们不断地去维护，在强装着坚强，强装着欢笑，在人海中变幻着你的情绪，交织你的地带，在双重人性的面孔里游离，恍惚间你发现已经不是你了，好像回到了年少，又好像成了一个垂垂老者，故弄深沉与玄妙，并且有时还要去刻意保留彼此的距离，你的美不容许别人去践踏去分享，你有你的方向,你有你的尊严和独立,你也会有你的高楼,唯有你在与自己去凝听……

我有一个同学,家境非常贫困,从小就失去了父亲,孤儿寡母在艰难的岁月里走过了十多年,没有了依靠,像浮萍一样飘摇……也许是穷人家的孩子从小就懂得自立,我这个同学的哥哥虽然因为家里贫穷没有钱再去念书,但他从小很聪明,而且少年老成。他对他弟弟说,弟弟,家里虽然条件不好,但这是暂时的,我一定要努力找到属于自己的位置,多挣点钱,供你读书,母亲这么多年也很累,她那么憔悴,我不忍心她受苦,不甘心自己就这样给自己定型,现在位置很不起眼,世界那么大,总会有容我的地方,总会开创出自己美好的前景。之后我听这同学说,他在菜市场摆起了地摊,做起了小买卖,开始了他新的人生征途。

通过一段时间经营,终于小有收获,他在市场里找到了一个固定的小门面,做起了服装生意,由于为人和善,服装价格低廉、质量好,回头客便越来越多。几年过去,生意越做越大,后来我还去过他的大服装超市去买衣服,看到了很多衣服,都是品牌的,我为他感到高兴,为他能有今天的位置而高兴。我想这是他花费很多的心血和付出了很大的代价换来的。我想他以后会有更大的空间和位置去装点他美丽的殿堂,我相信他们一家的生活会更美好……我真心地祝愿。

人在江湖,身不由己,但我们都要追求美好的事业和高尚的生活情趣,也许偶尔也会暗自伤心,在伤感、矛盾中你会更多地融入时代的大潮里,将潮湿的心慢慢晾干,将青春与激情的火焰喷发,大胆地追求,大胆地释放你人性的真,你的美,你人格的魅力,你会发现你的位置越来越高,越来越牢固,你的色彩已经映染在你驻足停留的风景里了。

人生的位置在不停地变换着,今天居庙堂之器,明天却退隐山林,承前启后,然终归每个人都会拥有自己的位置,就像常青藤一样,在攀爬着,攀爬着……在高山上,在围墙上,在荒园,在戈壁沙漠,在不被人记得的每一个角落,都会欣欣向荣地像美丽的花瓣点缀出各自美的天地。虽然有一天我会由辉煌走向沉寂的山谷,但我仍然拥有大山的气势,大山的丰厚,大山的根系,我会永远置身在大地的怀抱,那恒久的灵魂归宿里,也许是我永远的位置。

问河哪得清如许

曲 直

　　我的童年，正赶上三年自然灾害。刚记事起，我就跟着姥姥到河边采药、挖野菜。秋天，缓缓流淌的河水，波光粼粼，清澈见底，能看到水底成群的小鱼在游动。水边一片片黄灿灿的野花，映在水里颤颤悠悠地跳动着。花间蝴蝶深深见，河边蜻蜓款款飞。野鸭双双水上浮，时而蹬掌潜水底。姥姥说："那是野鸭在捉食水底的小鱼。"

　　有一年，应是中秋节前夕，姥姥带我到河边采药，在河边苇丛中的一小洼水里捡到两条活蹦乱跳的大鲤鱼，有一条还是红尾巴。回家的路上，姥姥对我说："红尾巴鲤鱼是药材，活水红尾巴鲤鱼汤能治肠肚不顺。"中秋节，一家人高高兴兴，母亲把鱼肉夹给姥姥，姥姥又给了我，她说："孩子吃鱼肉长个，老人吃鱼头好，吃鱼头不忘事。"

　　一晃几十年过去了，在姥姥八十多岁，生命弥留之际，百药无效，总是吃不下饭。有一天姥姥把我叫到身边，拉着我的手说："三儿，我这病也许活水鲤鱼汤能治。""对——对，我知道的，最好是红尾巴鲤鱼，是吧，姥姥？"我望着躺在病床上的姥姥说。姥姥点点头，露出会心的微笑。在市场上，我找了不少鱼摊，还真的买到一条活蹦乱跳的红尾巴鲤鱼。

　　回到家里，我举起来，让姥姥看了看就放在缸里，骑上车子到河边去提水。到河边一看，我惊呆了，这哪里是我儿时记忆中鱼游虾蹦，清澈见底的河水啊。它完全变了，变得丝毫不见昔日那种少女般的靓丽与柔情；它变得是那样凶

126

残，疯狂，可怕。它带着一坨坨污浊的泡沫，汹涌而来，散发着一股刺鼻的气味，令人窒息。

我想，也许上游会有清水的。于是，我骑上自行车，沿着河边小路，一直向上游飞快骑行。绕过一弯又一弯，弯弯相连；走过一程又一程，程程沟壑。不知走了多远，河水还是那样污浊恶臭，看看天，已是夕阳西下鸟回巢，牛背横笛牧羊归的时候。这时，我看见河边有一个牧羊老人，坐在草筐上，叼着自卷的纸烟，望着一河臭水出神。我走上前去问道："老人家，前面还有多远才有清水呀？"老人看看我，吸了几口烟，感慨地说："你也想找清水呀？我把眼都盼干了，做梦都想看到一河清水，我祖祖辈辈以打渔种园为生。眼下就这群羊，也骨凸肉陷，日见群小。你看这草枯叶黄，羊，也快养不成了！我整天坐在这里，看着这一河黑水，心里比刀子剜还疼。这河，过去是何等气派啊！千里长河，漕运帆船，来往如梭，星罗棋布，遥遥相望，渔歌相闻。网落纲举，哗啦啦，鱼尾打出朵朵浪花，白哗哗，鱼虾乱蹦，那是何等的快活。河两岸，麦黄、谷橙、高粱红、大豆粒粒饱盈盈。棉花如雪白生生，白菜、萝卜青灵灵，瓜果飘香随清风。秋收一派好风景。再看眼下，年逢干旱，一河臭水，浇地苗死，草枯叶黄，上无飞鸟，下无牛羊，水下无鱼虾，水上无野鸭。多少钱能买一河鱼、两岸粮啊！"

老人愈说愈激动。"啊——老人家！前面再走多远有清水呀？"我打断他的话又问了一句。"哦！小伙子，好久没人听我说话了，我就要发狂了，再看你走得风风火火的，怕一下把你噎着，也想让你缓口气。你问我前面有没有清水？没有！这河直通人心，它是从一些人的心里流出来的，什么时候人心不黑了，这水才能清。

听了老人的话，我骤然明白了什么。于是，我的心也愈加沉重，以致沉重得难以承受。我不知该怎样面对姥姥。这杯河水，也许正是姥姥维系生命的希望，我能对她说实话吗？我究竟该怎么说啊？我禁不住泪如泉涌。车子也倒在地上，我向河边踉跄几步，心想，姥姥给了我一个幸福美好的童年，能给姥姥一个幸福的晚年是我生平之志。姥姥生无所求，在这人生弥留之际，唯求一杯清澈河水而不能。于是我仰天长叹：千里长河难为水，为求一杯如登天。问河哪得清如许？人心复苏水自甜！

庄周梦蝶·悟人生

曲　直

　　生命,乃至生死,是一个永恒的话题,是永远也说不清,也认识不清,更解释不清的谜团。对于死亡,多少人是那样的畏惧而又无奈。其实真正的辞别红尘,对于某些人来说,是一种非常洒脱的景象。

　　生命!对于人世而言,有人认为:我轻轻地走了,正如我轻轻地来,拂一拂衣袖,不带走一片云彩,也没留下一片云彩。来去是那样的轻松而又干净利索。要说轻松,信是必有,要说干净利索,就有可究之处了。这是其一。

　　有人说:日落日还升,花凋花还开,人的生命一去不回来。似乎哀叹人的生命竟不如落日凋花。其实,花开年年只相似,今年不是去年花。人的生命和花草的生命是何等的相似啊!

　　人传子嗣,草留根。对于人类而言,人的生命是要结束的,但从某种意义上来说,人的生命并没有彻底结束(比如人的卵子和精子及其先天赖以生存的血液),而且还要无限地延续下去。我们现代人的血管里其实还流淌着远古人类的血液。说他们死了,他们生命的元素还活在我们的身体里。

　　对于生命的感悟,伟人与平民,哲人与凡夫俗子,其实相差无几,只是有的留意,有的忽略而已。"庄周梦蝶"是流传千古的佳话,梦境与现实,梦境与冥界有什么不同呢?庄周说生死是不同,梦境是物化,其实梦境是现实与冥界的通道。假如庄周不从梦中醒来,他的梦中蝴蝶就永远地飞舞。这是不是无稽之谈?我再说一个例子,可以从中悟出一些道理。

多年前，我还在工厂的时候，有一个工友告诉我，有一天下了班，他正和几个工友一同回家……慢慢感觉浑身冷得发抖，进而感觉身体摇摇晃晃，然后似乎感觉周围人们一阵忙乱，把他抬到一个什么东西上面。待他慢慢睁开眼睛，看到的是吊在头上的杂乱的橡皮管子，和白白的墙壁。他说这是什么地方，我怎么会在这里？原来他被汽车撞了，此刻已抢救多时。

如果他没被抢救过来，生与死，对他而言也就没有了什么界限。

梦（梦想）——有人对生命感慨说：人生如梦，是说人生的无常与短暂。梦！其实也是人生两极之一的一个极端，就如人生之阴阳表里。它是儒道思想的灵汇与妙化。它可使人得志时"达则兼济天下"，不得志时"穷则独善其身"。"知足常乐"使人复归中庸，不至于偏走极端。这就使一个东方泱泱大国具有了深刻的内涵，绵绵不绝，历久而不衰。

人生芳香

凌代琼

人生永久的芳香是什么？我不假思索地回答"善良"。

"人之初，性本善"是我们从小就知道的道理。然而，有些人为了私欲，忘了我们最初读过的文字。用人生的青春岁月去寻求刺激，在污秽的环境里游戏人生，使本该散发人生芳香的肌体，渐渐熏染了一种腐臭。由于有几个苍蝇在腐臭的人的身边飞舞，这些人便沾沾自喜起来。这些人忘了童年的本性，嗅觉已紊乱，不知人性本来的芳香了。

传说中的"香体"今天我们已无法论证，但，人体的芳香来自自身的修养是

最温情的校园散文

无可非议的。

在佛教界有种区别高僧与一般僧人的方法：看圆寂之后有没有舍利子。无色无味的舍利子被佛教界视为人生永久的芳香，当作震山之宝保存。我等平凡之人，为生计东奔西簸，为家庭不停地操劳，本属于自己的已不多，再不注意自身修养，而任性情自由发展，不知心归何处，飘荡在色、香、味的世界，何谈人生芳香？

"善良"两个字好说，可这善根怎么生长就并非易事了。中华五千年文明中说道"善"的篇幅不小，关于善的故事也举不胜举。"善"是与心、与行、与德紧密联系在一起的，唯独不连"口"。空口无凭，口气会随风飘散。而德，需要积；行，需要修；心，需要静。凭空说出"善良"来，能成立吗？有人眼只观"色"，鼻只嗅"铜"，耳只听污语，这样的人生肌体也能散发出芳香吗？

人生的芳香是什么？是我们用自己生命原色创造的。不要忽略了生命的这种创造。如果你不洁身自好，毛孔被堵塞，同类在你身上嗅不到人生的芳香，或许不会把你当朋友。而这时的你由于肌体不畅，神经衰弱，你就会在异味中呻吟，最终如何就不言而喻了。

美是相通的，善是本性的。人在社会上生活，就是凭着这种本性的气息。只要你有这种芳香，不管你走到哪里，都会有朋友，都会拥有一片世界。既然我们一上路就有了这芳香，为什么不发扬光大，而在路途要丢掉，另去他求呢。以我之言，刻意求来的东西，并非想象中之好，我们无意携带的东西，可能是无价之宝，不要本末倒置。保持"人之初"的心态，精神不被污染，放弃本不该属于你的东西。

以"善"为美，你的肌体就会散发出芳香。向任意一山一水边的花草，吐露着芳心，美丽着大地。

别在意，还有一扇窗开着

王哲珠

　　终于有了自己的房间后，我急不可待地要布置好这个小天地。我看中了楼上那盆绿萝，圆圆的矮石盆，几根绿意盈盈的绿萝柔柔软软、缠缠绕绕、垂垂吊吊的，格外可人。把它费力地搬进那长日不见阳光的房间里，将绿藤顺着白墙固定，由它攀援。果然整个房间诗意益然，多了一种勃发的生机。每日进门，都忍不住驻足欣赏一番。

　　没想到，由于突然从阳光灿烂的楼顶转到阴凉的房内，连绿萝这样靠水就可以活命的顽强植物也适应不了。一个星期后，这盆葱郁的绿萝开始不如以前精神了，显出一种颓丧之态。翠如碧玉的叶子开始变黄、脱落。即使我每天浇水，细心地施了肥，也无济于事。一个多月后，所有的叶子几乎干枯落尽，只剩下光秃秃几根褐色的藤。我感到惋惜，如果当初不把它搬下来，它还精神焕发地生长着呢。

　　也许已经枯死了吧？我这样想着，再没有把它重新搬上楼。渐渐地，我忽略了它的存在，反正它一直就在角落里。

　　然而，有一天——也许已经是三五个月后了吧——我劳累一天回来坐下慢呷浓茶之时，不经意往角落里一瞥，竟见到几点新绿。我不相信似的重新端详，没错，是几片绿得半透明的新叶，鲜鲜嫩嫩地闪着光泽，比原来的叶子更加玲珑秀美。绿萝适应了室内的阴湿，如凤凰的涅槃，得到了新生。我又开始给它浇水。没多久，这盆绿萝又长得葱葱郁郁，如艺术品。面对着这新生的绿

最温情的校园散文

萝,我感慨万千,不禁想起自己的经历来。

刚毕业时,便被分配到人生地不熟的地方,远离家乡,住校是毋庸置疑的,心里还暗自庆幸从此自由了。然而,当得知偌大一个学校就我一个人住宿时,确实是有些发呆了。当黄昏日落,师生全走,校门咣当一响,校内开始空荡之时;当因条件所限,半夜不得不摸着黑穿过长长的走廊上厕所,边走边莫名其妙地想起平日听到的神鬼故事时;当学校水池之水用完,我无法用水泵抽水洗澡时;当学生调皮,我无法整好班风,无处诉苦时;当雷雨交加,室内蚊虫乱飞,我包着被单缩作一团之时……我不只一次流泪,懊悔当初任性,不留在有人照顾,住宿条件优越的亲戚家,甚至诅咒自己的运气。那个时候,我就像刚下阳台的绿萝,失去了生机和活力。

然而,我毕竟住下来了,而且一住就是三年。后来,我慢慢习惯了,竟开始喜欢这样的生活。这三年,因为一人住校,我少了许多熙熙攘攘的客套交往,有更多的时间读书、思考;因为一人住校,我学会了坚强,习惯了自己解决突然碰到的各种问题;我始终完整地拥有着自己的世界,自己的梦想……三年来,我所得到的,所体会到的,只有自己最清楚。我想,我也长出新叶了。

如今,我再也不为绿萝从阳光充足的阳台上搬到阴凉的房内而惋惜,再也不为自己三年住校的寂寞艰难而懊悔。我开始庆幸,正因为这些"不幸"的变化,不管是绿萝还是我,都学会了适应环境,学会了从困境中走向新生。记得有句话这么说,一扇门关闭了,还有一扇窗向你打开。现在,无论遇到什么意想不到的事,我总会对自己说,别在意,也许还有一扇窗开着。

诗里的茗香

金克巴

有一日，读到苏东坡的诗句："人生到处知何似，应似飞鸿踏雪泥。泥上偶然留指爪，鸿飞那复计东西。"就非常喜欢，而且不喜欢还不行。就拿"鸿飞那复计东西"来说，人到了一定的时候，想计较也不成。这几句诗的意味，如果是一个哲学家读到，就可以写一篇长篇大论；到了佛学家那里，也有一番精彩的譬喻："人生就像是皮箱，不要总抓在手上"，这是星云大师说的。生命像一个容器，哪些该装哪些不该装，想透的人不多。

我至今清晰地记得，父亲去世的时候我很小，倚在禾堆旁，伤心地望着前来吊唁的人，从大门口进进出出。堂屋里一片泥垢，外面下着毛毛雨。父亲卒年不到四十岁，从来都没想到生命去得那样猝不及防。我做了很多梦，梦见他又重活一回。然而，相对于历史来说，个人的能量和命运通常显得微不足道。那些浓浓淡淡的哀伤，会在时光的长河里渐渐消逝。

我莫名其妙地想起了几年前在一家路边的大排档里吃过牛腩煲后躺在床上昏睡了整整一天的那件事。而在那次食物中毒的前一天，我对生活还有林林总总的绮思，到了躺在床上动弹不得的那个下午，我望着天花板好好地发了一回呆。我知道终有一天，生命会戛然而止，就像一根美妙的弦，不管曾经弹奏出多美的旋律也总有弦断的时候！我理解张爱玲的世故，"出名要趁早啊，迟了，就来不及了"。她说出那些在红尘里奔波，思维不至于停滞的人们的心声。毕竟，名不是谁都出得了的，起码得有出名的想法。我能理解那些花儿

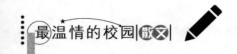

们，在春风拂面的日子里，一股脑地喷发出来。一只夏末秋初的蝉，为什么那么张狂？把整个村庄都攥在自己的声音里面。照理说，这个世上，总会有那么多刻骨铭心的爱恨情仇，总有人在不停地计较着，他们理所当然比飞鸿活得沉重。他们所缺的不是羽毛，而是冀然的心。

"茶圣"陆羽，他的身世简单得不能再简单，"不知何许人也"。如同现代的弃婴，据说陆羽因相貌丑陋而被弃。后来被竟陵龙羞寺的智积禅师收养，事佛之余兼做杂务，为禅院煮茶。他不喜欢出家，他只喜欢茶，自那时起他与茶结下了不解之缘。后来出了名，唐代宗诏拜他为太子文学，又升为太常寺大祝，但那都只是一纸诏书。陆羽并没有去做官，而选择了在吴兴苕溪隐居，潜心读书著作。他在参悟茶道中获得的快乐，显然比待在皇家的园囿里，靠仰仗皇帝的恩赐所带来的欢乐要多得多。

有人说陶渊明的诗酒况味，其实称不上真正的洒脱。因为一边喝着小酒，一边吟风咏月，万一哪回喝高了，撒起酒疯来，滚落在尘世上，弄得众人皆知，又如何安逸得了？一个真正的隐者，他的言行举止应清淡如水，恰好与茶的情趣契合。雪泥鸿爪，所能直摄人心的正是一种无羁无绊，过往的一切皆如行云流水，流畅，远去。然后眼前只剩下一杯茶，袅袅地绕升着一缕缕清香。

生命里的一盏灯

朱光娣

　　晚饭后读一本书，兴味正浓时，忽然全城停电。此时我身处的城市犹如童年山村的暗夜，无奈而又尴尬。

　　渐渐地，从钢筋水泥的丛林中，不时会闪烁起星星点点的亮光，我想，那亮光下面多半是些和我一样正在读书的人。望着那些窗口里朦朦胧胧秉烛而读的身影，此时，我是多么渴望像童年那样，有人为我点一盏灯，一盏能在下面阅读和写作的灯。

　　在我童年的岁月里，生活的艰难长期袭扰着勤劳而善良的山民们。因大多数人家点不起灯，因此，许多人心中是没有灯的概念的。那时候在我们老家一带，夜间的一切活动都是用火把照明的。我的印象中，父亲走夜路时总爱拉上我，因为我和父亲在一起时总有说不完的话，也许正如母亲所说，我和父亲八字相生的缘故吧。那时父亲总是将竹篾火把高高地举过头顶，像母鸡护着小鸡一样将我揽在身边，遇上沟沟坎坎，父亲总是一只手举着火把，一只手挟着我一跃而过，我也有种身轻如燕的感觉。在黑夜的山路上，在火把的影子里，我就像一件挂在父亲腰间的物什，在洒满光与影的小径上随父亲的身体翻腾跳跃着。

　　在那个一切日常生活用品都靠供应的年代，即便我有一个七口人的大家庭，可每月供应的煤油，也只够一盏灯点几个夜晚而已。况且，母亲平时总将各种花花绿绿的供应票省下来，以便集中在过年时候用。因此，在我的印象

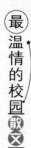

最温情的校园散文

中,山村的夜晚总是笼罩在寂寥与黑暗之中。而父亲却总在不停地同寂寥和黑暗做着抗争,那时父亲总对我说:"人穷不能穷志气,我们家再穷,夜里也不能没有一盏灯。"

我对父亲的认识,大概是从灯的记忆里开始的;而我对灯的认识,大概是从父亲采回的松油节里开始的。

小的时候,父亲和母亲多半在天黑时才收工回家,每当这个时候,母亲依旧重复她永远也做不完的家务——做饭、喂猪、清点鸡、鸭、猫、狗,父亲则会在天黑之前,准时为母亲点燃一盏松油灯。其实,松油灯也并非灯,它不过是父亲上山砍柴时采回的松油节而已,我们小时候都叫它"松油包"。松油节是松枝枯死后,残留在树干上多年形成的油瘤,因其中含有大量的松节油,燃烧过程中既能产生较强的亮光,也能延续较长的时间。松节油燃烧时会产生大量的带有香味的黑色烟雾,这种烟尘自古以来一直是制墨的上等原料。因此,古人将读书人家称之为"书香门第",从理论上讲,的确是很切合实际的。

从我记事时起,每当夜幕降临,全家人都围坐在父亲点亮的松油灯下,吃着母亲做的荆叶饭和红薯粥,心中热乎乎的。每当我们兄妹五人将母亲做好的杂粮饭和野菜汤一扫而光,父亲和母亲就会长长地舒上一口气,像是得到了极大的安慰。父亲偶尔也乐观地笑道:"总有一天,我们全家会围着盏又大又亮的电灯吃白米饭,喝鱼肉汤。"父亲说这话时信誓旦旦,好像实现这一目标对他来说已有足够的把握。母亲偶尔也戏谑道:"今晚就会有,在梦里。"每当这时,我们全家人就会在疲惫的笑声里渐渐进入梦乡,山村的夜又恢复了宁静和安详。

十三岁那年,我考上了镇上的初中,为了能拥有一盏上晚自习的灯,父亲整整挑了三担干柴,卖到我们学校的食堂里。当我捧着父亲为我买来的铮亮亮的玻璃罩灯和半瓶珍贵的煤油时,我对父亲的感激之情无以言表,从那时起,我对父爱又有了新的认识,我想我唯一能报答父亲的,也只有在这盏玻璃灯下疯狂地汲取知识的营养,为父亲的期望,也为我的明天点一盏希望和不灭之灯。

后来,我上了县城里的高中,走进了我梦寐以求的灯光明亮的教室。此时,父亲虽不再为我的自习灯发愁,但我那高额的学习和生活费用压得他直不起腰来。为了我能读完高中,考上大学,父亲和兄姐每晚都在昏暗的油灯下编着荆条筐(一种用黄荆条编制的盛东西的圆筐),第二天天不亮,由父亲一人挑到十里外集上的供销社去卖。在我的心中,父亲编着荆条筐的同时,也在编织着他的梦想,而我则生活在父亲为我编织的幸福里。

上世纪九十年代初,家乡的小山村终于通了电,我们村是本县中最后一个消灭的无电村,据说此事已作为一个政治事件被正式写进了县志。而此时,我已在县里的建设银行,整整工作了四个年头。听母亲说,通电的那天晚上,父亲打开家中所有新装的电灯,呆呆地看了它们好几个时辰,直至眼前一片空白。从那天起,父亲总在入睡前,点亮门前的那盏灯,守望着门前那条通向山外的小路,我知道,那是父亲为夜间过往的乡亲们点亮的行路灯,也是父亲为离家在外的我点亮的希望和祝福之灯。

今天,当我徜徉在灯火辉煌的大街上,散步于七彩斑斓的霓虹灯下,享受着电子时代为我的工作和生活提供的诸多便利的服务时,我的心中又多了几份惶恐与不安。父亲和母亲早已年过七旬,任凭我们怎样努力,都说服不了让他们离开那个偏僻的山村。父亲说家乡的那座山牵着他的魂,埋着他的根。

时至今日,父亲依然会在睡前打开门前那盏灯,点亮整个山村的暗夜,守望着我的归来。然而,此时我除了在夜深人静时,朝着家乡的那座大山,送去一点发自心灵深处的祝福外,我还能为父亲做些什么呢?

把鲜花送给谁

何小龙

一次,我到小学一年级一个班级去听课。当时,老师正在用启发式教学方式开导学生回答问题。这是新课程改革实行后对老师提出的要求,以便开发学生的智力,全面提高学生的素质。

聆听中,我发现,老师把问题提出后却遇到了尴尬——

老师问:"在一片大森林里,生活着小兔子、小猴子和小猪,有一天,小兔子采到一朵鲜花来到小猴子和小猪面前,你们说,它会把这朵花送给谁呢?"

孩子们不假思索地回答:"送给小猴子。"

老师问:"为什么呀?"

孩子们回答:"因为小猪太脏了,小猴子很可爱。"

老师又问:"假如突然跑来一只大灰狼,要吃它们,小猴子爬到树上躲了起来,而小猪呢,它临危不惧,拿起一根木棒与大灰狼进行搏斗,最后打跑了大灰狼,保护了小兔子,你们说,小兔子应该把鲜花送给谁?"孩子们抓耳挠腮地想了半天,仍有大部分学生回答:"送给小猴子。"

这个回答显然背离了老师的愿望,我捏了一把汗,不是为孩子们的"无知",而是担心老师会"独断专行",强迫孩子们回答:"应该把鲜花送给小猪,因为它是见义勇为的英雄!"

令我欣慰的是,对于孩子们的"错误"回答,老师并没有立刻就否定。只见她面带微笑,在启发孩子们:"同学们,我知道你们都非常喜欢小猴子,你们从小就看过《西游记》动画片,动画片里的猴王孙悟空真可爱,他除魔降妖,护送唐僧取经。还有,平时你们的爸爸妈妈经常会带你们到动物园看猴子,它的顽皮可爱给你们留下了很深的印象,所以你们会喜欢它。不过,你们想想,如果孙悟空没有火眼金睛,不能识别妖魔鬼怪,也不能在关键的时候挺身而出与妖魔鬼怪进行搏斗并最终战胜它们,唐僧还能完成取经的任务吗?"

孩子们回答:"不能。"

老师满意地笑了,继续诱导说:"刚才老师问你们,小猪为保护小兔子和大灰狼进行搏斗,你们说它勇敢吗?"

孩子们回答:"勇敢。"

老师"趁热打铁":"那么,小猴子不管小兔子,它爬到树上躲了起来,你们说它这样做对吗?"

孩子们又迟疑了,有的回答:"不对。"

有的说:"小猴子不爬到树上,被大灰狼吃了怎么办?"

面对这种局面,老师始终没有给予"纠正",尽管这堂课上到结束,孩子们也没有齐声回答说:"小兔子应该把鲜花送给小猪。"但我认为,这堂课老师讲得非常精彩、成功。因为她懂得尊重和呵护孩子们的天性。她绕了那么一个大圈子,虽然最终没有抵达自己所期望的那个"闪光的答案",可是,可以看出来,她在小心翼翼地呵护着孩子们鲜嫩的天性幼芽,而没有以成年人的思维和所谓的"崇高思想"去碰落它。我想,教育的前提必须要爱学生,爱学生的前提必须要懂得尊重学生的天性。如果一个老师为给学生灌输"知识"和"崇高思想"而强硬地扼杀了学生的天性,这对于学生的身心健康和未来的成长与发展是极其不利的。只有懂得尊重学生的天性,并以有效的教育方式对他们的天性加以呵护和培养,才能使他们在一种轻松、和谐、愉快的学习环境中获取必要的知识养分,逐渐提高对事物的认识水平,增强对善恶的判断能力。

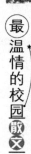

最温情的校园散文

被蚊子叮出的思考

何小龙

早晨。我刚睡醒。有点懒，不想起床。

我盯着天花板看。脑子里想一些事情，一幕幕纷乱的画面涌来又闪过。

这时，一只蚊子从一个角落飞来，吸引了我的注意力。

蚊子可能闻到了我身体的气味，它在空中旋飞了一会儿，就确定了目标——朝我飞来。

我想，蚊子可能是近视眼，我正睁大眼睛瞅它呢，它竟然没有觉察到，仍不改初衷地要接近我。

不过，对蚊子的勇气我很敬佩，它这么小，竟敢袭击我这个庞然大物。而且，它没有偷偷摸摸，是哼着歌儿公开地侵略。

现在，这只蚊子停落在我的左胳膊上，开始把它的尖嘴刺进我的皮肤，吸我的血。

我一动不动，看着蚊子沉醉在劳有所获的满足里，那种暂时的安静状，显出一种幸福之态。

渐渐地，蚊子蔫瘪的肚皮鼓胀了起来并呈现着暗红色。

我本来还想继续欣赏下去，结果，我的自卫意识被一丝轻微的疼痛给刺醒了——我抬起右掌拍死了这只蚊子。

其实，这只蚊子自潜入房间后，早在我的掌控之中，因为对蚊子来说，房间是一只巨大的笼子，它这是自投罗网。即便现在我不消灭它，它迟早还会死掉，不是死于饥饿，就是死于家人手掌之下。

但我不敢轻蔑蚊子。

在茫茫宇宙中，人啊，不也是一粒微尘吗？不也早就掌控在了时间老人的掌心吗？谁又能躲过时间老人那重重地一拍！甚至因了灾祸，因了疾病，一些人死得更早。

当然，人是万物之灵，不能等同于食草动物和食肉动物，更不能等同于蚊子，人要伟大得多，因为人除了谋生外，对社会还是有贡献的，能够创造出物质和精神财富，以促进社会的发展，延续文明的进程。

蚊子死了就死了，是生命彻底的结束和消亡，而一个人要是死了，可能还会留下许多值得这个世界铭记和珍藏的东西，因而他在创造中羽化的精神之蝶仍然活着，在苍茫天地间，在人们的怀念里，永恒地飞翔！

有多少书可以重读

王　诣

上次在北京西单书城，看了一下目前比较流行的一位作家的书。我站在他的书柜前面，看了他的文字，觉得很是爽快。但渐渐地，从他的字里行间我读到了鲁迅的影子。看到这一点，原本吸引我的书本立刻失去了吸引力。

我手头有一套《鲁迅全集》，是 90 年代末在广州买的，前前后后我也只是仔细地读了一遍。《鲁迅全集》就一直站立在我的书柜子里充当一种摆设。想到这些，我看了看书页后面不菲的书价，决定还是回家好好把鲁迅先生的书再读一遍，或者几遍。

我想到了现在的书市,印刷术的突飞猛进,让印刷市场蓬勃发展,外加商业炒作,大批的阅读资料充斥在我们的面前,我们不是缺少阅读的材料,而是缺少选择的目光,或者阅读时的心境。

真正的一本好书,是作者尽其一生倾力而作,里面所包含的内容,不可能是泛泛而读就可以掌握的。但是,在白色泛滥的书海里,挑选出一本好书,的确是很难的。好不容易选到一本,又总觉得自己没有足够的时间,没有合适的心情去细读,结果,书还是书,自己还是自己。

我曾经看过一篇文章,说的是作者和《世说新语》的经历。从开始搜求,到拥有各种版本,在长期的阅读过程中,魏晋时名士的风流形象就自然而然地在他心中栩栩如生。我也非常喜欢阅读这本书,在我的饭厅里,就放着这本书,几年多了,饭前饭后,都会随手翻阅几页,哪怕读其中的一章,都可以给我带来文字的熏陶。

网络给我们带来了很大的方便,但给我们的阅读方式似乎带来了很大的冲击。的确从网上我们可以读到许多东西,文字带给我们的感受是同样的,不管什么样的方式,当进入文字里面的时候,我们往往忽视了文字存在的形式,得意而妄言可能也就是这么回事了。

对于阅读,无论是纸质还是网络,都有一个相同的地方,那就是阅读时候的心态。文字只有进入到人的心里,才能让人感动或者思考。归根到底,阅读的过程其实是一个心理寻找的过程,在寻找的过程中,透过字的表面,看到文字最本质的内核,才可以说读有所得。

但是,现在的人,总是在匆忙地行走,忽视了很多的东西,面对再厚重的书本,也只是匆匆翻过,思想轻飘飘地跑过,很多珍贵的东西就被遗落在书本的深处。

我有时也买一点书,慢慢地我的书架上就积聚了不少的书。那些书有的是读过一次,有的连一次都没有读完,但记得当初买的时候,总觉得可以回去好好仔细地品读,但买回来很多年了,还是从未翻阅。期间也仔细问过自己,并不是没有时间,相反,倒是有很多的时间无聊得无法打发。是自己的内心世界让外界给扰乱了,有时宁愿在那些无聊的电视剧前一坐一个晚上,或者在虚拟的世界里流连忘返,也不愿意坐在真正的书本前,做一次深刻的、宁静的阅读。

书店里的新书越来越多,但是好书究竟有多少,有待于时间去检验。现代人的生活节奏加快,很多是吃着快餐敲打着键盘。在他的敲打的过程中,思想里定然也少不了快餐的因素,字里行间也定然会带了一些快餐的味道。

思想之光

川　流

笛卡尔说,我思故我在。人的一生,始终处于回忆过去、构想未来的思想之中,思想是生命之光,为我们照亮前进的道路。如果失去了思想的支撑,人就会如同行尸走肉,每天浑浑噩噩,在空虚中消磨意志,在无聊中虚耗青春。

学会思想,我们才能始终是一个"大写的人"。思想之光,使我们学会鉴别,不再人云亦云,不再像墙头芦苇,随风飘摇。人生在世,受羁绊、受约束的地方太多,难免只有执行权,没有发言权,难免要服从、服务于别人的意志。但人与人至少在思想的层面上是平等的,千万不要把本是自由的思想也交给了别人,那就真正地失去了自我。只要不停止思想,哪怕我们身陷绝境、孤立无援,我们的精神世界依然是充实的,我们的人格永远是独立的。

思想之光,有时像那流星闪过,你要善于捕捉它。有些人不喜欢思想,觉得那样很吃力,不如随波逐流。却不知唯有痛苦才能涅槃,一时的轻松,最终难逃时间的审判。真正的思想乃是随着时间的流逝,在丛乱杂生的荆棘中悄然而至。只有学会捕捉和提炼,你的思想之光才能燃起熊熊火焰。有朝一日

最温情的校园散文

你会发现沙中的碎金已成为一堆闪闪发光的宝藏,那种喜悦将是难以比拟的。

人生的意义并不是思想本身,而是思想的过程。我们可能只是一个个平凡的人,也许我们的思想改变不了别人,也影响不了社会。但境由心造,只要你不甘于平凡,学会思想,那么你的思想就会改变你,影响你的生活,让失意变成历练,让思想成为财富。哪怕众人皆醉吾独醒,也是一种美丽的孤独。

思想的强者才是真正的强者。有时武力可以征服人、权势可以压制人、金钱可以收买人、美色可以诱惑人,但都只能是一时之效,唯有思想的征服才是真正的诚服。思想依附于生命,但思想有时又会超越生命,无数仁人志士为了追求这样的超越,孜孜以求,那些顽强的探索和拼搏,已谱成一曲曲惊天动地的乐章、铸成生命奋斗的坐标,激励后人勇往直前。

雕刻时光

珍惜每一个幸福的瞬间

孟祥宁

  高中时代是充满了硝烟的一场场战役，我们在一次次的跌倒和爬起中磨练了自己。都说高中三年没有快乐没有自由，有的只是一张张试卷和大大小小的考试，可是我却觉得，高中的我，拥有无数幸福的瞬间。

  一日之计在于晨，第一缕阳光照在桌子的一角，早读时，往往将书直立，大声诵读，心中郁结的烦恼和不快全都从肺部呼出，那些文字仿佛成了一个个音符，回响在我的耳边，顿时神清气爽，仿佛饮了仙露，喝了醍醐。美好的一天开始了，幸福就孕育在书声朗朗之中，我面对课本，莞尔。

  从食堂出来，午后的阳光温暖而又和谐，微风轻拂，我在塑胶跑道上缓缓走着，耳边是轻快的流行音乐，哼一支小曲，见到同学轻轻挥一挥手，一声"嗨"，便拉近了彼此的距离，或是调皮地在肩上一拍，看到他吓一跳的样子，我哈哈地笑了。眯起眼睛，仿佛看到了幸福的颜色，炽热的红，青春、热烈、奔放。

  每次从书店出来，和同学捧着新买的书并排走着，一起讨论下一步的学习计划，心里就充满了快乐，仿佛怀里抱着的是满满的知识。我的大脑像一个嗷嗷待哺的婴儿，等待知识的乳液去喂养。不管花了多少钱，只要看到自己拥有了心爱的书，心里就会洋溢着幸福的喜悦，我似乎看到美好的未来正在向我招手。

  喜欢两三个人并排走在一起，手里捧着热腾腾的豆浆，吃着糖葫芦，一边说笑一边向教室走去。虽然冬天的风冰凉刺骨，可我的心里却像充满了阳光一样温暖。每当这个时候我都会抒发一句内心的感受——此刻的我真的好幸福啊！呼出的哈气在空中凝结成水雾，那也是幸福的形状。

我很幸福，在上学的路上，那是通往梦想的路，是实现理想的奋斗历程；我很幸福，在回家的路上，那是通向亲情的路，和家人唠唠嗑、聊聊天的美好时光；我很幸福，在走向未来的路上，那是一个未知的旅程，是由现在的汗水和泪水铸就的成功之路。

幸福不仅仅是一个简单的词汇，而是一种生活态度。幸福是短暂的，短似一片叶落的距离，短似一朵花开的瞬间。幸福是手中的露珠，如果我们不珍惜，它很快就会消逝无影。

生命是由一个个幸福的瞬间拼接而成的，不要让烦恼与不安充斥你的心灵，幸福其实很简单，就看你是否会把握。

面对一朵小花，我们也要怦然心动。

珍惜每一个幸福的瞬间，人生才会活得更加精彩。

向虫儿敞开心窗

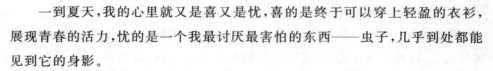

孟祥宁

一到夏天，我的心里就又是喜又是忧，喜的是终于可以穿上轻盈的衣衫，展现青春的活力，忧的是一个我最讨厌最害怕的东西——虫子，几乎到处都能见到它的身影。

也许从小在城市里长大的缘故，接触虫子的机会实在不多，也渐渐产生了陌生与恐惧的心理。只要见到虫子，无论是黑色的圆滚滚的西瓜虫，青色的肉嘟嘟的毛毛虫，还是会放毒气的"臭大姐"，我都会无一例外地尖叫，甚至像小孩子一样嚎啕大哭。

那天晚自习，大家都在埋头写作业，笔划拉着纸发出"沙沙"的声音，一切显得那么和谐而美好。突然，不知是谁的一声"有虫子！"打破了宁静，引起一阵骚乱，有胆小的女生开始尖叫。我一抬头，就看见教室上空飞着一个黑色的家伙，像个球一样毫无目的地乱飞，还嗡嗡地叫着。这着实吓到了我，我边叫边用书挡住头，以防它不小心飞到我的旁边攻击我。

有调皮的男生举起瓶子，冲着它就是一阵"狂轰乱炸"，虫子也好像受了惊，飞的速度也越来越快，甚至撞到了灯管上，像一个醉汉般摇摇晃晃的。有人喊了一声："快关窗户，小心它跑出去叫'兄弟'！"于是所有的窗户瞬间被关得严严实实，使本来就燥热的教室更加闷热了。

终于在不懈的努力下，一场"人虫大战"以人的胜利而告终。虫子被打到了地上，我悬着的心终于落下，长长地舒了一口气，发现自己的额头已满是汗水。

地上的虫子已经奄奄一息，还在作着垂死前的挣扎，它拼命扇动着翅膀，想要重新展翅飞翔，可惜早已没了气力。

我突然觉得这小家伙挺可怜的，一向很害怕虫子的我怎么会起了这个念头，我对此感到很惊讶。仔细想想，我为什么害怕虫子，仅仅是因为它和我们人类不一样，它会飞，有着丑陋的外表？和人类相比，虫子简直非常渺小，而人类却是一个庞然大物，当我们想伤害它的时候，虫子也会保护自己，它一定也会感到害怕，于是便像刚才的一幕那样横冲直撞，这恰恰是它内心恐惧的一种本能反应啊！

妈妈告诉过我，把虫子当作自己的宠物一样，它们也是大自然的生灵，它们也是有生命的，要像善待宠物一样去善待它们。

我想，给虫子换一个名，叫起来也许不会那么恐惧，不会令人想起关于丑陋与恶心，轻轻呼唤它虫儿，像朋友与朋友之间的交谈，该是多么舒心的一件事情，只会使人联想到可爱与奉献，使人与大自然的距离更近一步。

假如当时我们没有将门窗紧闭，假如我们没有伤害它，而是敞开所有的窗户，任凭它"参观"完我们的教室后悄悄离开，也许会有完全不同的结果。它也许还会继续享受黑夜的宁谧与安详，或者与家人团聚，一起欣赏这美丽的街景。

我终于懂得，为什么我们会害怕虫子，那是因为我们的内心总是对虫子有所排斥。那何不向虫儿敞开自己的心窗，与虫儿为友呢？

高三，高山

孟祥宁

寒假去学校拿东西，路过高三的教学楼，看到学长学姐背着沉沉的书包，抱着大大的塑料箱，慢慢地走向宿舍。冷风吹过，我看不清他们的表情，却肃然而起一种敬畏之情。突然意识到，自己还有半年也马上升入高三，只要一谈起高三，眼前就浮现出"千军万马过独木桥"的悲壮场面，一想到这即将发生在我的身上，我的心就"扑通扑通"地加速跳动。我开始紧张、茫然、不知所措。

我当初选择了文科，毅然决然地放弃了理科。那时觉得，在他们都为物理题想破脑袋的时候，我却捧着一本史书津津有味地看着，该是多么美好而又惬意的事情。后来才发现我错了，选择文科一样辛苦，可能会更加需要努力、需要拼命。

理科的题都是万变不离其宗，一旦学会了，掌握了解题的思路，聪明的学生玩都能玩出个状元来。而文科就不一样了，知识面很宽，需要读很多书，背很多笔记，还要将整个地球装进脑袋。一旦松了劲，成绩滑得特别明显，大起大落，似过山车一般。要想永远保持好的排名，就要抓紧一切时间背书背书再

最温情的校园散文

背书！

当别人迎着朝阳悠闲地骑车时，我们早已读声朗朗，迟到的同学捧着书在走廊里罚站，当别人在饭桌上享受美味与片刻的轻松时，我们却要飞快地吃完饭，顾不得胃的消化，坐在教室提前开始晚自习。走到哪里，兜里都随身携带一个小本子，上面是单词或者笔记，即使在周一升旗的时候，也要拿出来看几眼。

其实我很厌恶死读书的孩子，觉得他们不就是扎着脑袋学习嘛，他们放弃了自己灿烂的青春，放弃了人生中仅剩的一点年少时光。于是，在别人整理笔记的时候，我在看小说写小说，在别人抓着头发做不出来数学题的时候，我在和同学聊天聊得火热，在别人对着墙角大声背书的时候，我从旁边抱着篮球潇洒地走过。

有一天，班主任照例在讲台上开班会，我一个人无聊地玩着钢笔，只是有一句话猛地钻进了我的耳朵，她说："现在是关键的时期，但是很多同学变得非常浮躁，完全忘了你们为什么要坐在这里，如果有时间，不，只要把你们玩游戏的时间抽出来几分钟，到高三的教学楼看看，我相信你们一定不会白去。"

一天午休的时候，我从高三的楼旁经过，耳边响起了班主任那句话。我一撇嘴："我才不信呢。"

刚要往前走，脚却不听使唤，在好奇心的驱使下，我不由自主地走了进去。

长长的走廊，只有几位学长对着窗子小声地念书。出乎意料，我的脚步竟然变得轻盈，生怕吵到了他们，仿佛他们在进行一项很神圣的任务。我看到了贴在教室门口的课程表，除了高考要考的科目外，就是自习课，单调却很充实。教室里无一人说话，墙壁上贴着每个人的梦想与老师鼓励的话语，每个课桌上都堆着厚厚的书，书堆里是埋头学习的高三生，笔迅速地划拉着，试卷做了一张又一张，一套又一套。

高三是那么近，近在咫尺，近在一伸手就能摸到。

曾经的我觉得，每天就这么混吧，混一天是一天。

"小心日子把你混了。"我突然想起《士兵突击》里的一句话。

当初在书桌上贴的字条"存天理，灭人欲"，早已被我丢进了垃圾桶，当初每天起床后说的第一句话"我要上北大",早已如浮云般飘到了远方。我忘记了曾经的誓言,忘记了曾经的目标,忘记了我的路该往哪走。

仿佛有人端着一盆冷水从头泼了我一身。

我被震撼了。走出教学楼的时候,阳光刺得我直想流泪。

以后的日子里,我试着像一头黄牛一样踏踏实实地学习,才发现自己浮躁的心情难以平静,才发现那些曾被我极度厌恶的同学,他们低下头扎实地学习需要多么大的勇气与毅力。

小学六年,初中三年,高一、高二。我翻过了无数个大大小小的土坡,走得辛苦却也值得,而如今,我已经走到了高三这座高山的山脚下,我仰起头,那山高得望不到顶。

我有过畏惧、茫然,可我没有退路。我是一个不服输的人,别人能做到的事情,我为什么做不到?

高三,高山,我们拼搏奋斗了这么久,终于走到了最后这座高山面前,不管它多么高多么陡峭,我们相信,翻过这座高山,就是一马平川的大路,就有鲜花的芬芳,就有阳光沐浴的温暖。

翻过高山,就是光明与未来。

那么,我还有什么可怕的。

最温情的校园散文

踏在 2010 年的浮云上

孟祥宁

2010 年的尾巴，这段时间发现自己变得很浮躁。上课的时候，我的躯体有血有肉地戳在椅子上，灵魂却早已荡到了窗外。下课和同学说笑打闹，晚自习看杂志，偷偷用作业挡在上面。不知道是不是因为节日太多了，过完圣诞节过生日，过完生日过元旦，然后大脑一直处于高度兴奋的状态，那些曾立志要好好学习的话，早已经飘到九霄云外了。

开完联欢会回家，大脑里存储的灵感一个接一个地往外蹦，于是有种写东西的冲动。吃过饭我睡了一个午觉，好久没有睡过不定闹铃的觉了，我一直睡啊睡，睡到了下午四点。醒来头变得昏昏沉沉，做了很多梦，却忘了一大半。赶紧打开电脑，我的手在键盘上僵着，大脑竟然一片空白，不知道该写些什么。

这一觉睡的，差点就睡过了今年。

我打开音乐，听《river flows in you》，这是一首很美的钢琴曲，无意中听到的时候，就无可救药地爱上了它。于是我开始听 yiruma 的每一首曲子，他的音乐能穿透我的骨子，直抵我的灵魂，碰触出似曾相识的感觉，给人以温暖和抚慰。

QQ 空间里 2010 年的日志，我从头看到尾，仿佛在看一场很漫长的电影，仿佛静静地听一个别人的故事，可是很难想象，电影的女主角是我，故事的主人公也是我。生活有时候真的像一场电影，演着演着你就忘了自己是谁。

有爱有恨，有欢笑有泪水。我们的青春，就是这么纠结。

让往事回放,有很多曾经想破脑袋也想不通的东西,随着时光的流逝也变得明了。神马都是浮云,我踏着 2010 年的浮云,重温那段流年。

一月

一月一号的早晨,我发了一条心情:一觉睡到太阳晒到 PP,做数学题直到我疯狂抓头发,打开电脑却又不知道干什么。今年一定没好事了……

那个时候的自己,还是那么傻得可爱,总是喜欢说一些很无厘头的话,有时候一天的心情可以发到二十条。直到好友纷纷留言说,不要再发啦,我的电脑都看到死机了。

前所未有的大雪过后,空气很清新,我喜欢这种感觉。我围着厚厚的围巾,戴着有两个耳朵的帽子,然后只剩两个并不算大的小眼睛,独自骑车在上学的路上。

其实我是一个很讨厌上学的孩子,因为我不喜欢学那些令人头疼的理科。我的物理自从高一以来,就没有及过格。我总是在上物理课化学课的时候看小说,老师也很宽容,从来没有说过我,高中没有人会逼着你学习,一切全部靠自觉。

期末考试,我的物理创历史新低。嘴上说无所谓啦反正以后也要学文,心里其实也挺难过的。看着贴在墙上的排名,听着同桌的抱怨,哎呀呀,其实我可以考第一名的。

突然意识到了,曾经做过的很多事情是不对的。比如,初中时我曾对我的同桌说,怎么考了这么点分数,差一分就可以考满分的。或者,我又没考好,心里真难受之类的话。他无奈地说,大姐,你要是没考好我们可怎么办啊?

我说,我们不一样。

现在我知道了,其实我们都一样。

现在换我对我同桌说那些话,她似笑非笑地抱怨自己的分数,我看着只能无奈地苦笑。原来每个人的角色都会对换,你对别人做过什么,一定会有另一个人对你做同样的事情。

这就叫做善有善报,恶有恶报吧!

原来学习成绩不好的同学,心理素质比那些成绩佼佼者强很多倍。他们需要顶着巨大的压力,承受着来自父母家长同学的言语攻击。

一个人的过分骄傲和优秀,对别人来说,真的是一种伤害。

二月

冬天,我喜欢把自己藏起来,像冬眠,提不起任何说话的兴致。疯狂写小说,把自己彻彻底底地藏在童话中,写着一篇篇自己编织的王子与公主的故事。

那里没有烦恼,没有忧愁,没有学习的压力,没有讨厌的物理化学,只有快乐,只有阳光,只有漂亮的花朵与美丽的云彩,只有王子和公主的幸福生活。

我沉溺在虚幻的世界中不能自拔,分不清现实与梦境,可我一度认为自己是幸福的,因为我活在美好的幻想中。

陆陆续续,很多报刊登了我的小说。那些被印成铅字的文章,是我认为自己活着的最大价值。我可以不要成绩,但是我不能丢下自己的梦想。

世界上最幸福的事情莫过于,闲来无事翻翻报纸,发现这个标题怎么这么熟悉啊,一看作者是孟祥宁。

哈哈。

三月

得不到的东西是最美的。我原来一直没有看清,生活其实美得会让你流泪。但我常常希望将那些虚幻的美丽,一次次地撕开,然后自以为看透了一些东西,轻而易举地满足了自己,却也轻而易举地磨灭了美好的希望。

年终测评三好生的结果出来了,我无意中看到了那个表,一项一项,她给我全部打的是最差。我曾经以为最好的朋友,口口声声说,我们永远都是最好的朋友。竟然这么讨厌我,是因为我不知道我到底哪里做错了,我不爱祖国不爱党不爱学校吗？

原来有些事情有些人，还是不要看透了罢，留有一丝丝的好奇，才会让人有更多的欲望，否则还有什么快乐可言。我总是一次次将好奇泛滥，于是到头来得到的终究还是一次次的失望。

不要让我对尘世有一丝牵挂，我现在唯一想念的，是自己那颗圣洁的灵魂。

四月

班里组建了一个寂寞家族，像小时候，我们在院子里面玩过家家，你当爸爸我当妈妈，还有一个洋娃娃。

寂寞家族很庞大，三分之一的同学都加入到了这个家族，也许是学习压力太大的缘故，每个人都变得很无趣，于是重新回到小时候，尽情享受幼稚的时光。

楠，是一个穿白色衬衣的男生，他站在阳光下，干净而又美好。

当他手拿一支圆珠笔，上面插着一朵用纸叠的百合花，半跪在地上表白时，无论是谁都不会拒绝吧。更何况仅仅是个游戏而已。

于是我和他一组。

他是一个很搞笑的人，可有的时候却那么忧郁。和我一样像得了人格分裂症，有时候笑得脸部抽筋，有时候郁闷到整日沉默。

他喜欢穿五颜六色的衣服，跳很帅的街舞，笑起来露出标准的八颗白牙。

春季运动会的时候，我站在看台上为他加油，他在操场上奋力地跑着，我能感受到他的心跳得和我一样快。之后我和好友去买零食，无意中听到有人叫我，我扭头，看到他被一个男生搀着，脸色苍白，头冒虚汗。

原来他的腿有伤。

可是他却始终没有提过。

我竟然不知道该说什么，站在那里愣了好久，突然大叫一声——快送到医务室啊！

最温情的校园散文

他转过身的时候,我的泪就掉了下来。

一个人,在最痛苦的时候叫了我的名字,可是我却不能为他做点什么。

有一天我退出了寂寞家族,不知道是不是自己不再幼稚,抑或是真的长大了。他把那朵百合花留给了我,作为游戏的美好见证。

后来他有了一个女友,两人在一起很幸福的样子。

还是时常想起来,彼此之间开的一些玩笑,想起共同奋斗过的日子,

留下的成长的痕迹。

五月

五月应该是充满阳光的吧,可是我的心情却始终阴沉沉的。外面又刮起了大风,不知道为什么,老天总是喜欢在我心情很不好的时候起风,明知道我很讨厌刮风,明知道一刮风我就会使劲地流眼泪,可是为什么,在我的悲伤无处可逃的时候,偏偏将我的泪水引出。

我总是在面对爸妈的时候,才会将我虚伪的面具摘掉,我不会在我难过的时候,还能够面无表情地微笑地看着他们的眼睛。于是,我只是说了一句,外面风真大,我又迷眼了,好疼。

然后我就哭了。

我说,我不知道为什么一回家就想哭。后来我终于知道了,家里是最安全的地方,是最让我有安全感的地方。在这里我忘记了伪装,忘记了一切,可以将憋在心里一下午的眼泪都流出来。

就像中午一样,所有人都离开了教室,我趴在桌子上,泪水打湿了本子。我的好友帮我买了一个煎饼,是我最喜欢的紫米的。我看着这个可爱的女生,用手捂住脸,泪从指缝间溢了出来。

有时候我真的想抱一抱她,假如我是一个男生,我一定会爱上这个单纯可爱的女孩,虽然我们活得并不是很骄傲,不能在人群中扎眼的嚣张,但是我们都是善良的孩子。

她问,是不是因为卡拉 OK 大赛。

我轻轻点头。她说了一段话，至今我还记忆犹新。

你看我，那天站在舞台上的时候，你们都笑了。我知道自己唱得并不好，可是我唱完之后真的很开心，因为我终于有勇气拿着话筒面对大家。我是唱给自己听的，我感到很释然。其实，我以前是一个很内向的孩子，比现在还内向，那个时候什么都不敢参加，总是害怕失败，后来我试着改变自己，我终于敢唱出自己的心声了。她对我说，其实你很优秀的，虽然落选了，但是你在我们心中，永远是最棒的。

我站起来抱住她，在她的耳边说，谢谢你。泪水打湿了她的肩。

我的第一本文集《我的初中生活》出版了，我看着自己以前稚嫩的文笔，还有青涩的小恋情，脸就一阵阵发烫。

一页页翻着，有抚摸成长的感觉。

我是真的长大了，也不再用那么幼稚的文字，去写一段幼稚的故事。

不知道多年后的我，看到现在的文章，会不会也脸红呢？

六月

一页一页地翻看着我们的聊天记录，渐渐地我发现，紫色的字迹几乎覆盖了整篇，你开始用很简短的话来回答我——哦、额、恩……我发现我真的很有毅力，如果把这种坚持不懈的毅力用来学数理化的话，我相信我一定会成为天才的。

你是我高中第一个喜欢的男生：双子座，无拘无束，有着强烈的好奇心，像小孩子般永远长不大；个子很高，长得很瘦，穿黑色 T 恤，深色牛仔裤，骑一辆黑白山地车，骑起来一阵风似的。

趣味运动会上的 x 人 y 腿游戏，我和你站在一起，身上散发出来好闻的清香，带着少年的味道。九点钟我们还在训练，凉风吹啊吹，我偷偷往你那里挪了挪。

下课我们在打好格的纸上下五子棋，每次都是你赢。我们聊小时候的趣事，我从楼梯上滚下来，你爬墙用棍子把别的小朋友打了下去……和你在一起

永远都是笑着的,永远感觉不到寂寞。

我曾经借给你一根自动铅笔,上面有一个小金属链,你一写字就发出好听的声音。我还记得在我的桌子上画了一个女生的头像,很巧的是你换到了那张桌子,然后我在我的桌子上又画了另一个男生的头像,我觉得他们是一对的。大扫除的时候,看见你正在擦桌子,我小声嘟囔了一句,我的画。你就绕了过去,没有擦掉那个头像。我心里一阵温暖。

我们都喜欢周董,那时候,《烟花易冷》超流行,在路上走着都能听到许多人在唱。

我和你一人一个耳机,安静地听,听得直想落泪。

缘分落地生根是我们。过了这个月,就要分班了。

我以为日子会一直这样静静地流走,没有波澜,我们安静地告别,踏上不同的旅程,去追寻各自的梦想。

可是班里传出了我和你的绯闻,如果说这也算是绯闻的话。我们开始变得很沉默,见了面不说话,低着头看自己脚下的路。

流言蜚语的力量真的很强大,说者无意,听者有心,它像一根羽毛,虽然很轻,但却能飘得很远。

于是分班后我们也没有道一声再见。

很久之后我做了一个梦:悠长狭窄的小巷,你在远处为我唱了一首《烟花易冷》,然后就消失不见了。

我看着你渐渐模糊的身影,想张嘴叫你,却怎么也发不出声音。

醒来后,枕巾湿了一片。

梦想的旅途上,不会有爱恨情仇。

还有非常值得纪念的事情,我应邀为本市很有影响力的报纸写了一篇高考作文,和许多名家一起,这令我微微自豪。最后评比得了个榜眼,有种意外的小惊喜。

另有报纸登出了我的新书介绍,附有一张我的艺术照,在班里也引起了小小的骚动,有祝贺的,有羡慕的,有嫉妒的,有不屑的。

现在想想,还真是有趣。

我始终奔跑在梦想的旅途中,永不停歇,永不止步。

人的成就总是平衡的,得到什么就要失去点什么。于是月考的成绩再一次打击了我,看来,上课写小说看杂志的结果只有一个,那就是——物理史上最低分 16 分。

我真是欲哭无泪。

七月

我郑重地在文理分科表上填了文科,然后离开了我们的教室,离开了同窗生活了一年的同学,心里异常平静,没有哭没有笑,就头也不回地离开了。

那里真的不适合我。我也许应该回到自己应该待的地方。

暑假的生活可以概括为:晚上很晚睡觉,早晨很晚起床。两天一篇稿子,三天一部电影。

其实也蛮充实的。

终于有时间把《暮光之城》看完了,一度迷恋上了爱德华,整日整夜想着他的面孔,希望有一天自己也变成吸血鬼。

吼吼。那时候的想法如此单纯而又可笑。

还有《唐山大地震》,我去看了首映式,整场电影下来,我的泪就没有干过。我想了很多很多,想到了人生的短暂,想到了生命的脆弱,想到了母爱,想到了宽容……

没了,才知道啥叫没了。

珍惜我们的亲人,珍惜那些美好的时光,不要等到失去了才追悔莫及。

小学聚会时去动物园,由于烈日的暴晒,动物们都躲到空调屋里去了。于是我们很后悔来到了这里,只好找了个凉亭坐下,大家开始打牌,打了一上午的牌,下午便直奔 KTV。

一上午一下午,仿佛经历了两个季节。

一个炎炎夏日,一个寒冷如冬。

小学同学还是最亲切的,我一直这样认为。我们的交往是从最纯真的年

最温情的校园散文

代开始,彼此之间没有那些说不清道不明的恩恩怨怨,没有勾心斗角相互倾轧,只是天真地在一起玩,心与心离得很近。

超级无敌金哥儿们又重新唱起了曾经的歌,唱起了小学的儿歌,属于我们那个童年的歌,唱得眼角都带着泪花。

我们在公交车上放肆地大笑,好久没有这种感觉了——和他们在一起的这种发自内心的快乐。

曾经挤在学校小卖部里叫着:阿姨阿姨,我要一袋五香麻辣条!在操场上打篮球,虽然一个也进不去。在班里的红花榜上,我遥遥领先。一起放风筝、丢手绢、石头剪子布……童年离我远去,记忆永远珍藏。

八月

曹文轩说,人有克制不住的离家的欲望。

只要一放假,人一清闲,欲望便愈发强烈。躺在家里的床上,看着天花板,脑海中总是有一种远行的念头挥之不去,外面的世界总是在远方召唤着我的灵魂。

我和好友踏上了去山东的旅程。

人生实质上是一场苦旅。我们在路上坐着颠簸的车,耳朵里塞着 mp3,闭上眼睛睡觉。我们无奈地掏出自己兜里的钱,心里骂着乱收费的家伙。我们挤在人群中,像一群鸭子奔向不再洁净的大海,浑身沾满泥沙和烂树叶。

我们在梦里走了许多路,醒来后发现自己还在床上。我突然间读懂了这句话。

于是我试着,让无处安放的灵魂回归故里,用幻想弥补人生的空缺和遗憾。我坚信只要插上想象的翅膀,即使身处地狱也会变成天堂。

看着外面依旧骄阳似火,我在屋里乐此不疲地敲着字,心里满是幸福。

有很多读者在杂志上看到我的文章,去了我的博客,互相加了好友,看到他们的支持我感到自己活得很有意义。如果说一个人在世上走了一趟能够留下点什么,我想不是钱财,不是名利,而是书,它见证着自己活过的最大价值。

未来任重道远,但我们永不气馁。

九月

我被成功地分到了文科班,一屋子的女生,零零散散坐着几个男生。这就是传说中的文科班,男女很不成比例。

很意外,竟然有同学认出了我,你就是报纸上的那个……谁吧? 我点点头。然后大家都围过来要我的书和签名。

我一直奉行的原则是低调行事,没想到我的粉丝团还是如此强大的。

他说,我奶奶可崇拜你了,那张报纸还留着呢!

她说,我早就知道你啦! 我可是你的忠实读者呢!

我一个劲儿地说谢谢,心里溢满了阳光。

十月

我又一次成功地被校报曝光。走在校园里,也时常会有人向我投来羡慕的眼光。我并不喜欢这种感觉,有点不自在。

在班里,无论是演讲稿竞选稿,还是运动会班级介绍,只要动用笔杆子的,第一个想到的就是我。于是我担负起了这一项艰巨的任务,每次完成后,都觉得自己做了一件很了不起的事情。

越来越多的陌生人加我好友,多是被某一篇文章感动,或者很喜欢我的文笔。

郭德纲的粉丝叫钢丝,周笔畅的粉丝叫笔笔,张一山的粉丝叫山楂。于是我把我的粉丝叫做柠檬。

我是一颗柠檬树,树上结满了柠檬,还会有更多的柠檬出现,柠檬树感到骄傲自豪。

我的烦恼有柠檬替我承担,我的喜悦有柠檬替我分享。我觉得就算有再大的困难,只要有柠檬在,我也一定会挺过去。

最温情的校园散文

我爱柠檬。

十一月

十一月是空的。仿佛一个完整的圆,在这里缺了一个角。

我发现自己选择了一条最累的路,文科总有背不完的东西。读者上有一篇文章《你凭什么上北大》,看完之后心里翻江倒海。

她说——事实上无数次我都面临崩溃的边缘了,高中五本历史书我翻来覆去背了整整六遍。当你把一本书也背上六遍的时候你就知道那是什么感觉了。边背边掉眼泪,我真的是差一点就背不下去了,就要把书扔掉了。只是,忍不住的时候,再忍一下。坚持的确是世界上最伟大的一种品质。

我在我的桌子上贴了一个小条,上面用深色荧光笔写着——存天理,灭人欲。我真是豁出去了,那个月拼命地学习,头发蓬乱,眼眶深陷,满眼呆滞。

我承认我已经疯了。

我像一个生活在玻璃罩子里的人,只能看到外面的一切,却从不去触碰不去感受。我的美好年华就这么浪费了,但我觉得,浪费也要浪费得更有意义。

期中考试我咸鱼大翻身,进了年级一百。

这曾是多么遥远的梦想,却在一次次的坚持与努力下达到了。真的,没有什么做不到,只要你愿意,只要你去做。

十二月

十二月一号,姥爷永远地离开了我们。

从来没有受过伤的我,在第一节课做实验的时候,不小心被铁架台烫伤了手,手指起了两个大泡,此时我的泪像哗哗的流水,顺着脸颊一直流进了脖子。后来才知道,大概十分钟后,姥爷就离开了人世。

听妈妈说,姥爷走的时候很平静,没有丝毫的痛苦。血安静地从嘴角流出,姥爷没有呻吟和挣扎,仿佛还有一丝微笑挂在嘴边。

冬天冷风刺骨,我更深切地感受到了生命是如此的脆弱与短暂。我裹紧外套,依旧像往常一样上学下学,只是比以前沉默了许多。

平安夜的晚上,加紧时间写竞选先进班级的稿子,然后圣诞节如往常一样平静地过去。过生日的那天,我收到很多明信片和贺卡,还有空间的礼物,一百多条的短信祝福。

感觉生命还是很美好的。

这篇文章跨越了两年,终于完结。

2010 年的最后一天晚上,写到趴在屏幕前打起了小酣。2011 年的第一天,睁开双眼,打开手机,嗡嗡嗡,来了很多短信。

——祥宁,新年快乐!

——元旦快乐!

——啊哈哈,2011 要更给力哦!

……

拉开窗帘,屋外阳光灿烂。

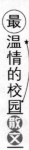

最温情的校园散文

励志图强，定成大业

——观看电视剧《卧薪尝胆》有感

常大利

近期，每天晚上都收看中央八台电视频道的四十一集电视连续剧《卧薪尝胆》，这是由李森祥编剧、侯咏导演，由著名表演艺术家、当今实力派演员陈道明主演的一部大型历史剧。剧中陈道明、胡军、安以轩、左小青、贾一平等演员精彩的表演，让人们看得如醉如痴，仿佛又走到那段战鼓隆隆、刀光剑影、金戈铁马、群雄争霸的历史时空。

"史册煌煌，千古一王，吴越争雄山河殇。今朝奴，昔日王，英雄谢幕长歌裂断肠。乱山深处望残阳。千古寓言，多少悲和泪，壮士沉浮写山河。卧薪尝胆问津路，十年忍辱岁月长，十年励志青山变苍凉。千秋过客，英雄如雨，只是故人梦短天长。后人抒怀何时了，难得古调叹斜阳，千古怨不过是醋醉一场。"

雄壮悲昂的主题歌在人们心中长久地回荡，勾践这一历史人物被陈道明鲜活地呈现在观众的面前，真实而激荡的剧情也让人们牵肚挂肠。

其实，关于《卧薪尝胆》的故事，在很早以前一直流传至今。说的是在春秋时期，吴国打败了强大的楚国后，经过三年准备，吴王夫差任命伍子胥为大将攻打越国，越王勾践率兵迎战，被吴军打得大败，他和大夫文种逃到会稽山，仍被吴军团团围住。关键时刻，文种买通吴国贪财好色的太宰伯嚭与吴国讲和，在伯嚭的劝说下，吴王同意讲和，但必须让勾践夫妇和大夫范蠡到吴国当人质。勾践带着夫人和范蠡来到吴国为奴，他忍辱负重，吃尽辛劳，而无怨言，夫差认为他已消磨掉了斗志,本想放他回国,但伍子胥一直认为勾践是个危险人物,放他回国如放虎归山。有一天夫差病了,勾践去探望,并查看了夫差的粪便,说夫差很快就会好了。果然,几天后,夫差病好,其实他得的不过是一次伤风感冒而已。夫差见勾践对他很忠诚,他很感动,就让他们回到了越国。勾践回国后,不忘在吴国三年的奇耻大辱,决心要励志图强,报仇雪耻,重振越国。他把国都迁到会稽,怕自己贪图安逸,特意给自己安排艰苦的生活环境,晚上睡在稻草堆上,在屋内挂着一只苦胆,吃饭前先尝尝它,为的是不忘过去的耻辱。他组织百姓发展生产,增加国家的财富,补充兵源,鼓励并奖励生育人口,几年后,国家由弱到强,实力雄厚起来。为了不使吴王疑心,他每年照常向吴国进贡,并想办法消耗吴国的人力、物力、财力。伍子胥看出勾践的意图,也看出了吴国即将灭亡的趋势,再次劝说吴王时遭到吴王痛斥,后吴王借故杀了他,让伯嚭任相国。经过十年的准备,勾践认为时机已到,亲率五万大军直捣吴国,经过三天激战,攻下吴国都城,活捉吴太子,吴国只好向越国讲和。又经过四年准备,越国的国力更加强盛,越王勾践再次攻打吴国,终于灭掉吴国,吴王夫差自尽,伯嚭被杀。这样,勾践经过二十多年的励志图强,完成了强国富民、消灭劲敌、获得尊严的大业,终于成为春秋时期的一个霸主。

从这个历史故事中,我们得知,那时的吴国国力和军事力量要比越国强得多,但吴王夫差被胜利冲昏了头脑,沉醉于安逸的生活,放松了警惕,结果被一个本是弱小的越国所灭。而越王勾践在战败之后,艰苦奋斗,发奋图强,终于以弱变强,灭掉了吴国。《卧薪尝胆》经过了二十年的磨难、奋斗准备、时间本身就是一种漫长的磨难,但勾践始终没有消磨掉自己心中的信念和奋斗目标,并为自己要实现的目标不懈地努力,最后终于成功。

这虽然是一个历史故事,但它的寓意是非常深奥的,它不但教育后人要吸取吴王的教训,也激励人们要不畏艰难,励精图志,发奋图强。人要有志气,要有毅力,要有一种不畏艰难、不怕挫折的勇气,更要有一种坚忍不拔而又顽强的精神,无论在多么艰难的情况下,都不能失去意志,失去奋斗的目标。如今,我们仍然要发扬"卧薪尝胆"这种精神,无论是在生活上或商场上失利,还是在事业或奋斗目标上失败,都不要灰心,并要继续努力。特别是在漫长的时间

中,我们要不畏艰险,勇于拼搏,积极向上,即使没有条件,也要想办法创造条件,积蓄力量,发奋图强,总会有成功之日,总会实现心中的夙愿,总会成就大业。

志在翱翔

曹 秀

有志者事竟成,这是针对成功者说的,然而还有一句话应当是对我说的,那就是志在翱翔。为什么这样说呢?这里还有一小段插曲,有一阵子我的心里像一只小鸟一样总想扇动翅膀飞翔在蓝天上,可是现实的乌云让我的人生极其不如意,不得不躲藏在窝里伺机窥探寻找新的方向。记得有一次我刚刚飞出去,尚未到达目的地就被凶猛的狂风卷走了,紧接着又下了一场暴风骤雨,将我的志向散落在荒岛上。

我知道做梦容易,然而生存却是艰难的,于是我鼓足勇气一往无前。在数不清的岁月里,我努力揩净那些不干净的污泥浊水,洗涤自己的思想,眼看着小岛上的树林长成了巨树,勾起我思乡的欲望绕着荒岛一圈圈飞翔着。志在翱翔关键不是字,而是志,这不是梦想,这是人生的努力方向。谁能因为生存艰难就不做梦了呢?谁能因为中途受阻就不去远走高飞了呢?没有人,没有,什么样的艰难也阻止不了我前进的脚步。过去我想靠外界的力量飞到理想之地,可是我费尽心机也没有达到目标,由此可见我对外界还需要了解情况,如果不了解情况我对外界就失去了依靠。其实我们这些人都有一个共性,那就是不时何年何月何日论何,只要有力量就会有奋斗,只要有精神就会有民族气概,这是做人的品德。

志在翱翔,是说人要有志气,如果没有志气什么结果也达不到。人生在世就是要活得有骨气,有志气,有吃一堑长一智的魄力,如果没有志向等于汽车没有方向盘。

其实吃苦并不可怕,从此我们不再靠别人,更不靠别人的翅膀来炫耀,因为别人的翅膀毕竟是别人的,一切都要靠自己来努力。于是我认识到自然的天空有时是丰富多彩的,只有独树一帜才能飞到自由的世界,为此我想说什么样的靠山也不如自己的靠山,什么样的力量也不如自己的力量,这就是"自信人生二百年,会当水击三千里"的人生格言,也是我想怎么飞就怎么飞。

现实生活如同天空,理想目标就像小鸟,每一个人都有这样的选择,稍不注意天空就会风起云涌,这时小鸟肯定会受到伤害,因此我提示朋友们:志在翱翔,不仅仅是飞黄腾达,也是等待机会,等待途中出现的晴天丽日,等待那些飞黄腾达时表现出来的欢乐,还有那些满面春风的希望和幸福,有了这些乐观向上的精神境界,想飞到哪里就飞到哪里。

童梦如歌

曲 直

日落西山哟——
红霞那个飞,
倒骑牛的小哥哟——
柳笛那个吹。

咿哟呵——

哎哟呵。

一首儿歌,把霜染须翁,幻化成童颜稚子。

夏日,蝉鸣日欲烈,鸟叫槐荫幽。犊子睡在槐荫下像个"方"字,羊娃坐在草筐上打盹,在犊子身边等着,泥鳅背筐走来,斜乜一眼,向犊子家走去。他站在屋门口,见桌子上放着几根菜瓜,便微笑着对菜瓜暗送秋波。他问:"大娘(伯母)叫犊子去割草去不?""去!喊他去!""他睡不醒会打人。""他敢?"泥鳅欲回,却眨着眼睛说:"呀!这瓜多甜。""啊——拿一根吃去。""我给犊子也拿一根吧!"

犊子还在睡,鸭子在他身边唠唠叨叨地走过,得意地迈着方步。母鸡下了蛋,红着脸登高呼叫,槐树上蝉默无语。他小心地把"仙露"洒在犊子脸上,犊子困得要死,抹一把脸继续睡。"嘿嘿。"泥鳅笑笑,拣根草蹲在他身边,草尖苍蝇一样在他脸上爬。犊子闭目舞掌,不住拍打自己的脸。泥鳅另一手捏一撮土,在犊子嘴角晃着,诡谲地笑着,引诱着羊娃。忽然犊子向痒处猛一拍,打在泥鳅手上,弄了一嘴土,羊娃"噗嗤"一声,"嘿儿——嘿儿"地笑起来;泥鳅"哧溜"一下藏在树后,犊子一轱辘爬起来,一脚把羊娃踹翻在地,说:"叫你笑。"

"呸,呸。"犊子一边吐唾沫一边跺着脚大嚷,"泥鳅,你出来,我与你没完。"犊子他娘闻声而出,泥鳅又躲在她身后,做着鬼脸,犊子一蹿一蹦地要抓住他,犊子娘用草筐左右挡着。犊子突然见父亲走来,顿时软了,心里说:"哼,到地里再给你算账,非让你跪下求饶不可,走——喽!"他接过草筐跳跃而去。

大平原上,禾浪涌波,一望无际。三个愣小子,黑脊小金鱼一般,在碧波之中游荡,他们在田间小路上走着。"轱辘,轱辘琉璃,兔子走在头里。"泥鳅一不留神,嘴就走了火。犊子回击说:"轱辘轱辘砧板,王八走在后边。"羊娃插在中间不吱声。犊子嘴笨,不占上风,小脸憋得通红,他突然抓住泥鳅厉声说:"这回又是你出尖。"泥鳅挣不脱,自知理亏,怯生生地耗着。犊子攥着榔头似的小拳头,盛气凌人地说:"叫我打个'得——咕'了事。"泥鳅见这气势,怕吃亏,急急地说:"找人替行不——行!叫你吃瓜?"他说着,把草筐中用褂子包着的瓜一晃藏在身后,又对羊娃说:"你替——也叫你吃,甜得很。"犊子咂咂嘴,心里说："晚一会找茬再收拾你也不迟。"于是他点点头,三个人拉钩为约。

"得——咕。"犊子与羊娃划拳一样,打一下,对一下手指。犊子越打越来劲,打得羊娃直咧嘴,好不容易才对上,泥鳅把瓜掰成三截,将瓜把递给羊娃说："吃把纳袜,娶个媳妇说巧话。"把瓜尖递给犊子说："吃尖尝鲜,娶个媳妇吸大烟。"犊子才想夺中节,早被机灵的泥鳅咬下一大口,他俩指着泥鳅说："吃瓜肚,馋嘴猴,娶个媳妇是小黄牛。"

夕阳西下,晚霞满天,燕子擦着草尖翻飞着,飞来飞去。孩子们各背一筐青草,三只蜗牛似的小家伙,向海岛似的村庄蠕动着。老远,他们看到村边沟旁,有人戴着草帽放羊,泥鳅一见,不禁喊到："下雨哩,打哨哩,王八戴着草帽哩。"犊子和羊娃也跟着你一句我一句、高一声低一声地喊起来。

走近了,泥鳅和羊娃见戴草帽的是犊子他爹,便都不吭声了。唯有犊子一边低着头傻走,一边喊叫。犊子的父亲走过来,向他头上盖了一巴掌,把草筐接过去背在肩上说："压得轻!看着羊,不要向沟里跑,有蒺藜。"说着把泥鳅和羊娃的草筐一起提去,泥鳅低着头偷乐。犊子恼羞成怒地盯着泥鳅,心里盘算着怎样找茬治他。

他几次求羊娃看羊,羊娃不依,泥鳅欣然提议："玩一回'狼吃羊'?"犊子一听乐了,三个人眉飞色舞地把羊按倒,把羊耳朵压在眼上,犊子又脱下鞋扣在羊的耳朵上面,三个人一齐神秘兮兮地小声喊："狼吃羊——狼吃羊。"喊一阵,几个人轻轻放开手,羊像睡着一样,动也不动了。

泥鳅坏笑一下,向蒺藜沟望一眼,对犊子说："别看你平时跑得快,脱了牛蹄夹你就不行了。"犊子一听正中下怀,一拍胸脯说："别吹,让你五步。"泥鳅说："你转身向后走,我数着:一、二、三、四、五。"泥鳅数着也悄悄地向后退了五步,犊子回头大嚷："太远,你轱辘了。"泥鳅说："你迈得王八叉大,追不上别吹。"犊子咬着牙说："依你——老滑头!"说着拔腿就追,泥鳅回头就跑,他俩像一对燕子在草尖上飞。

泥鳅回头看看快追上了,猛一闪,折身向蒺藜沟里跑去,犊子跟跄几步紧追不舍,刚进沟,心里说："不好,中计了。"他急中生智,骤然止步,哎哟哎哟地叫起来。泥鳅停下,坐在沟边,喘着粗气得意地说："服不服?"犊子点着头说:

最温情的校园散文

"服！服！快把鞋扔下来。"泥鳅把脸一拉说："谁还信你，说好的打羊娃'得——咕'不使劲，你偏使劲。拉钩还不算数，你待着吧，我们走喽！"说着他起身欲走，犊子发誓说："这回谁输了，再反口，没爹！"

泥鳅和羊娃把犊子背到草地上，犊子撇着嘴，皱着眉，哎哟哎哟地呻吟着。泥鳅抬起犊子的脚，却找不见一个蒺藜，他恍然大悟，向犊子脚上打了一巴掌说："别装了，我们倒被你骗了。"犊子霍地站起来，哈哈大笑说："差点上了你的当，我再跑几步，非把我扎成刺猬不成。"

泥鳅说："这次，我输得心服口服。你打'得——咕'吧。"犊子叉着腰说："我爹说'说话要算话'，我没守拉钩规矩，甘愿赔羊娃一个，你也算欠羊娃一个吧。"泥鳅对羊娃说："你还替我一个，你就打我俩个'得——咕'吧。"羊娃看着犊子的脸色说："就算了吧。"泥鳅一愣神，很认真地说："骂过誓的，不打不行？"

羊娃轻轻地打着泥鳅的屁股，泥鳅说："加点劲——加点劲！"他们打完"得——咕"，几个孩子似乎感觉自己一下长大了许多，心里骤然升腾起一股莫名的欣慰与高大。

他们兴高采烈地在草地上蹦啊，跳啊，手拉手，又唱起那首儿歌：

日落西山哟——

红霞那个飞

……

如梦灿烂

贺 静

在悠扬的音乐里,感觉很是惬意。雨,滴沥,滴沥,晶莹透亮,在窗外轻滑如绸,带着欢乐,像甘露一样清凉,从天而降。

看,山野幽居春常在,如梦灿烂。乍暖还寒的时候,丝丝凉意,却没有赶走繁花朵朵,淡淡的阳光,滋润着小草,释放自己,怒放出娇艳的色彩,静静地发光。

叶,在清风里,滴落滚动的雨珠,浓缩渴望,点头微笑。

远处,碧绿的,是溪流,轻柔,透彻。温柔的,是暖暖的风,轻吻麦苗,染绿山野。烟霏云敛,浓郁,娴静。

眼前,一片青草蔓生的大地,流动的,是云雾,是情感。晶莹的是蔚蓝的天空,和着洁白的云朵。顺着呼吸,流淌透明的字眼,朦胧的思念。

想,笛子的幽,翩然低回,越过远古的旷野,滑过高山,流散于青绿色的山林之巅。看,烟雨深处,苍松翠柏,透过被晨风拂起的窗帘,花在羞涩,鸟在低语,水在轻唱。空气里,弥漫的是阵阵清香,包裹着层层落红,逐渐融化着灰尘。

梦,就这样被惊醒,触摸清水的痕迹,摇曳着花的淡雅,笼罩幽深的山野。愁绪,如同风一样弥漫,没有痕迹。春的清新,就这般清洗你的烦琐,去想象着天外的风景,让瞬间的思绪都飘逸成云,那一刻的灿烂,点缀天空。旋律中笛箫的音,回环起伏,无影无踪,染红了桃花,也点绿了草地。舒展着的枝叶,袅

最温情的校园散文

袅娜娜的舞姿,让思绪如水清晰,涤人心扉。

合上眼帘,把心放进音乐里,感受到芬芳清新的空气蕴涵着的那份幽静清闲,把梦点燃,让细雨的清爽,淋浴自己的疲惫。你会感觉到曲的牵引,白的耀眼,纯的发亮。梦里,鸟语花香,清风习习,连叶都浸有诗的韵味,袅绕你的视野。你会抚摩到,盘绕脚步的,是青蔓,是花的柔情。轻轻地,走到湖边,看见圆滑的石头,依着柳絮,坐下轻唱,落红的安静,对春低吟。

四周宁静翠绿,景色幽静宜人,你我笑着,拥抱那跳跃的音符,你会感觉到柳树抽出了嫩芽,编织成那高的笛,如散落的诗,徐徐冉冉,清幽委婉,牵扯着心尖。那低的箫,柔和而跌宕的音韵,如同飘零的歌,组合成为一种沁入心腑的声音,追叙春的潮湿,令人心旷神怡。

在这"花自飘零水自流"的暮春,坐在寂寞的门槛,品一杯茗茶,听一曲《山野幽居》的笙歌,抬眼窗外,绿意盎然。甚至还可以在幽暗的光线里,凉风拂过,闻到一缕缕沁人心脾的幽香,影射你的窗口。跟随着音乐流淌,你牵着我的手,可以看见一抹光光的田地,从指缝中溢出来,鹅黄柳绿。你低下头,倾听风的呢喃,画出彩霞的轻盈,伴随着山泉的节奏,一一响透。瞬间,你的脑海里就演绎出云、水的飘流不定,款款而来的幽静,也是柔情万种,神秘洁净。

对窗闲看一方云

黄非红

一

那个芬芳和煦的春日，你清纯亮丽的身姿潇潇洒洒走进我的小窗。你如十七八岁妙龄女子一般正在不断地生长中、滋润中、丰满中。你怀着无限憧憬披着阳光乘着东风一路踏青而来，大胆而不失娇柔地展示自己、创新自己、美丽自己。你轻舒漫卷，丰盈多姿。你细舞当歌，意气风发。你如这个季节一般兴奋，生机勃勃，春意盎然。

我渴望你静止于某一种美妙的造型，但你一时一刻也不肯把自己拘囿于固定的形式：说你像棉桃，话未完你已筑成城堡；看你是棵树，眨眼树已化作了山。我企盼你能留下来装点我的小窗，但你却不肯把自己局限于一处一地：或许你刚刚还在无边的大海上游览，呼吸中还带着海的鲜咸；或许你刚刚还在茫茫大漠中旅行，衣裳上还沾着抖不落的尘沙；而现在你已走进大山、走近小窗对我招展风情了。我知道你不是一时的调皮嬉闹心血来潮，善变求新是你与生俱来的本能。你从很远很远的过去悠悠飘来，时间的长河却未能冲刷去你的青春活力。你将从这扇窗口向很远很远的未来飘悠而去，相信将来的一天，你定还会将你不老的风采展示给一个如我一样痴迷于你的人。

你迅速变化着，时刻不停地涌动着，我的眼睛和思维甚至跟不上你创新的

最温情的校园散文

步伐。我不能预测下一刻你将出落成怎样的动人模样、展示出多么迷人的风姿，因为你从不循规蹈矩，无模式可找，无规律可言。也正为如此，你才让我痴迷如醉，你才永远新鲜，永远神秘、永远充满魅力。你顺着时间的长河从远古漫漫而来，你实在应该很古老很沧桑了，但你却风姿不减，青春依旧，因为你从没有重复过自己，你在变化中不断发展自己创新自己。望你一眼你是一个崭新的你，再望一眼你又是一个崭新的你。对着你，我亦如回到了十八岁一般心潮涌动、血脉奔流。

相逢只是一瞬，相识却似已久。依依惜别之际，尽管我数不清你向我展示了多少种鲜丽造型，但我自觉读懂了你浪漫的舞姿。你就是一片云，一片永远崭新的云，一片永远美丽的云，一片永远青春的云。

你从我的小窗飘舞过去了，但小窗外那一方蓝天已不再空旷单调，我的思绪正绵绵不断飘逸如云。

二

当轰轰的雷声把我从午睡中吵醒，抬头你已浓重汹涌地挤压进了我的窗口。此刻你已失却了往日的幽雅气度，墨黑了脸孔，狂涛巨澜一般滚滚而来。你剧烈地翻腾着，急切地奔涌着，大开大合，大起大落，豪壮得如自然泼就的一幅惊心动魄的大写意。不知你的激情豪气缘何而来，因何而起，但肯定是久积于心了。因为近日来你沉沉郁郁，来去匆匆，默默无言中似有满怀心事不能诉说无法表白。而现在你已无所顾忌随心所欲了，狂烈放荡得如一匹脱缰弃鞍的野马。

你如婴儿落地一般惊天动地地喊叫着，你的激情不断迸发出绚丽至极灼人心魄的火花。你以排山倒海之势、覆地翻天之威腾涌过来，我还来不及掩饰自己的怯惧，你已嘹亮热烈地大哭起来。你哭得天地失色。你哭得山海呼应。你哭得淋漓之至。你哭得痛快之极。你的泪水打湿了久旱的世界，打湿了我空白的稿纸。

风过去了，雨过去了，你终于平缓下来。我很为仓促间没有读懂你的心境而惭愧,既而又觉这惭愧实无必要。因为大悲大喜你都已毫无掩饰毫无做作地宣泄于地上述于天了,你已经让世界强烈感受到了你的感受,相比之下我能否理解都不重要了。

天已不再燥热,空气鲜爽清纯。我渴望有一天也有勇气随你大哭一场,把我心中的郁闷尘垢冲洗得干干净净。

三

而到了那个漂浮了稻谷清香的初秋的月夜,你却已然淡泊如水了。那晚上本是尚未满圆还很娇柔的月亮把我悄声呼至窗前,我握了笔,本打算对这多情的月作一篇精彩生动描写的,却于无意间发现了你的身影。你在月亮的不远不近处,轻轻的,淡淡的,薄薄的,柔柔的,若有似无的,如随随便便的一抹儿。你并未去装扮月亮或是以月华来辉映自己,你只是平平静静淡然无声地停泊于自己的位置上,如同一个超然的禅者。你轻淡得让我不忍多看,生恐搅乱了。可是看了一会儿月,我终于还是又去寻你。很小心很轻细地看你一回,方始领悟了你一直在动着的,一直在变着的,一直在走着的。只是你的动变是深深蕴含于沉寂平静的表情之内,于平淡无奇之中发展创新着。所以粗略一看便只见了你的闲散、轻淡、无思无欲、无索无求、无所事事,你就虽有如无。只有耐心地平静地如你一样淡然地看你,才能读出你淡泊中的热情,沉寂中的热烈,闲散中的执着,平常中的神奇。你不求外在的鲜丽、声威的浩大,你只是选择一个同你一样淡泊平静的夜晚,在淡然如水的时间空间里,从容不迫地反省自己、完善自己、欣赏自己、创新自己。

月愈近而愈浓了,你却愈远而愈淡了。渐渐地,你终于把自己融汇在了博大无边的背景中。于是暗蓝的天境中你就无处不在了。于是我放下手中只能写字的笔,微合了眼,真切地感受你的意境,自然地与你交流生命的体会。

最温情的校园散文

生命由梦想展开

——读史铁生散文集《好运设计》

陈树义

《好运设计》是史铁生多年前的一个集子了。

文学往何处去？史铁生说："就是现时的空白处，在时尚所不屑的领域。"是的，史铁生正是在现时的空白处自由地诉说着，沉重而又轻灵地把我们牵向生命的梦想。

史铁生并不喧哗，但他的声音清晰而有魅力。解读《我与地坛》，使我们有可能逼近史铁生的心魂，进而理解其文化关怀的方式和内涵。

首先要说史铁生的通透。

由这一人生的境界方可进入他的艺术世界。通透是对人类生存困境理解和超越的结果。大凡关注人类命运的作家，总是对人类的生存困境保持着特别的敏感，并倾注自己全部的心血去探究它。无论是焦虑、忧患，还是平和、泰然，都体现着人生的态度和品位。从某种意义上说，具有人类共同性意义命题的思考是与对人类生存困境的思索联系在一起的。在这种思索中，作家思想的深刻与否一览无余。史铁生是当代作家中第一个确立关于人类生存困境观念的人。在他看来"文化是人类面对生存困境所建立的观念"，"已有的文化可为人类造出困境，当然也可成为文化的根。究其为根的资格，在于困境，而不在其他；唯其造出困境，这才长出文学"。从人的困境出发建立观点，史铁生把"困境"引入了文学，使文学面对并根植于"困境"，这一突破的意义在于：史铁生的创作越来越近于人的生命本体。

在史铁生看来,人有三种根本的困境:"第一,人生来注定只能是自己,人生来注定是活在无数他人中间并且无法与他人彻底沟通。这意味着孤独。第二,人生来就有欲望,人实现欲望的能力永远赶不上他欲望的能力,这是一个永恒的距离。这意味着痛苦。第三,人生来不想死,可是人生来就是在走向死亡。这意味着恐惧。"

显然,史铁生对困境以及相关感情体验的揭示并未完全达到文化哲学的层次,但是,这也表明了文学家与哲学家的区别,悟性与智性的差异。史铁生散文之美不在于深刻,其诱人之处是广博中的辉煌与纯净。

进一步分析史铁生如何面对人本困境,将有助于我们把握史铁生以个体生命体验人本困境的情感特征,并进而明了史铁生散文风格得以形成的原因。

我们将人对人本困境的态度概括成两个方面,其一是倾心于过程从而实现精神的自由、泰然和欢乐;其二,人在审美意义上获得精神的超越,即把一切坦途和困境、乐观和悲观都变作艺术来观照,来感受,来沉思。他因此排除了焦虑和恐惧,在审美意义上超越了痛苦和孤独,以"心之家园"的无限与"命运的无常"构成和谐,构成诗美,构成纯净与辉煌。

让我们读他的《我与地坛》。

《我与地坛》便是在审美意义上还原了人本的困境,在人本的困境展示了"灵魂"与"天地"所合成的"一个美妙的运动"。

文章的开篇由往事由记忆写起,但并不是为往事为记忆而写作。"仿佛这古园就是为了等我,而历经沧桑在那儿等待了四百多年。""它等待我出生,然后又等待我活到最狂妄的年龄上忽地残废了双腿。四百多年里,他一面剥蚀了古殿檐头浮夸的玻璃,淡褪了壁上炫耀的朱红,塌圮了一段段高墙又散落了玉砌雕栏,祭坛四周的古柏树愈见苍幽,到处的砖草荒藤也都茂盛得自在坦荡。这时候想必我是该来了。十五年前的一个下午,我推着轮椅进入园中,他为一个失魂落魄的人把一切都准备好了。那时,太阳循着亘古不变的路途正越来越大,也越红。在满园弥漫的沉静光芒中,一个人更容易看到时间,并看到自己的身影。"在后来的叙述中,"看见"也就成了"发现",用史铁生自己的话

最温情的校园散文

说"发现生命的根本处境,发现生命的种种状态,发现历史所不曾显现的奇异或者神秘的关联,从而去看一个亘古不变的题目:我们心灵的前途,和我们生命的价值,终归是什么?"

对地坛的光顾,最初只是一种逃脱,对不幸命运与生命痛苦的逃避。"两条腿残废后的最初几年,我找不到工作,找不到去路,忽然间几乎什么都找不到了,我就推着轮椅总是到他那儿去,仅为着那是一个逃避世界的另一个世界。"后来,地坛为史铁生窥看自己的心理提供了富有诗意的处所。"十五年了,我还总得到那古园里去,去它的老枝下或荒草边或颓墙旁,去默坐,去呆想,去推开耳边的嘈杂,理一理纷乱的思绪,去窥看自己的心魂。"在这样的默想中,史铁生开始用他的生命去体验人本的困境:"这么多年我在园子里坐着,有时候是轻松快乐的,有时候是沉郁苦闷的,有时候优哉游哉,有时候彷徨落寞,有时候平静而且自信,有时候又软弱,又迷茫。其实总共只有三个问题交替着来骚扰我,来陪伴着我。第一个是要不要去死?第二个是为什么活?第三个我干吗要写作?"而在各种问题中,煎熬着史铁生的是死和爱,这里的爱既指性爱也指母爱,死又和生联系在一起。生是对死的反抗。

在《我与地坛》中,有两处写到他对"死"的体认:"记不清都是在它的哪些角落里了,我一边几小时专心致志想关于死的事,也以同样的耐心和方式想过我为什么要出生。这样想了好几年,最后事情终于弄明白了:一个人,出生了,这就不再是一个可以辩论的问题,而只是上帝交给他的一个事实,上帝这样交给我们这个事实的时候,已顺便保证了它们的结果,所以死是一件不必急于求成的事,死是一个必然会降临的节日。这样想过之后我安心多了,眼前的一切不再那么可怕。"看穿了死后他获得了轻松,于是"决定活下来","人为什么活着?因为人想活着,说到底是这么回事。人真正的名字叫作:欲望。"由"欲望"而到"精神",史铁生摆脱了茫然。

把一个绝望的生命引领出死谷的当然还有爱情。他对爱情有脱俗的独特的思考,《我与地坛》中那对互相搀扶着在园中散步,由中年而老年的夫妻曾使史铁生感慨万分。史铁生说过,"爱"是一个动词,那对夫妇在园中的漫步就是在书写动词"爱"。在无声之中我们听到了心音。

在对人本困境的思索与体验中,史铁生并非没有发现"目的的虚无"和"目的的绝望",恰恰是这种发现,使他进入审美的境地,获得审美的力量;他从中体验到生命的意义就在于创造过程的美好和精彩,生命的价值就在于能够镇静而又激动地欣赏这过程的美丽与悲壮。伴随着体验人本困境的大痛苦,史铁生做到了自己期待的那样"永远欣赏到人类的步伐和舞姿,赞美着生命的呼喊与歌唱,从不屈中获得骄傲,从苦难中提取幸福,从虚无中创造意义"。

这也是《我与地坛》等散文在人生与审美上所达到的高度。

《我与地坛》通篇充满了梦想,而后来的《好运设计》更是一篇命运梦想的文章;当史铁生以个体的生命去体验人人本的困境时,他突破了个人的局限,时间的短暂和命运的无常,在精神的引导下,将生命练成一个永恒的无常。在越来越"务实"的当下,史铁生的"浪漫"显得更为高洁,而他关于生命的梦想,对世俗是一次召唤和救赎。

在梦想之中,史铁生把生命的苍茫感表现得辽阔而深沉,甚至神秘。

挂念使我们美丽

凌代琼

湖畔,聚会。回忆在衍化。一种喜悦的挂念蠢蠢欲动着。音乐漫过头顶,岁月诉说着遥远的风采。

挂念,从视觉开始。湖光闪耀的虚幻和眼前真实的形象,叠映交辉,勾勒出几十年前的学生时代。画面少不了那座湖畔校园和红卫兵的嚎叫,敲钟老园工的铃声,放学还少不了操场上滚动的篮球和傍倚在草坪、球场边喊加油的女生。要找回那幅几乎静止不动的景象,仿佛是在愚蠢地拼凑一些岁月散落的意象。罗列几十年来,漫不经心地向中年发展的各个阶段。我把这些往事转化成文字。忽然,无缘无故地想起一首诗,我们像一排排白杨要成材……朗诵一声高过一声,那个话题,那种情节和校园深处的歌声一浪高过一浪地拍打着我们。同学们过滤掉几十年来的一切情愫,用中年的叹息与少年的红黄蓝绿碰撞,还原出一个天真烂漫的学生时代。

挂念,从嗅觉深入。那餐忆苦饭,农谷场上的稻谷香,伴着时淡时浓的油墨香,着色情窦初开的笑容,浓浓的书香,散发着青春气息的春游,和用酒来买醉的消遣生活,诱导我们忘却,使只学会唱几句样板戏的我们跨过男女分界线,用青春的芬芳在广阔天地里歌唱。并且这种无味的曲调很快被拉成长调,同桌的你,只能在情愫的河流里生动。我们就这样过早地被雕塑成"知青群塑",呼喊和掌声还在耳边。越走越远的少年,无法倚栏,只好用柴火中的神态来点亮对方,用故作姿态的颓废,来供奉学生的纯真。在蝌蚪变成青蛙的时代，许多故事就这样被搁浅。也就这样我们用自己的语言，印刷了已变成旧文字的书。这种听与读的文字，把曾经的快乐藏在心底。在一片歌声、笑语中，我们卸下知青肩上的那把锄头和沉甸甸的包袱，也卸下当年的浪漫和灿烂，去寻找一片芳草地。此时的我们已自认为是一朵花，是一片灿烂的阳光了。

挂念，又被美好激活。同学成了河中一尾尾鲜活的鱼，学校成了一座精神花园。梦里梦外，我们总向那里游去。花费掉少年时光的他在诉说，永远举着生命之光的你在微笑，风雨兼程的她还是那么美丽。看着湖水中的倒影，我们拍掉身上的灰尘，翻开当年的你我，任命运诉说着。

挂念，是一种心动。我们就向挂念键盘上一个个中国汉字，用独立的个体和音节，在思绪的链条上传递情感。形声字培养出的凝聚力使我们拥有共同的空间。挂念，是一部我们必须阅读，并用生命不断续写的情感作品，我们都是挂念这条项链上的一颗颗珍珠，挂念把我们串起，引领我们穿越。

挂念，使我们美丽。

听读远声

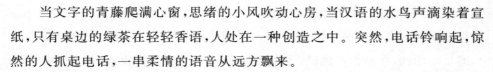

凌代琼

当文字的青藤爬满心窗，思绪的小风吹动心房，当汉语的水鸟声滴染着宣纸，只有桌边的绿茶在轻轻香语，人处在一种创造之中。突然，电话铃响起，惊然的人抓起电话，一串柔情的语音从远方飘来。

远声响起，在不经意间，闪电般侵来。一两句方言的味道，串起耳熟的笑声，野腔野调和野趣，一下子就激活了记忆。

　　我常常在不同的地方,以不同的姿态,听读着远声,听得久了,没有这南腔北调,缺了这不同水系浸泡的人音,还真有说不出的滋味。

　　我常常在远听中感动,为远山远水的呼唤而震惊。

　　有时远声中的背景和音乐也让我欣慰。我在远走的兄弟中倾听,在草根般生长在全国各地的文友中静听;在隔山隔水的亲情中喜听;在同学的调侃中笑听;在远比文字丰富的语气气场中快乐。每一次远声都是吹向我心灵的绿风,每一阵话语都煮过我的热心,我听着,想着,并为纯真与美丽而幸福着。我以我心与远声不计时、不计费地交流着,在听读中,朋友们把我当成了一座能容纳风霜雨雪的山,在听读中我默默贡献着我的双耳。

　　我将野气滤成柔风,将伤心的大雨过滤成天水,我将我语言的小溪,细流入远声的心潭,将我的理解和爱献给远方,我与远方互换着嘴耳。

　　远声让我富有。清秀的桂林山水泡透的语音,让我散步漓江;西北汉子的黄土味,给我纯朴;河南梆子的腔调,使我梦行中原;吴侬软语的甜声,让我拥有一方乐土。我常在五台醋溜的语言中调侃,在东北二人转的语场中串戏,对着内蒙古的草原的异性放歌,也与楚国文友打过语仗。

　　一次次的交流,使我感到中国语言的博大,一次次地远声,让我感到个人的渺小。在听读中我充满了活力,这活力就来自远声的气息。

　　我不在乎每一次远声的姿态,也从不对谁要求什么。

　　我有的只是感恩,上帝给了我这么多朋友,让我享受祖国语言的丰采和美丽,其实每一次远声对我都是恩典,每一次远声的行走,都是一种信任。远声给我的情与爱并不远,它就像我的家人、邻居。

　　从美学角度讲,听读远声,不如说是听我们自己的灵性,听可以听和不可以听之物什。这种用心读生命的文字,比一些文人所谓的《听风》《听雨》《听鸟》《听雪》要动情动性的多。

　　一次听上海一个女孩讲话,一贯口齿伶俐的她,出语含混,我直言是否是口腔出了问题,女孩惊讶地说,牙痛已有几日了,连父母都没告诉,不想被你听出,你真是听读高手。

　　女孩在我的听读中快乐着,我们成了听读的朋友,彼此将心房的真声,读给远方，使远方的人在解读中，感到心跳。

每一次远声的语感都来自心房，每一次激动的喘息，都向我传递说不出的东西。这是远声吗？地理上的远，哪能和心房的近相比，一个语言的火花，能点燃我心头大火。声声文字的流云，给我一片荫凉，一串还没有语言的铃声，就是一次见面前的招呼，熟悉的电话号码上就闪动着熟悉的身影。

不需要再唱起《猜猜我是谁》，你的气息就拥抱了我，更不说地理维度上的温差，张嘴硬与软的语音，就能感到你的气息，听读远声成了我的《开心一刻》，拜读美声、美文，能读心情，拍案叫好，也成了生活中一种节奏。这是情感构建的快乐驿站，也是挂念的一种延伸。

听，我听懂了自己，读，我读通了孤独。这远声就是一朵朵意象花，开在生命的真水之方，每时每刻清香着心灵。如果还要形象，那我说远声如泉，一点一点浇灌着平凡的日子。

听读远声，蜜在唇齿间，甜在我懂你。让声打开那扇门，向朋友转动向日葵般的心。在心与心之间架起一道真情的彩虹，语絮飞花的创造，让流语、流泪的刹那，也变成一种美丽。

听读，成了我一种新视听，我在人间气息的流动中静听。这略带风骚的语言气场，作用着我的身体。

听读远声，也是一种幸福。

我的春天

何小龙

一

你是我的春天。

你是我的希望。

我生命的年轮里铭刻着对你炽烈的思念。

我记忆的日历上鲜亮着你诱人的名字。

因为你的存在,我才真正读懂节日的内涵,它的主题是团聚,却由爱的文字来诠释。

没有爱,节日只不过是时间的概念。

没有因爱而衍生的快乐,节日也将失去绚丽的色彩和温暖的氛围。

现在,在时光的轮回中,当我行将走完一年的路程,淋过雨浴过霜的心灵,只想把所有的沉重和苦涩卸下,以轻松的姿态,呼唤你,候迎你的到来!

二

我的春天,我在等你!

站在年关的门口等你。

站在铺雪的路旁等你。

站在结冰的泾河边等你。

站在只有凛冽的寒风徘徊的空旷田野里等你，我的头发在等待中变成了挂满冰凌的枯草，根根坚硬如锥。

但我的心是热的，血是热的，眺望你的姿势始终保持着亢奋的状态。

我那被喜悦刷亮的目光，映红鲜艳的春联。

我那澎湃热望的心灵，敲响铿锵的鼓点。

哦，我在等你，我的春天！

三

在你的必经之路上，我以陇东山塬的坚定等你。

以扎根于岩石中的一棵驼了背的松树的执著等你。

我啊，为什么无数次遭到雷电的轰炸而没有坍塌，那是因为心中有你。

为什么被大风折弯脊梁，也不曾放弃拥抱蓝天的祈望，也是因为心中有你。

你代表一种信念，支撑着我崇高的梦想。

你代表一种追求，鞭策着我跋涉的脚步。

没有你，我人生的疆场将会失去努力奋进的方向。

失去你，我生活的花园将会凋谢缤纷的生机，陷入飘满落叶的荒凉之中。

那时，虽风和日丽，我也体会不到人间的暖意。

即使再平坦宽阔的路，也会被我走得十分吃力。

四

我的春天，我在苦苦地等你。

如果我是一粒种子，你就是肥沃的泥土，只有扎根于你深厚的爱里，我才能开花、结果。

如果我是一只小鸟,你就是广阔的蓝天,我不会只为一把米就把飞翔的翅膀收敛,而会沿着你猎猎作响的呼唤攀援上升,抵达更高的生存境界,在那里唱出动听的歌声,生动自己的岁月。

如果我是一匹骏马,你就是梦中的草原,哪怕在最贫困的日子里,我也能从空气里嗅闻到你的气息。

亲切的气息,在我追寻你的渴望里,飘成一面旗帜,舞成一根鞭子,在不断地激励我向你扬蹄飞奔。

五

我的春天,除了你,还有什么能够激发我的斗志,点燃我的激情?

在我们并肩而行的时刻,我的世界将会发生重大改变。

我的日子定会由寒转暖,快乐将像失踪已久的燕子重新飞回来,把甜蜜的呢喃织满我的屋檐下。

如花的微笑定会绽放在我的脸上。

我的潜能定会如复苏的草根发芽,为生命的田野添加活力。

我阴冷的情绪定会伴随着结冰的河流一起融化,用热情的浪花,迎接每天的日出。

而于我,即便是你鼻息般的春风也具有摧枯拉朽的魔力。

温湿的风啊,从我沧桑的脸颊吹过,从我的经脉中吹过,从我的骨髓中吹过,既是一种安抚,又是一种春播,为我播下勇气和信心的种子,在我的心跳里,开始震荡着战鼓之声,就像春雷的足音,响彻天空。

从此,在朝晖拉开绣帐的每一个黎明,当我穿衣出门,都像是要奔赴战场。

哦,我的春天,正是你,正是你爱之春雨的滋润,给了我冲锋陷阵的动力。

握在我手中的笔,就是我的武器啊,我曾经用它改善了自己的命运,现在我还要用它给自己设计一个更加自由充实的未来。

梦幻童年

川　流

　　中午小憩，沉入梦境，尽是些儿时若有若无的琐事，后来竟然笑醒。呆坐床沿，心里潮涌，半天回不过神来。细细回味梦中的一切，若不是在梦中出现，还真的早已忘记。甚至回忆起来，也有一种虚幻的感觉，怀疑它是否真实存在过。

　　比如摘糖铃。那是很早以前的事了，是 70 年代后期，我大概 10 岁左右吧，记不得是跟谁一起去的，印象中是邻居小孩，比我稍大一两岁，整天冲冲杀杀的，但在我眼中已是非常了不起，令我佩服不已。我们是在一个炎热的夏天一起出发的，走的是山路，就是现在的雁列山，因为修建了鄱阳湖大桥，九景高速公路的涵洞穿山而过，这座山已为人们所熟悉。那时我走在山中，山是那么神秘、悠长，路是小路，长长的丝茅草几乎覆盖了路面，摩挲得脚面酥麻，想必当时穿得是凉鞋了。山中密布着高大乔木，透着原始森林的气息。有一段是油茶林，在其中格外突出，矮矮的、圆圆的，树丛间有人为刨垦过的痕迹，漂亮而清爽。那茶油我是吃过的，逢到煎豆粑的季节，母亲总要想办法托人买上几斤，茶油烩豆粑，显油，且有猪油的香味。

　　还是回到摘糖铃上来吧。当时对我来说，跟着几个野孩子，翻山越岭跑出老远，一路都是刺激的新鲜，那些孩子并不关照我，我只有紧赶慢赶地跟着，那路便走得吃力。糖铃树是长在一个山洼间的，并不多，零星的四五棵，但都结满了果子，麻黄色，如青葡萄大小，尾端有长长的柄，一串串挂在枝头，迎风招

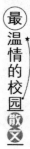
最温情的校园散文

展,轻轻摇晃,乍看真如一个个小铃铛挂在上面。大家的兴奋可想而知,纷纷猴子般上了树,大把大把地摘起来。我年纪小,个子也小,不敢爬树,只能站在树下摘一些小个的,就是如此,带来的黄书包也很快满了。为了摘糖铃,我在家里时就把书本都倒出来,腾空了书包。坐下,挑出个大的吃起来,涩涩的,微甜,并不可口,隐隐有些失望,但在那个年代,能入口的东西,也算是不错的零食了。很快同去的几个大孩子有的坐下休息,有的下到更深的谷底,不久,他们摘来大捧的青色膨胀的东西,外形像青辣椒,但比青辣椒厚实。他们一人分了一些,说,吃,吃,茶桃。我拿起一个,咬开,绵绵的,除外面一层肉质的皮外,里面空空的,内壁如棉花般柔软,也不太甜。之后,一群人便开始返程。都是小孩子,得赶回家中吃饭。

那几个茶桃,一人尝一两个就没有了。糖铃实在太涩口,大家吃了几个便都放弃了。晚上,母亲将我带回的糖铃放到锅里煮熟,加上一些糖,就好吃得多了,很快被哥哥姐姐们一抢而空,我只吃了一小把。至于我跑哪里摘的这些果子,母亲问都没问。那时家里孩子多,只要孩子能按时回家吃饭,母亲也管不了许多。

还有一件事,也是很有趣味的,那就是抓山螃蟹。那时,县城有个五七厂,全称叫 6502 厂,是建在山里面的,属于三线厂,另外县里还有一座江新厂,也是建在山里面。因为五七厂离初中部不远,所以熟悉。五七厂车间像一字长蛇阵般分布在雁列山的一个山谷间。那谷间有一股长长的山泉流下来,哪怕是干旱季节,也从不干枯。有车间的地方,修了高高的水渠,里面也铺了水泥,水流便清澈见底。而那山上,没有了车间,水流便顺其自然地冲出,在乱石和茅草间蜿蜒,沟中的石块都被冲刷得光滑溜圆。那些乱石间有不少山螃蟹,我是听老马告诉我的,老马是我的好朋友,姓林,外号老马。

进入五七厂是不容易的,要通过门卫,就是进去了有时里面的保安还会赶我们出来。好在我们个头小,容易混进去,有时也是从山上爬进去的,尽管有铁丝网,但我们知道从哪里可以钻进去,出来时就可以大摇大摆地走,保安见了一赶,我们正好出门。

抓山螃蟹,首先要选对地方,要选水流平缓处,最好是像静止的小池塘一般的地段。特别要注意不要弄混了水,看中一块石头,轻轻掰开,往往在石块下面就有收获,有时一只,有时甚至几只。这些山螃蟹个头小,橡皮擦般在水中十分灵活,爬得很快,但我们并不怕它,水洼又浅,便很容易抓到。装螃蟹是用那种空梨巴汁罐头瓶,从马路边捡来的。我们沿着山涧一路抓过来,中午一两个小时,就可以抓满一瓶了。有时也会有蚂蟥粘到脚肚上,老马有办法,用手拍打几下,那蚂蟥便会自动落下来。抓到山螃蟹后,我们会找一块空地,捡些干柴,架起点燃,将那些山螃蟹丢入其中烧,当山螃蟹往外爬时,我们就用枝条把它们扒拉到火中,直到一个个烧得焦黄流油,吃起来香脆无比。

后来,流出传言,说那些山螃蟹是不能吃的,吃了肚子里会长虫子。传得很厉害,学生们再也不敢去五七厂抓山螃蟹了,我和老马虽然偷偷去抓过一次,但因为惧怕那些传言,终是不敢烧了吃,也就失去了兴趣。现在想来,那些传言,或许是厂里人为了防止孩子们进厂抓螃蟹故意传出来的吧。

升入高中后,我们再也没有进入那山中了。如今,那山上的糖铃树不知是否还在,那山中小溪里不知是否还有山螃蟹。如今的梦中,能让我笑醒的事情真是少之又少,而这些童年趣事就是其中之一,便显得尤为珍贵了。

心灵的那把钥匙

王哲珠

我对她印象真正不好是从第一次点名就开始的。刚接到这个班级时,上一届班主任指着她的名字跟我说要注意她时,我是不太在意的,心想,一个四年级的女学生,能调皮到什么程度。但点名时,我才知道自己想错了。

　　林秋娜！我喊了两声，她才从最后一排座位上慢吞吞地站起来，拖着长长的音调不耐烦地应了一声，半偏着脸斜着眼盯着我。这在全班一片响亮的应答声中显得太突出了。我心一震，脸也跟着一沉，但呼了口气后，我微笑着点头让她坐下。

　　还没来得及好好了解她，她先把事闹出来了。开学不久，她的同桌就哭丧着脸找我，说林秋娜狠狠捶了她的背。我让另一个同学把林秋娜喊到办公室。一会儿后，那同学气呼呼地跑来，说林秋娜不但不来，还骂她。我一怔，连我这个班主任都没办法把她"请"来？

　　周围的几个同学争着告林秋娜的状，老师，她一向就这样，动不动就打人骂人，可凶着呢。我们都不跟她做朋友。我了解了，林秋娜在同学们中是比较孤立的。我让其他同学先离开，自己到了教室里，林秋娜正黑着脸，绷着身子站在课桌边。我笑着朝她招招手，她看了我一会儿，终于慢慢跟在我后面进了办公室。

　　我先问她为什么不肯来办公室。

　　她梗着脖子说，我干吗要听她们的？

　　我差点笑起来，这孩子。不过，还好，她不是故意跟老师作对的。我说，这个你可错啦，怎么是听她们的，她们只是替我传传话，可不是她们在命令你。她不说话了。

　　我指指她的同桌，能说说你们之间怎么回事吗？

　　是她先打我的！她突然提高声调，气得眼眶发红，很冤枉的样子。

　　我说你先别急，我就是了解一下。并让她同桌好好把事情说清楚。

　　原来，是她同桌跟其他同学玩的时候，不小了撞了她一下，她抬起拳头咚的捶了一下同桌的背。

　　我转过脸，对着她同桌，这就是你不对啦。

　　老师，我是不小心的。

　　那赔礼了吗？

　　还没来得及说对不起，她就……林秋娜脸色缓了一些，但还是黑着脸说，她们就会说是不小心的，一定是故意的。

　　我呵呵笑起来，她们被我笑得莫名其妙。

我还以为多大的事呢,不小心碰了一下嘛。秋娜,你可真有趣,人家明明是不小心的,非要想成人家对你有意见才满意?开始是人家不对,后来可就是你的不对啦。我跟她说明,同班这么多同学,不可能没有点小摩擦的。别说是人,自家的牙齿还会不小心咬了舌头呢,这么说,该把牙齿敲掉啦。

我见她嘴角出现了忍不住的笑意。这次谈话让我对她有了基本的了解,觉得她其实是个挺讲理的孩子。接下来跟她家长接触后,我终于理解秋娜为什么有这种性格了。

那天,上过早读后,秋娜还未到学校上课,也没有接到她的请假。我往她家里打了电话,一个男人粗声粗气地接起了电话。

你好,秋娜的家长吗?她今天没有上学,是不是有什么事?

我是她爸,她死啦。那男人气愤地说。

我吓了一大跳,重复着,我是说秋娜,我是她老师,她在家吗?

她死啦,早上我用席子卷了丢掉了。男人不耐烦起来。

放下电话,我有些无措,想着是不是该报告学校。

好在我回到教室时,秋娜背着书包来了,眼皮红肿着。我让她先上课。放学后,才把她喊到办公室,让她坐下,准备跟她好好谈一谈。开始,她不大愿意搭腔,但慢慢地,她开始说话了。原来,秋娜的父母一向这样,有什么就破口大骂,或大打出手。昨晚,秋娜跟父母吵起来了,跑到奶奶那儿住了一夜,早上父母也没找她。就这事,我暗地里把秋娜的父母请来了一次,交流了一通,让他们试着用温和点的方法来教育秋娜。虽然她父亲开始并不太乐意接受,临走时还是说他可以试试。

我对秋娜开始更关注起来。一天,下课走过她课桌时,见她正埋头画着一幅画,画上有房子,有小白兔,有花儿,整幅画颜色鲜艳,煞是好看。我停下来,看着那画,微笑地赞赏着,画得真好看。她脸上出现我从未见过的柔和的表情,有些腼腆地笑起来。

我说,我很喜欢这画,能送给我吗?

她很惊讶,但随即高兴地笑着,我家里还有比这更好看,比这更大的,明天我拿一幅送你。

　　第二天一大早,秋娜就把画送到我房里来,果然比昨天的更好看。我把画小心地压在办公桌玻璃板下,说,这样多好看,我查作业也有好心情。她笑得灿若春花。我看着她说,秋娜,我发现你笑起来真好看,你以后可要多多地笑。

　　我不知道那句话她是否真的记住了,但以后我每每碰到她,她都是笑着脆生生地和我打招呼。

　　因为这笑,慢慢地,她身边也有了些伙伴。课堂上,因为这笑,不单是我,其他科任老师也乐意提问她。因为秋娜本身是很聪明的,反应也快。当她第一次进入班级前三名,我奖励她时,她站在讲台上直笑,我对全班说,这笑容真美,我喜欢这种笑,大家一定也喜欢吧。掌声哗哗响成一片。

　　卡尔·罗杰斯说过:"人类的机体有一种天生的'自我实现'的动机,所以其他动机都是这种自我实现的不同表现。"学生身上发生的问题都有一定的原因,教育有必要寻根究底,真正把问题解决,才能把"病根"彻底去除。学生有学生的世界观和是非标准。如果我们只看表面,流于形式的处理,学生在教师"威严"下暂时服从,但心里的委屈。思想上的结没有解开。学生不可能真正做到自觉地养成良好的行为习惯。

　　只有用心灵才能真正赢得心灵。

往事如昨

童年的我与我的童年

孟祥宁

院子里的梧桐老了吧？

我望向窗外，粗粗的树干愈加歪斜，像一位老人佝偻着身体。我仿佛看到了几个孩童，手上拿着狗尾巴草，围着大树转圈圈。他们跳着笑着，跑着闹着。他们时而坐在台阶上歇息，时而拍着手喊"土豆丝，土豆皮"。他们的脸上是满满的笑容，他们的心里是不含杂质的纯净。那个梳两个辫子的小女孩，最喜欢穿粉色的花裙子，黑色的小皮鞋，风吹过她的发梢，熟悉的眉眼，熟悉的幼稚的小脸。

早晨不用担心迟到，一个豆包和一碗粥，便能让我开心一个上午。邻家的小伙伴背着书包，蹲在楼下玩着泥巴，我蹑手蹑脚地走过去，轻轻拍一下她的左肩，然后迅速站在她的右边，待她醒悟过来之后，我一脸得意地哈哈大笑。

我们拉着小手，在林荫道上向学校走去，有时看到路边的鲜花开了，还会轻轻摘下来一朵，戴在头上，甜甜地笑着。有人出来遛狗，会跑过去抚摸它柔顺的毛，学几声狗叫，没有一点害怕的神色。当看到哥哥姐姐从身边"嗖"的一声骑车而过，耳朵里塞着耳机，我们小小的心里总是充满了羡慕。羡慕他们不用走这么漫长的路，羡慕他们可以悠闲的听歌，羡慕他们潇洒地骑着车。可是长大了才突然明白，小孩子永远看不到的，是他们书包里沉沉的书本，听不到的，是他们耳机里流利的英语课文，感受不到的，是他们必须很快骑到学校否则就要站在走廊罚站的焦急心情。

　　小学校园是最快乐的地方。上课的时候，老师为了鼓励我们，回答一次问题奖励一朵小红花，每次老师的问题还没说完，我便将手举了起来，有同学比我举得高，我就将身体挺得倍儿直，屁股离开椅子一点，努力将手伸到最高。老师点到我时，我便朝那同学做一个大大的鬼脸，然后一边挠着头一边不好意思地问老师："刚才的问题是什么呀？"惹得全班哄堂大笑。

　　下课了，我们像一群从笼子里放出的小鸟，一哄而散，跑到操场玩跳房子，用粉笔画上方格，扔一个沙包单腿跳。有时不小心摔倒在地，爬起来不是疼得哇哇直哭，而是一脸耍赖吵着重新再来一次。

　　吃过晚饭，院子里的小伙伴会不约而同地来到梧桐树下集合，趁着夜色玩捉迷藏。我总是躲得最隐蔽，藏在楼道里的木板后面，也不怕蜘蛛网或者小虫子，静静地屏住呼吸，听自己的心怦怦直跳。最狡猾的时候，我掏出钥匙，躲在自己家的小房里，轻轻带上门，坐在废旧报纸上扶着妈妈的自行车。直到听到一声"放羊啦"，我才屁颠屁颠地跑出去。

　　夜越来越深，头上的月光透过梧桐叶照在我们身上，仿佛一只只梅花鹿，我们尽情地奔跑着。不一会儿，他家的窗户打开了，"亮亮，该回家啦！"她家的窗户也打开了，"圆圆，该回家啦！"我们依依不舍地告别，期待第二天在学校的见面。回到家不情愿地洗洗玩得黑乎乎的小手和脸，倒在床上进入甜甜的梦乡。

　　童年被浓缩成美好的一天，总是充满着欢笑与喜悦，没有压力烦恼，没有勾心斗角。那时候的我，傻得可爱，傻得纯真，傻得快乐。长大后得到了很多，也失去了很多。知识越来越多，想象力却越来越贫乏，少了纯真的笑，多了忧伤的目光。

　　"越长大越孤单，越长大越不安，也不得不看梦想的翅膀被折断，也不得不收回曾经的话问自己，你纯真的眼睛哪去了？"熟悉的歌，可每次听都会掉下泪来。

　　梧桐树下那个梳着两个辫子的小女孩，我终于看清，那就是我。

　　她还是那么开心地转着圈，仿佛永远也停不下来……

　　那就是童年的我，与我的童年。

最温情的校园散文

难忘师恩

孟祥宁

　　窗外淅淅沥沥的雨,落在这座城市,发出好听的沙沙声。有几只小麻雀飞到窗台避雨,叽叽喳喳聊着天,说着我们不懂的语言,小脑袋不时地晃来晃去,样子甚是可爱。

　　我坐在椅子上,整理我的书本,无意中看到了几个卡通日记本,我轻轻翻开已经有些破损的封皮,歪歪斜斜的文字映入眼帘,语言是那么的稚嫩,插画也很随意,现在看来并不是很美观。李老师的红对勾那么耀眼,批语满含鼓励之意。下雨天总是会勾起我的回忆,往事在大脑中翻江倒海,如昨日般清晰可见……

　　李老师是我小学的班主任,她总是扎一个乌黑亮丽的马尾辫,戴着一副金边眼镜,喜欢穿各式各样的裙子,非常和蔼可亲。她上课永远微笑着,每当同学们犯了错误,她总是"凶狠"地批评完,然后继续微笑,永远就事论事,从不往下延伸。李老师是我的启蒙课老师,在她的鼓励与引导下,我慢慢对文学产生了浓厚的兴趣。

　　李老师自己做了一个红花榜,贴在教室的右墙上,上面整整齐齐排列着全班同学的名字,只要完成一篇摘抄,就用按章在他的名字上按一个小红花,写一篇日记可以按两个小红花。我们都兴奋不已,当天我就认认真真地在日记本上抄了一篇美文,于是我得到了第一个可爱的小红花,我还清楚地记得我回家时高兴得手舞足蹈。

这之后，我更加努力了，我每天都会写一篇日记，摘抄了许多好词好句，这为我日后的写作奠定了基础。我在班里的红花数是最多的，每次我骄傲地看着那一竖列的小红花，仿佛看见一个个小脑袋在冲我微笑。

期末的时候，李老师为了奖励我，送了我一个崭新的日记本，封皮是可爱的卡通小熊。我每次在上面记日记，都会一笔一划地写字，还画了许多插图。上面记录着我成长的痕迹，这个日记本至今还保留完好。

我写的一些作文发到报刊上，我拿着样刊有些害羞地递给李老师，李老师看到后在全班表扬了我，还要大家都学习我的勇气。我非常感谢她，是她让我充满对文学的热爱与信心。

四年级上完后，李老师就不再教我们了，离别的那天，全班同学都哭了，李老师也是眼泪汪汪。她说，无论以后谁是你们的班主任，都要听他的话，因为老师永远把你们当作自己的孩子，他们都倾注了自己的心血与爱。

李老师虽然不教我们了，但她和我们同学的感情却是最深厚的，每逢假期，小学同学聚会都会叫上她，她还是那么美丽、那么年轻，像那小红花一样坐在我们中间笑着，她看着长大了的我们，不禁感叹时光流逝，可我们知道，我们在她的心目中，永远是一群长不大孩子，需要她的爱与教诲来扶持我们长大成人。

吹自己童年的泡泡

孟祥宁

给我一堆沙子,我可以建造一座城堡;给我一块泥巴,我可以烘焙出香甜的面包;给我一支画笔,我可以在卧室的墙上描绘出五彩斑斓的世界。

如果我还是小孩子的话。

又看到记忆里的旋转木马了,只是木马上的油漆已经褪色,只是音响里传来的音乐已经变了,只是木马上坐着的小孩子已经不再。物是人非,勾起我对童年的那一丝眷念。

还想再坐一次旋转木马,只是看到牌子上写着"儿童游乐设施"后,停止了向前的脚步。

忘了从什么时候起,我就已经远离了"儿童"这个字眼,它现在对于我来说是那么陌生,仅仅只是代表着一段永远也回不去的美好时光。我对于童年的记忆,又是那么的贫乏,如果早知道会长大,就应该努力记住的。

他们说,你真幼稚,现在还想坐旋转木马,应该去坐过山车。我说,是啊,我就是这么幼稚。

过山车的轨道涂着红、黄、蓝三种颜色,在阳光下熠熠发光。我仰着头,眯着眼,望着他们在空中飞速奔驰、旋转,我也只能在地上仰望惊叹,却无论如何也没有尝试的勇气。

自然而然地低下头,竟然发现身边有许多小孩子,他们大概两三岁的样子,即使是春天,也没有脱下厚厚的冬季棉袄。其中一个小男孩吹着泡泡,其他的孩子全部围了过来，跟着泡泡一起跑，他们尖叫地跑着，迈着小小的步子，却也很快。风将那些泡泡带上了蓝天，望着飞舞的泡泡们，他们的嘴撅得老高，而抓住泡泡的小孩子则开心地大笑着，露出一排尚未长全的牙齿。

看着他们，我情不自禁地笑了。突然想问自己的爸爸妈妈，我小时候是什么样子的，也像现在一样爱玩、爱闹吗？虽然照片里定格住了我的笑脸，可总觉得是那么的遥远和模糊，如果可以回到过去，该有多好。

他们都说，我是一个幼稚的人，我对此并不否认。幼稚何尝不是一件好事呢？难道一定要变得成熟，才算真正长大吗？在我心目中，幼稚不幼稚并不重要，重要的是，无论何时都要保持一颗童心！

我的很多朋友，她们学着大人的样子化妆，做各式各样的头发，穿妈妈的高跟鞋，戴很大很大的耳环，然后淑女般地迈着猫步。问我感觉如何，我只是笑笑。再看看自己，顶多用洗面奶洗脸，只是扎一个简单的马尾辫，穿舒适的运动鞋，蹦蹦跳跳地走路。

我喜欢洋娃娃，喜欢和同学开玩笑，喜欢看动画片，喜欢吃棒棒糖，喜欢玩跳房子……这些在别人眼里很幼稚的事情，我却做得有滋有味。

我们的童年已经过去，少年时光也即将走到尽头，还有多少青春等待我们来消耗？又还能有多少个幼稚的日日夜夜等待我们来玩耍呢？

趁着自己还能幼稚的时候，多幼稚一会儿吧！不然等到长大了，就再也没有机会在父母身边撒娇，在想哭的时候放声大哭，在空旷的郊外玩捉迷藏了……

一个泡泡飞到了我的脸前，伸手轻轻一碰，溅到鼻尖上一些肥皂液，仅仅是一小瓶肥皂液，却能吹出这么多美丽的泡泡，虽然他们在空中漂泊的时间也只有短短的十余秒钟，却演绎出了一段段透明的美丽童话，而只有像小孩子一样的眼睛，小孩子一样的心境，才能真正读懂。

我突然很想再回到过去，回到像那些小孩子一样吹泡泡的时光。

我向一家有着红色屋顶的小卖部走去，然后握着属于自己那一小瓶肥皂水，吹出了无数个属于自己童年的泡泡。

最温情的校园散文

早　餐

孟祥宁

　　早晨起床，凉风吹走了前几日的燥热，皮肤不再是粘粘的感觉。我舒舒服服地伸个懒腰，然后像往常一样向爸妈问好。在我喊了他们几声之后，发现无人应答，猛地一拍头，瞧我这记性，爸爸去上班了，妈妈去医院看望生病的姥爷。那早餐怎么办？我看着空空的冰箱，眉头皱成了麻花。出去买点吃的吧，我这样想着，喜上眉梢。

　　我踏着轻快的步伐，朝阳暖暖地照在我的身上，我哼着小曲，朝肯德基的方向走去。大胡子爷爷和蔼可亲的微笑浮现在我的脑海，我的嘴角偷偷荡起一丝笑意。

　　我习惯性地将手插进衣兜，却只摸到皱皱巴巴的几张一元钱，我一张张展开，希望奇迹会发生，可结果是连一杯可乐的钱都不够。大胡子爷爷的笑脸瞬间变成碎片，我无奈地叹了口气。

　　我突然想起了《不差钱》，如果我问，可乐里的冰块要钱吗？阿姨笑着回答，不要，免费加的。然后我嚣张地大笑，那我要一杯冰块。

　　我慢悠悠地走着，眼睛左看右看，像一只馋嘴的流浪猫，嘴角淌着哈喇子在垃圾堆里觅食的样子。突然，我看见了一个炸油条的小摊，然后美滋滋地跑了过去。流浪猫左找右翻，终于叼着一只死老鼠屁颠屁颠地溜了。

　　这个比喻真不恰当。

　　这家油条摊有很久远的历史了，自打我有记忆以来，它就一直在那里了。

起初只有两把长凳，一张大桌子，男人炸油条，女人招待客人。那里的油条干净卫生，食用油第一遍炸油条，然后用来烙饼，加上离我们小区很近，所以每天早晨都挤满了人。

我很久没来了，这里支上了一个大帐篷，桌椅已经有三排多。我透过人群的缝隙，看到了他。

他是我的小学同学，炸油条的是他爸爸，正盛豆浆的是他妈妈。

他在放假的时候会来帮忙，只是干一些很简单的小事，收收钱啦，端端饭啦什么的。每次我看到他，都会有一股心酸的感觉。小学时，他在班里学习成绩很好，人缘也很好，可是因为家里穷，最终上了一所很普通的初中，对于那些只要送送礼就能进重点的富家子弟，他并不眼红，每次提到这事，他总是微微地叹口气，便不再多语。

小时候，我常吃他家的油条，然后满嘴油腻地夸他，你家的油条真好吃。他害羞地笑笑，脸还红了。我经常帮他拉拢顾客，到处宣扬我同学的油条好吃，于是院子里的爷爷奶奶叔叔阿姨小朋友都来他们的小摊吃，旁边卖煎饼的直瞪我。

可是当我们毕业了，上了中学后，我在大街上见到他，他却失去了往日的笑脸。他穿着奇怪的服装，头发抹了啫喱，香得令人想打喷嚏。我跟他打招呼，他只是淡淡地看了我一眼。我说，改天我还去吃你家的油条哦！他警惕地看了看周围的人，快步离开了。

我失望地站在人群中，不知道自己说错了什么。

也许，因为我们都长大了吧，无意中，我们便被一样东西深深困扰着——虚荣。

我好不容易从队尾一直排到第一个，他妈妈认出我了，笑着问我吃点什么。我正想将刚刚在大脑中默念的那一串句子吐出来，却无意中瞥到了他的眼睛。

复杂的眼神，失去了往日的单纯。

"那个……我要……两根油条、一个……糖片……还有……哦！一碗……豆腐脑。"我磕磕绊绊地终于说完了，然后松了一口气。

最温情的校园散文

"好嘞！姑娘找地方坐吧。"她又开始忙碌了。

他妈妈是个麻利的女人，盛饭端饭都很快，走起来很轻盈，说话声音洪亮，对人也很有礼貌。尤其是她的记忆力，能毫无错误地记住每一个人要的是什么，多少钱，即使顾客自己都忘了，她都能一点不差地说得很清楚。

因为人多，只有一个角落里的桌子是空着的，我坐了下去，然后又想起什么，突然站起来，掏出纸巾擦了擦椅子，才放心地坐下去。

我的位置挨着炸油条的大锅，油烟不时被风吹过来，吹得我直咳嗽。

很快，他妈妈就将饭端了过来。一个红色的塑料筐，里面放着油条和糖片，塑料框上沾满了油污，我赶紧用一张吸油纸抓起油条来吃，好像生怕那油条在里面多待一秒钟就会腐烂似的。

豆腐脑在一个缺了一个小口的瓷碗里很安静地躺着，我用勺子轻轻舀了一口，放进嘴里，立马烫得舌头都麻了，我赶紧用手扇扇。这里可真闷热，有苍蝇在饭桌上乱飞，我将它们全部赶跑，却发现自己的腿已经被蚊子咬了好几个小红点。

旁边的桌子坐着几个工人，他们有的光着膀子，有的衣服撩了一半，一边嚼着口中的食物一边扯着嗓子说话。他们身上的汗臭味好像在空气中被发酵了，一直散发到我的鼻尖。

我抓紧时间吃，再也不想在这里待下去了。

于是手一哆嗦，竟然将勺子掉进了碗里，怎么也捞不上来。我急得流出汗来。

他妈妈看见了，赶忙又拿了一个勺子，我尴尬地说声谢谢。

他妈妈脸上的皱纹越来越多，头发也大片大片地白了，她为了这个家，过早地消耗了自己的美丽，她为了这个家，每天起早贪黑，手上磨出了茧子，却从来不说一句怨言。

那群工人吃完了，用手背一抹嘴，就满心欢喜地走了。他们黝黑的后背泛着汗珠，在阳光下闪闪发光。他们走向了不远处的一个建筑工地，他们要继续一天的工作，在四十度的高温下，没有防晒霜，更没有遮阳伞，任劳任怨像牛在田里耕地一样，只为了一家人的生计。

突然有什么在我的喉咙里噎着了。

他们都是劳动者,是最光荣的,他们用自己的双手支撑起一个家,用自己的双手创造着和谐社会。

我扭头看他们的"风卷残云",很干净,没有一点剩下。他们都很饿吧,他们不能随便用自己的血汗钱去吃肯德基,或许,他们觉得在这里吃的一顿早餐,就是他们心中的饕餮大宴。

我吃着吃着,突然觉得这顿早餐是那么的美味,我们没有名贵的珠宝首饰,但是我们穿的都很干净,我们没有豪华别墅,但是我们生活得幸福又美满。

我吃完饭,交了钱,总共才一块七。他妈妈让我把钱交给他,我看着他笑,他将头低下去,随后找给了我三个一角硬币。

我看着他,像很久之前我们的样子。

我在心里说,谢谢你,这顿早餐我吃的很好。

伪洁癖

孟祥宁

最近发现一个很有趣的现象,班里某些同学自称有洁癖,不允许别人坐他们的椅子,不允许别人用他们的文具,每次将自己的桌子擦得干干净净,从头到脚全是名牌,一天换一身,不允许有半点灰尘。可是他们却随地吐痰,更有甚者,吐完痰还用自己阿迪的球鞋踩上去抹一抹,不小心被同学窥视到了,竟然脸都不红。有的女生,宿舍的床单一天换一次,不允许有一点褶皱,别人不小心将她的毛巾碰到地上,她立马就翻脸,将毛巾扔进垃圾桶。可她半夜吃饼

最温情的校园散文

干,饼干渣掉一床,一边听着歌一边玩手机,困了倒头就睡,连牙都不刷。我称这类人为伪洁癖。

洁癖就是太过干净,可是伪洁癖是要求别人干净,自己脏点无所谓,但是不能让别人污染了他们。这类人自己做出一些很肮脏的事情,并不在意,但是他要是看到别人这样对他,心里就受不了,总觉得自己不干净了,就想要逃避。

他们大多是家境富裕的公子哥和娇生惯养的大小姐,在父母的过度呵护下成长,在人际交往中自命清高,对社会的免疫力最差。

他们瞧不起普通的同学,就像城里人看不起乡下人,白人看不起黑人,基督徒看不起异教徒……他们自恃高贵,其实最浅薄可笑。

伪洁癖的眼睛里容不下别人带来的沙子,却无视自己身上的沙子。

生活中有许多人属于伪洁癖,毫不留情地将别人的错误一针见血地指出来,劈头盖脸地大骂一顿,自己犯的错误却总是极力掩饰,或者干脆不管不顾。

伪洁癖没有正确认识自己,在心里留下了一个错误的观念,就是自己永远是对的,别人永远要服从自己。

有位妇女总是嘲笑对面女人太懒惰:"那女人的衣服,永远也洗不干净,总是有污点。"有一天,她的好友来到窗前,终于发现了原来不是衣服洗不干净,而是她家窗户脏了。这位妇女顿时脸红了。

老舍说,无论在什么时候,一个人都不要过高估计自己,过低估计别人。我们要想在人际交往中获得更好的印象,必须正确认识自己,将自己的缺点及时改正,同时要多注意别人的优点。

大多数人犯的毛病,是能看到别人身上的不足,却不知道自己错在了哪里,所以,我们需要做的是:多看别人的优点,多包容别人的缺点,多改正自己的不足。

戒　指

孟祥宁

　　快到母亲节了,大街上的店铺早已摆满了康乃馨和各式各样的礼物送给
鸡汤,班里的女生一下课就叽叽喳喳地讨论该买什么样的礼物送给妈妈,唯独
角落里的一个女生沉默不语,她叫玉儿。

　　玉儿是班里唯一一位生活在单亲家庭的孩子。她现在已经记不清爸爸的
模样了,她只记得在很小的时候,听见的摔盘子的声音,还有爸爸喝醉酒后大
声骂妈妈的声音。妈妈最终忍受不了,于是他们离婚了。妈妈把玉儿从小带
到大,妈妈没有文化,只得在一家工厂做苦工,每天早起晚归,她也很懂事,学
习成绩很好,在班里考试每次都是第一,还经常帮妈妈干些家务事,家里的衣
服都是她洗的,饭也是她自己做的。妈妈对此很欣慰,只要向邻居提起玉儿,
她就眉开眼笑,那眼角的鱼尾纹也变成了最美丽的点缀。

　　玉儿现在很矛盾,她不知道要不要给妈妈买个礼物,她明白家里穷,钱都
是妈妈流汗流血挣来的,但她太希望妈妈能有一件漂亮的衣服了。她小的时
候妈妈就一直穿着一件深蓝色的上衣,和一条褐色的裤子,穿坏了就补,上面
已经有许多补丁了。她一想起来,心中就泛起一阵阵涟漪,她将头深深地埋在
了自己的手掌心。

　　放学的路上,她看到橱窗里有一条白色的裙子,她想妈妈穿上应该很美
吧,于是她决定买这个作为礼物,她走进去问了问价钱,又默默地走了出来。
她明白,自己的零花钱根本不够,于是她决定亲自做一份礼物送给妈妈。做什

么呢？她这样想着，转眼就到了家门口，她无意中看到了院子里的狗尾巴草，想起小的时候妈妈曾经用狗尾巴草编过一个戒指给她戴。她脑子一转，对了，就给妈妈用彩绳编一个戒指吧，爸爸离开了她们，但是她还是希望能有一个美满的家庭，她希望这个戒指能够给妈妈带来好运，希望能再找一个男人支撑这个破碎的家。

玉儿心灵手巧，买来绳后仔仔细细地编，她编了一个心形的结在上面，样式小巧可爱，看着戒指她会心地笑了。

母亲节到了。玉儿放了学，早早就回家了，她在妈妈还没回家之前做了一桌丰盛的晚餐，虽然没多少肉和鱼，但都是妈妈最爱吃的菜。她将戒指放在手心里，等着妈妈回家。天黑了，玉儿听见开门的声音，妈妈疲惫地走了过来，看到一桌美味佳肴后，露出惊喜的神色。

"妈妈，母亲节快乐！"她将戒指戴到妈妈的无名指上，正好适合，那双苍老的手在戒指的点缀下显得格外美丽。

"这个戒指会给妈妈带来好运的，我希望你能有第二次幸福美满的婚姻，我不在乎有一个后爸，只要他真心对你好，你能够幸福快乐……"

窗外的鸟儿都已睡熟，偶尔像梦呓的孩子一样叫上几声。她仿佛看到院子里的水塘中开满了一大片一大片代表爱情的并蒂莲，芳香的气味氤氲缠绕在鼻尖……

一定会幸福的。

一定会的。

远去的奶奶

孟祥宁

夏天总是天黑得很晚。远处的夕阳映着大片大片的云朵,余晖徜徉在河边。蝉还在不知疲倦地叫着,倦鸟归巢。风,飘向远方。

我沿着河边踽踽独行,清癯的身影在余晖的映衬下拉得长长的,茕茕孑立在这个灰色的大地上。我无聊地踢着脚下的石子,空气中依然弥漫着午后阳光的热度,粘粘的汗沉重地压在脸上,让人昏昏欲睡。很久没有修剪的头发慵懒地贴在头皮上,刘海早已遮住眼睛,模糊一片。抬头,用手将头发拨开,眼前清晰了许多。不远处,一位老奶奶领着一个小女孩。老奶奶头发花白,背也有些驼,正在给小女孩讲故事,应该很有趣吧,不时传来女孩"咯咯"的笑声。女孩梳着马尾辫,左手拿着一根棒棒糖。她们的背影在夕阳下熠熠发光,洋溢着幸福的味道。

这样的场景,在我的生命中,已经不复存在了。仿佛是遥远的事情,又仿佛就发生在昨天。

想起我的童年,那段美好天真快乐的时光,我好像又回到了从前。

从小,奶奶在我心目中的形象,一直是高大勇敢慈祥的女神。她总是精神矍铄,脸上挂满了笑容。一到周末,爸妈都会带我去奶奶家,每当这时,我就会高兴得又蹦又跳,因为我最喜欢听奶奶讲故事了。奶奶总是和我一块儿坐在床上,然后像模像样地拿出一本书,戴上老花镜,样子甚是滑稽,还边讲边用手比划着,她好像能把故事中的小人儿讲活了一般,真的好神奇啊,听着听着我

最温情的校园散文

就会高兴地拍手叫好。

后来，我上了小学。由于爸妈工作繁忙，奶奶便经常接我上下学。有一天放学，同班小朋友欺负我，拽着我的书包，我很害怕，眼泪都快流出来了，奶奶看见了，连车也不顾就跑了过来，往他面前一站，奶奶一米七多的个子，俨然像个英勇的骑士，吓得他松开手，头也不回地跑开了。奶奶还会给我编麻花辫，一边一个，再绑上蝴蝶结，煞是好看。同学经常夸我，问这是谁给编的啊，我便自豪地告诉他们是我奶奶给我编的呢，然后他们便投来羡慕的眼光。

六年级的时候，奶奶的身体状况愈来愈差，去医院一检查，竟然是胰腺癌！多么可怕的字眼！那天晚上，我口渴，去倒水喝的时候，无意中听到爸妈在屋里的谈话，胰腺癌是癌症中最痛苦最难治疗的，一旦发现就已经是晚期了……我端着杯子的手猛地颤了一下，接着传来玻璃破碎的声音，地板上开出了一朵又一朵的水花，交织成一片错落的地图。

奶奶多么年轻啊，刚刚六十岁。她一生都没过上好日子，从来没有过过一个生日，就连我们也把她的生日淡忘了。她一向节俭，从不乱花钱，连家里添一台洗衣机都不肯，总说手洗得干净，那玩意儿不值。没有人明白奶奶每天晚上要强忍多少病痛的折磨，却从不开口提自己的不适。

最后一次见到奶奶，那时我正在上课，妈妈突然来了，跟老师说了几句话，然后把我叫了出去，原来奶奶快不行了，让我再看看她。我们打车到了医院，一片死寂的白，病床上那个瘦弱的老人就是我奶奶吗？原本矍铄红润的脸变得泛黄，眼睛空洞失去光泽，看到我们来了后，好像有些惊喜，我跑上去，在她耳边轻轻地说：我还想听您给我讲故事，再讲一个好吗？

眼前一片朦胧，泪早已在脸上氤氲一片。夏天总是天黑得很晚，可一黑起来，就快得很。老奶奶和小女孩早已消失在视线中，一切的一切都在提示着我，原来我站了很久了。

奶奶的背影突然出现在黛色的天边，迤逦前行，那个地方叫天堂吗？

奶奶，等等我。

我拼命地跑，任凭眼泪在脸上滑落。然后风干。

教师节的礼物

禅香雪

短　信

第二十五个教师节,对此我已经麻木。成人的行为和言语全都商业化,缺失了人文关怀的气息。各级领导到学校慰问。校长组织几名亲信接见,阳奉阴违一番之后,便是点头,便是哈腰,便是呵呵地笑。其余的教师,讲课的讲课,备课的备课。口干舌燥,腰酸背疼,没人送一杯温水,没一个领导送一句温热的慰问。节日跟河渠的流水一般,不分季节地流淌,那些领导却借此赚得一点做官的政绩,好坐着旋梯步步高升。

在这样一个清秋的节日,我仍然收到来自天南海北的短信——学生的短信。稚嫩纯真的问候祝福如泉水般汩汩流进我僵化的心房,有了动听的潺湲音韵。我没关手机,坐着,敲字写诗,寻找黯淡日子中的一点生趣。

2009 年 9 月 9 日 23 点 58 分,手机闪了一下。打开一看,是一个未署名的学生的短信。他说,在这样一个日子,这样一个时辰,祝福老师健康快乐永久,师生情谊与太阳一样永永久久。看后,我有点感动。放下手机继续写诗。2009 年 9 月 11 日 0 点 0 分,又一条短信,是同一个号码。写道,我就不信还有谁比我的祝福到得早。祝福老师节日快乐,永久快乐。

关了手机,我的眼角有些潮湿。在这样一个温暖稀少如冬阳的社会,还有多少纯净质朴不带功利色彩的祝福？谁能静静守候在手机旁，等着分分秒秒的时间慢腾腾走动，就为给老师发最早的一条祝福短信？直到现在，我还不知道这个学生叫什么名字。只有一串蕴蓄着素朴之爱的电话号码。他们今年高三，学习任务异常艰巨，时间如同拉在弓上的弦，如同转瞬即逝的风，还要在这样一个寒凉的秋夜等最合适的时刻给老师发一条最温暖的短信，我怎能不感动？我能想象出两三个合住的学生凑在一盏昏黄的灯下，编辑短信，等着零点的到来。当日子交替的秒针落下时，这个学生肯定用颤动的手指使劲按一下"发送"，那颗闪闪发光的金子般的心便沿着电波向我跑来。我感到他们激动的心跳，和着我的心跳一起，合奏成最奇妙的神曲在夜色里流淌，淙淙有声。

清晨醒来，打开手机，短信爆满，几乎都是学生的。他们起得好早。淳朴的，华彩的，感人的，冷静的，各种祝福纷至沓来，让我麻木的心轻盈盈活泛起来。我迅速起床，踏着白银银的露水向校园走去。

2009年9月10日0点0分0秒，我躺到床上准备休息，又收到一条短信。是我们班长的。他说，让我们的问候伴着节日的余音袅袅散去，让我的问候为您的疲惫催眠，祝老师做个翠绿的美梦。我笑笑，给他回条短信，说，你呀，这么晚还没睡？老师感动的同时还会心疼。发送完毕，我关掉手机睡觉。那晚，我睡得很踏实很沉稳。

小　熊

节日，我一直不赞成学生给老师送礼物。学生没有经济来源，本来就伸手向家里要钱，怎么可以再用这些钱给老师送礼？更何况有很多家庭特穷困，孩子上学的学费都是借的。我们班有个男孩，成绩特好特善解人意。他母亲精神失常多年，父亲拉扯他们兄妹几人不容易。家中穷得连个像样的凳子都没有，客人来了只能坐在炕头。哪儿来的钱给老师送礼？我每年都会为他争取各种免费项目和奖学金。

但是，老师的节日，学生总想对老师表示一下。学生集体凑一点钱，宽裕者多出，贫寒者少出，甚至可以不出，他们会给老师买束康乃馨，或者做手工艺品等。学生每年都会花很少的钱买最有纪念意义的礼品，表达对老师的感激之情。

二班的语文课代表娟子，是个特清秀文静的女孩子。她读高二时转到这个班级，就主动要求当语文课代表。她说她喜欢语文。原来的课代表分科时学文去了。她刚好有了这个机会。高二一年，她做得非常好。不管课前背诵、还是课后作业，都能认真负责，一丝不苟。她的笑是老师最舒心的疲惫调节剂。看到她，我感受到她浑身散逸的青春气息，真想拣一个阳光明媚的日子扮一回清纯的少女，和他们一起欢唱跳跃。

教师节那天，中午放学，我刚准备回家。娟子给我打电话，让我在楼门口等她一下。娟子穿着红夹克走出崭新的教学楼时，仿佛一道美丽的虹影闪出。她提着一个小袋子，踏着碎步向我走来。

打开袋子，是一个毛茸茸的杏黄小熊，好可爱，摸起来绵软有弹性。脖颈上绕着一条斑马条纹围巾，几根红绒线顺溜地挂在胸前。小熊鼓起白色的腮帮子，黑黑的小嘴撅起来。两个拳头上举，两条腿顺溜地伸长着。四肢协调，不胖不瘦，身材匀称，头顶一个钥匙扣。娟子说，这个小熊就是您可爱的学生，可以挂在包上，也可以挂在手机上。还有一个包装很精致的小盒子，打开一看，也是个小熊，是水晶玻璃做的。机智的小熊站在玻璃球中，两手前胸相交。小熊穿着粉色衣衫，头部用核桃纹的塑料做成。玻璃球下端成葫芦坐状。腰间挂着一条淡紫色的花边裙。脚底有个控制电源的开关，摁一下，就会有大红蓝紫两色光交替闪烁。小熊的眉目在闪光中格外清晰。针孔大的彩色纸片一群群在玻璃球的水里游动，像河中的金鱼那般游动自如。

这个工艺品很精巧。我伸开手几乎能把它握在掌心。它五脏俱全，精妙别致。一定又让学生破费很多钱。我问娟子。娟子说，没花多少钱。更何况这是高中最后一年，老师已经辛苦两年了，而且还要为我们再辛苦一年。送这个是全班同学的心意。娟子说完，去教室上自习了。我一看，塑料袋中还有一张写满字的纸条。

"老师，2009 年 9 月 9 日 9 时 9 分 9 秒，我们一起度过，很喜欢您的笑。那是一种幸福，看一眼，烦恼会顷刻间烟消云散。与您在一起的每一节课，都显

最温情的校园散文

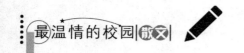

得那么短暂。好想人生的每一节课都有您的教导启示。最后,祝老师节日快乐,身体健康,笑口常开。"落款为高二二班全体同学。

我带着娟子的心愿带着高二二班所有学生的祝福回家。我把毛熊挂在床头,把水晶小熊摆在床头柜子上。每天晚上一上床,就可以看到它们。看到它们我就会想到这些纯净如春水般的孩子们。每天上课我都会面带微笑喊起立坐下,微笑着和学生们进入高考的系统复习中。

新　书

9日晚上,轮到我跟晚自习。下自习后,一班语文课代表打电话让我等着他,说有急事找我。我很担心地等在那里,是不是学生有什么意外?正想着,课代表刘欢跑到我跟前,拿出一本书递给我。我一看,是《遍地温柔》。塑料封皮还没打开。我摩挲着这本书,笑了。刘欢说,这是咱班一个新转来的学生托她哥哥从宝鸡买来的。他说,他都没想到这个新转来的学生竟然这么细心。

记得暑假补课时,我在课堂上给学生讲到一个作家冯积岐,讲到他的长篇小说《遍地温柔》,讲到他的短篇小说《刀子》。父亲住院时,我没事干,到医院附近的书屋借书看。忽然看到一个朋友提及的冯积岐的小说《遍地温柔》。于是借回去,用了一天一夜的时间读完。因为第二天父亲出院,我必须还书,所以读得不是很仔细。但是读完后,意犹未尽,还想再读一遍。小说的语言诗意般铺畅,极尽变化之美。特别是极富创造力的比喻把汉语言的功用发挥到极致。后从朋友处借来《刀子》短篇集,读得三日不知肉味。上课时讲到语言的修辞运用,我就举小说中的例子给学生讲。学生听后拍手称奇,啧啧惊叹。

最后我又说可惜我一直没有买到那本书。真的很想再找来读一遍,把那些奇妙的语句和片段全整理摘抄下来。但是找了很多书店都没有找到。说完我们就继续上课。假期的补课紧锣密鼓,忙得晕头转向。说过的很多话自己都记不清楚。

没想到这个学生却记下了这件事。从假期补课到现在一月有余,她不知跑了多少书店,都没找到。后来就托她哥哥在宝鸡买。买到了。好在,教师节前她把书托班长送给了我。但是,她却不肯写上自己的名字,也不准刘欢告知我她的名字。晚上,她给我发了短信,说,看老师那么喜欢这本书,她就想一定要帮老师完成这个心愿。还说以后有什么事尽管说出来,她很愿意帮忙。我问她的名字,她死活不说。还说如果她讲出来,怕我对她特殊照顾,这样就违背了她送我书的初衷。

学生哪里知道,因为我给冯积岐老师写的《刀子》评论得到赞赏,他已经给我送了一本签了名的《遍地温柔》,但是我会坚守这个秘密。把这本没有撕破包装的新书保存好,摆放在我书架上最醒目的地方。等到明年她考上大学我再买本她喜欢的书送给她。

可爱单纯又真诚善解人意的学生呀,他们是我在这个社会最值得信任的人。与这些大孩子在一起,许多时候,我觉得我也变成了孩子,找到了一种久违的少女情怀。有时也会和他们没大没小地玩,玩到忘记自己的年龄。

结语:校园是一方净土,学生是待开垦的荒地,是未雕琢的璞玉。我们扛把锄头,小心翼翼除草,培苗。我拿把雕刻刀,精心雕琢出他们的眉眼。让他们的心灵像山里的小溪一般永远清明明的。

含羞草

王哲珠

在上届班主任那里,每个层次学生的情况都了解到一些,就是没听到林东鸿,他实在太普通了。

第一次注意到他是一次提问。问题很容易,孩子们纷纷举手。我的眼光

扫过去时,发现高举的手中间有双发亮的眼睛,他没有举手,但平放着的手胆怯地动着,手指向上抬了抬又放下,只是他的眼睛直盯着我。发现我看着他,眼光很快地掉开。

林东鸿,你来回答吧?我微笑着向他伸出手。

大家的目光刷地落在他身上。他有些无措,愣了一会儿,垂着头站起来,脸涨得通红,嘴唇动了动,始终没有说出话。

我走下讲台,给他鼓劲,你说出来了,可以再响亮一些吗?

他的头垂得更低,就要埋到书桌上去了。

老师,他不会。身边有同学说。我示意大家安静,听他再说一次。但他却不出声了。

我没想到他会害羞到这种程度,只好让他先坐下。

接下来的时间,他一直趴在桌子上。同桌提醒了几次,他都没坐好。我差点发脾气,只是提个很简单的问题,也没有批评,就娇气成这样?不过还是忍下来,我应该再了解一下这孩子,可能有更好的方法。

课后,我本想找他谈谈,但最终没有。这是一个极端害羞的孩子,回答不出问题已经很难受了,再跟他谈,他反而会把问题看得更严重。不如把事情淡化,让他觉得没什么大不了的。有时,越急于求成,越希望他走到前面,他就越往阴影里退却。

一个星期后的课上,我有意安排小组朗读,特意让林东鸿和周围三个同学为一个小组,给他制造一个既可以表现又不会太害羞的机会。果然,跟同学们在一起,他自然多了。虽然他的声音很小,但他读出来了,而且挺流利。

我高兴地对他说,你读得很流利,感情丰富,能评 90 分,如果再响亮一些,就能评到 95 分。

热烈的掌声中,林东鸿又是满脸通红,但这一次是因为激动和兴奋。

下课了,我走过他身边时,故意让课本滑出来掉在地上。他吓了一跳,但很快帮我把课本捡起来。

我笑着说,谢谢,我手上满是粉笔灰,不敢抓课本,你帮我拿到办公室好吗?

他红着脸点点头。

放下课本,他就要走。我留住他说,我上课总是一手粉笔灰,怕脏了课本和教案,问他以后下课能不能帮我拿课本教具之类的。

他转过脸,眼睛亮着。这是他第一次敢跟我正视。他心灵的窗户已开了一丝缝隙。

慢慢的,我会提一些容易的问题让他回答,他敢开口了。我还跟其他科任老师沟通,让他们尽量给他制造一些回答问题的机会。通过一些锻炼,我们温柔地鼓励他向前、再向前一些。

真正的锻炼是一次大扫除。大多数同学都报了名,东鸿却没有。我有些失望,因为他值日做得不错。后来,他同桌跑来说东鸿想参加大扫除,可不敢报名。这是个机会。我宣布,由于报名的同学特别多,只选出值日做得好,负责任的同学,尤其是林东鸿同学。大家听到林东鸿的名字时,都向他投去羡慕的眼光,他掩嘴直笑。

那次大扫除,他争得了红花。也是在那一星期,我看到他犹豫着半举起来的手。他心灵的窗户里有光透出来了,是一点点呼唤出来的。有了这光,以后的光芒便会更加灿烂起来。

那时,我肠胃不好,每天熬中药喝。一次,正端着中药发愁,东鸿竟跑来教我怎样喝药才不苦,因为他自己曾生了病喝过很多中药。我感谢他教了我一招,并夸他坚强。他顿时脸红了。

一天,东鸿搬了个花盆来,种着两颗小小的草。说是同学给的,想先寄放在我窗台上。

不过,东鸿一直没把草拿走。我提醒了几次,他只是点头,下课了会偶尔过来给草浇水。几个星期后,草长大了,很可爱,是含羞草。

后来班长告诉我,含羞草是东鸿自己带的,想送给我,又不敢直说,编了这么一个美丽的谎言。抚着嫩绿的叶子,我感到这轻轻合拢又开启的叶子,真像孩子们脆弱而充满希望的心灵。

我跟东鸿说,含羞草真美,再不记得带回家,我可就留下啦,因为我很喜欢。他展颜欢笑地直点头。

最温情的校园散文

到学期末,东鸿已成了小小的活跃分子,成绩提高,当上了小组长,每天收发作业,管理小组成员的校章和红领巾佩戴情况。他个子小,被调到最前排,有时,粉笔写完了,我转身的时候,空的粉笔盒会奇迹般地装满了彩色粉笔。讲台下的东鸿,脸上满是小计得逞后的伶俐。他不再是恨不得把脸钻进书包的东鸿了。我微笑着,继续去寻找还合拢着叶子的含羞草。

孩子 老师向你们敬礼

王哲珠

学期即将结束,我忙得焦头烂额,学期初所定的培优转差计划以及对个别学生的专门辅导也有些松懈下来,甚至有种我不敢承认的得过且过的心理。

小鹏看来却丝毫没有放松,他是坚持得最认真的一个。每天放学守在我的房门口,静静看我忙,只要我一空闲下来,他便进来,认真地说,老师,我还有课文没背完,现在听我背吧。为了锻炼学生的朗诵能力,也为了让他们积累词句,开学初,我曾让同学们尽量把课文背下来,不过在自愿的前提下。随着紧张的复习,我也不加催促,大部分同学没有坚持到底,我也差点淡忘了。本想对小鹏说,这个时候,自觉去背就可以了。但见他异常认真,忍不住听他认真地背起来,真惊讶,他把所有的精读课文全背了下来。

过了两天,小鹏又拿了他出的试卷本子交给我,老师,还有两个单元的试卷没有出呢。这是他第三次提醒我了,这一次我不得不严肃地对待他的提醒。也是在开学初,我满腔热情地让一些学生自己出单元试卷让其他同学做,并自当小老师负责查卷讲解。开始学生很是新奇,一丝不苟地找题,头头是道地讲解,确实锻炼了他们主动学习的能力,我也必抽时间为他们解答。但这要花费许多时间和精力,后来学生的热情渐渐淡下来,但既是自觉提高的,我也不在意。小鹏却是每单元必出,并征求我的意见,每次我都说,好,我提醒其他同学。但并未真正重视,甚至觉得他过于认真了。这次,小鹏把期末的试卷都出了,连课外阅读和作文都有,出得也很有针对性,看得出,这些题是经过他认真查找的。我把小鹏的试卷刻印出来,作为期末的复习卷。看着他满脸自豪的神采,我羞愧满面。

面对小鹏,我开始审视自己的不负责和无原则性,发现在我不长的教师生涯里,不知多少次毫不在意地忽视了学生的原则,而失去了自己的原则。记得教四年级的英语时,学校订了一套精美的单词画片,学生很是喜欢。小松一次次问我,这画片该到哪儿买。当他得知是学校自订的,市场难以买到时,小松下定决心似的说,老师,您每天借我一些,我要自己画下来。我有些吃惊,但随即认为这是小孩子的大话,也没在意,便答应了他,让他去试试也好。要知道这一套画片有好几十张,每张都是十六开纸那么大,单上色就不知得费多少时间,何况还要画轮廓,写大号单词。十多个星期后,小松兴冲冲地把一大叠画片放到我面前,我愣住了,一张不少,每一张跟原来的一般大小,画得比原来的还要鲜艳。我也想过要画下这样一套画片,但我完全用功利主义看待自己的时间和精力,精明得不愿去动手,更主要的是我没有勇气去做。我为自己轻估了自己的学生而感到羞愧。

孩子们已有自己的原则,我们没有理由端着高高在上的姿态,没有资格漫不经心地忽视他们每一个想法。所谓大人们的精明与经验,请不要硬套给孩子,他们有自己的想法、自己的世界呢,那个世界肯定闪闪发光。孩子,老师该向你们敬礼的。

散　步

黄南军

　　散步是一种心情，是一种在心灵空间的踏歌而行；散步又是一种幽思，是对前尘往事的追忆，是对今天和未来的丈量；散步锻造着一个人的凝重感，将人生旋转的经典刹那间舒缓成涓涓流水，在小桥流水边，在灵魂的天堂徜徉……走向纵深，走向无限的征途。

　　在纷纷扰扰的世界中，难得有此宁静的闲情去游走江湖，浏览街心花园，欣赏来往的人群，品味故土人情，走在寂寞的雨巷，这一切，都来自于内心的不安与骚动，是无日无夜的孤独牵引你走进繁华，融入陌生。散步，是将自我尘封的心散淡成翩翩落花，是让自己在距离家的千里之外去漫走千山万水，明为散心，实则是为了超脱自我，去追寻应该去追求的足迹，那不长的行程，在你的脚步里变得悠长而深远，有时你会无心去观赏周围的一切，你的身姿在风中摇曳着，在灵魂里舞动着，仰望着天，看风起云涌，看落日散尽，看自己潮湿的心……

　　在人生孤立的境地里，我们更多的时间是与自我去相处，与寂寞为舞，在跳动的节奏里分不清是慢三舞步还是轻快的华尔兹节奏，随着心情，随着生命的摇摆变换着步伐，变动着方向，燃着一支烟，在空旷与虚无中寻求真实的暗香，芳香好像沉醉很久，在古典与现代的气息里，左右去凝望，却找不到自我的芳心。

　　世界之大，空间之广漠，我们无法完全用自己的双脚去走完全程。生命本身是个过程,人往往扮演着生命过客的角色,散心,散步,散淡着忧郁,淡化着寂寞,交融于山水之间,你会乐而不知道回返,也不计较时间的悠长。从清晨走到黄昏,在一个又一个无人的阶梯里走着,四周还是寂寞寥落,倒是山间的清泉在潺潺地流动着,好像在和你倾吐着温情,你寂寞着,融入着大山的寂寞,走进宽阔的空间,在延展你的胸襟。寂寞,其实并不恨寂寞,只是早点能真心地去懂得自我的消遣和排解苦闷的方程式,当走过一路风尘,你渐渐释然,在很多境遇里,你要学会去散步,学着不要过分地计较生命的结果,因为领略其中的风景和感受其中的韵味尤为重要!

　　我喜欢漫步,只是在现代的节奏里无法真心地感受人生的风景,但我会利用休闲的一点时间,忘情于尘世的烦忧,走向自我的感觉里。在水泥地面,在乡村小道,在大山深处,都曾经有过我的足迹,我就像一颗孤独的灵魂在自然里穿梭着,来来回回找不到起点,也忘记了终点,感觉哪里能让我驻足,我就停下脚步去观赏,融合于一片风景,又追寻着另外一片风景,投放着心情,散步在我的感觉里是没有章法,没有定位,没有目的的目的。其实生命中很多的事都这样,你刻意为自己设计着目的,有时却改变着方向,我觉得散步能将我束缚的思维逐步地放开,像打开我的明净的窗,一步步地走近,一步步地感受和感悟流光溢彩的空间里不同的人情和不同的色调,在小小的自我世界里扩大着自己的视野,丰富着人生的阅历,我找到了自我的灵空,在陌生的人与陌生风景之间去架起一座桥梁,在这样的氛围里,你才会真实地去漫步,不计较别人的看待,不需要别人的观赏,也不谈论眼前的一切。感到漫步在江湖,有时找不到江湖,有时看尽了江湖,却还是融合不了江湖。因此,散步中能更多地思索我的人生,我苦闷的源泉,我孤独的影子,我忧郁不得志的缘由!

　　漫步红尘,你会看到形形色色的人流,有老的,有小的,有漂亮的,也有丑陋的,有谈论街头市井的,也有专注做买卖的,千姿百态,风景依然。当你不小心走在街道的公园,你经常会看到许多满头银丝的老人相互携手走在公园的小径里,坐进梨园,看春风吹拂,看人潮散去,看百味人生,难得能一生漫步到老年,直到永远的。我很羡慕那些相濡以沫的老年夫妻,他们的散步是一树风景,是一种和谐,是一首心灵的夕阳之歌,是一个永远延续的感情故事,是一段

永远也走不完的爱情之路。

我记得有这样一个故事:在古时候,有一个非常富有的员外之家,他家良田千亩,并且自己家开有印染厂,纺织布厂。他有一个儿子,很小的时候就让儿子去了附近的一座庙里做了一个化缘的俗家和尚,当时他儿子虽然很小,只有8岁,却不愿意离开自己富有的家庭。可员外说,你不能老在家里,这样你成不了大器的,你要善于走出去,懂得去观赏,在行走中去增长见识,虽然你还小,很快你就长大了,假如我老把你留在家里,你什么都不知道,就是把千万家产给你,你也不会懂得支配的,也会很快化为乌有。所以我希望你在外面漫步,在游历中懂得苦的甜的,孤独的,寂寞的味道,还有世间的一切真实的情感元素,以及做人处世的经典,都会在你的漫溯中,行走中找寻到,体会到,你总有一天会明白我的心思。说完忍痛将孩子交给了方丈。

在人世间的行走中,他好像找不到目标,但却有千万条道路在他的眼前,哪里都会有光亮,哪里都有行善施德的人群,哪里都有他流连的风景。他觉得把长途的跋涉当作人生的一次次散步,一次长途的游历把它分割成眼前都要去感念的风景去留恋,这样才不会疲劳,而且每一个风景都是人生的一个小的片段,他慢慢地懂得了很多,也懂得了人世间的疾苦和苍凉,也懂得如何珍爱自己和关爱别人,在他人生的散步中,他找到了自己存在的价值,找到了真正的自我。

当他还俗回到家时候,员外感到非常激动,感动得热泪盈眶,因为他希望自己儿子能成为什么模样的人的心愿现在终于实现,感到儿子在谈吐,人生经验,各方面都是一般人所无法比拟的,他以后可以放心地把家产交给他了。

人生在行动中去感悟真理,体会成功的奥妙,在散步中找到生命波澜里的心的灯塔,因为在漫步人生的时候,你慢慢地懂得了自己,慢慢地化解着自己,慢慢地还原着真实的自己,慢慢地走向新的生活和新的人生旅途!

离别的车站

黄南军

　　人经常在旅途中奔走,也会走过很多的地方,但我们经常流连的地方那就是车站了,车站就像一个大的家庭,将来自四面八方的人群汇聚在了一起,东西南北任你去遨游,车站成了人们暂时停留和休息的去处,然而在这里演绎了多少悲欢离合,多少曲折离奇的故事。

　　多情自古伤离别,人生的车站我们经常去走,离开自己熟悉的家园,奔向远方,我想游子的心里是有股愁愁的滋味,不仅仅是离开亲人,忍受思念之苦,还有对前途的未知,迷茫。望着川流不息的人群,你会觉得自己犹如一朵浪花。

　　离别时的心情就好像是打破五味瓶的感觉,酸甜苦辣尽在其中。记得我第一次面对离别的时候,是我考上大学第一次出远门,以前我还从来没有离开过家。现在我怀着对新的天地的向往,像个刚出巢的小鸟,我找到了飞翔的翅膀,我要飞了,我要走了,我感觉无比的激动和兴奋！我走到我妈妈的身边,拉着妈妈的手说:妈妈,你和爸爸不要去送我,我都这么大了,我会怕什么呢,我又不是找不到车站,又不是找不到校园,你们别担心了。可妈妈还是执意地说,虽然你长大了,但在我们心里你依然是个孩子,你可从来没有出过远门,我们不放心。看到父母的担心,我不再说什么了,家里人为我打点好了行李,就和父母踏上了火车站的路途。在中巴车上,我望见外面的风景,心中洋溢着春的气息,骄阳似火,燃烧我的心,但我看着父母亲,他们静静地坐在我旁边,母

最温情的校园散文

亲拉着我的手，不肯松开，她担心这一离去，我们就很难再见面。此时此刻，我无法真正懂得父母的心情。只见他们都比以前憔悴多了，为了我们几个孩子操劳了一生。这时，我感到深深地歉疚，我很想更多地去孝敬他们，陪伴在他们身边，为家分忧，可是我现在能做到吗？不能！所以我只有暂时离开这令我眷恋的故土，等将来有了工作，好好报答我的父母。凝望着，我的思绪久久不能平静……

到了车站，人潮涌动，整个车站挤满了人，父亲背着我的行李，迈着蹒跚的步伐向车站大门走去，母亲牵着我的手紧随其后。走进车站，父亲为我排队买票去了，母亲和我坐在候车室的椅子上，一再叮咛我，出门在外，一切都要靠自己，注意安全，注意身体，好好学习，在外面有什么难处，就给家里打电话。这时，我看见母亲眼睛的泪水，我不知道是高兴的泪水，还是离愁的伤感，但我从母亲的眼角分明看到的是一丝忧郁和牵挂，还有对我的希望。我轻声地应允，妈，你放心，我会好好学习的，不会让你们失望，放寒假我会回来的……在不经意间，我看见了售票窗口，父亲站在长长队形的后面，我看到父亲明显苍老了，头发有点花白，背也有点微微地向前倾斜，岁月的洗礼让至亲的容颜慢慢地失去了往日的光华，在他们的身后，那是用爱书写的人生轨迹。我不忍再看，也许我想得太多——在这离别的车站。

良久，母亲又从内衣口袋里掏出了一个手帕，打开手帕，里面是几张薄薄的钞票，大概八九十元钱，又塞到我的面前，你拿着，在外面买日用品用，整钱慢慢地花。我说你们拿着，我的钱足够了，不要了，我上大学拿了家里这么多钱，心里都不是滋味。那些钱是父母一点一滴积累而成的。可母亲不容我再说，硬塞进我的口袋，望着母亲干瘪的手，我心里好像在哭，但我应该高兴，我是家里第二个大学生，我想我为家里争得了荣誉，我会继续努力的。从售票窗口走来的父亲终于为我买好了火车票，只见他满头大汗，用激动的口吻对我说，你不会误点的，有我们啦！在我的心里，父母就像我宁静的港湾，总会让我去停靠，让我去依赖，火车马上就快到点了，父母坚持要把我送进站台，我说算了，你们太辛苦，我会难受的，母亲依然牵着我的手继续朝前走，朝那列停留在站台的火车走去……

当我坐上火车的那一刻,我回过头,看着父母在不停地招手、仰望,并且随着慢慢前行的火车望着,我看到父母的身影渐渐远去,停留定格在站台,像一树风景呈现在我的面前,回望着快速奔驰的火车,想着停留在车站的父母,以及我的家……泪水顿时奔涌了出来,撒向我眷恋的家园。

这么多年,每当想起父母,我就会想起曾经第一次离别的车站,让我感动,使我留恋!那曾经的伤怀,曾经的失落,曾经的孤独,一起朝向那离别的车站,我会回来的。远方的亲人,我想念着你们!

离别的车站,每天都在上演不同的人生风采,那悲欢离合,那久离故乡的相逢,都汇流在这小小的天地里。

离别的车站永远藏留在你的心里,那里有你的故事,有你的情怀,有你的眷恋,有你的伤痛……

孩提时代的连环画

潘硕珍

童年时代,最早接触的课外读物就是连环画,吾乡人俗称画本。鲁迅写过《连环图画琐谈》的文章,对连环画作了考证:

古人"左图右史",现在只剩下一句话,看不见真相了,宋元小说,有的是每页上图下说,却至今还有存留,就是所谓"出相";明清以来,有卷头只画书中人物的称为"绣像"。有画每回故事的,称为"全图"。那目的,大概是在诱引未读者的购读,增加阅读者的兴趣和理解。

连环画依据制作形式,分白描画和电影图片两种;依据内容长短,分单本与多本两种。白描连环画最为传神,电影画本立体感虽强,总觉得背景黑了些。多本连环画看起来过瘾,借阅过程中容易丢失,留下残本的遗憾。孩提时代,谁没读过图文并茂的连环画?连环画就是童年时代的启蒙教材,是帮助我们成长的精神食粮。

从别人那里或借或租,即与连环画一见钟情。梁园虽好,但终归是人家的。我不敢将别人的画本据为己有,因为主人在扉页上写有"画本好看,借去不还,全家死完"的咒语,约定当天下午归还的,你不敢推迟到次日早晨。爱上可以随身携带的连环画后,一定要花钱买到手,成为自己的一份弥足珍贵的精神财富。偶有朋友上门,便从纸箱子里一一取出来,夸耀自己的富有。那时候的连环画,价格低廉的,五分钱一本,价格高昂的,也不过三毛八九。作为不挣钱的少年儿童,买一两本心爱的连环画,并不是唾手可得的事情。我过年时挣的压岁钱不足 1 元钱,全都在戏场里买成水果糖、葵花子和梨子,进了肠胃了。而买连环画的钱,都是从父亲安顿买货的零花钱中贪污来的,有时也挖些防风、柴胡,带进城里换成钞票,舍不得买一个白花花的馒头(每个 2 角钱)吃,也要昂首挺胸地走进新华书店,买一两本连环画。最后忍受着饥饿,拖着疲惫不堪的步伐,慢腾腾地挪完 20 里路程。到家时,已经一字不漏地看完画本,画本上也不可避免地沾上了带有指纹的汗渍。我买的连环画,多本的有四大名著,也有《铁道游击队》,单本的有《阿炳》《关汉卿》等。歇缓时,看一两本连环画,有提神作用;到遥远的山岗上,给生产队放牧牛羊时,阅读多本连环画,可以解闷,度过单调寂寞的时光。上师范学校时,手头略有宽余,一下子买了十几本《东周列国志》连环画,却丧失了当年废寝忘食读画本的那种童趣。我离开故乡后,那些连环画留给了弟弟,先是七零八落,最后一本不剩。

留在记忆里的记忆

大　可

　　祖父一生从事乡村教育工作,授业解惑,释疑修身,可谓万人敬仰。后来,历史和祖父开了一个玩笑,政府和祖父开了一个玩笑,只可恨这个玩笑也实在开得太过分了。祖父身心所遭受的磨难,非一般人难以想象,就是他老人家的孝子贤孙,也不可避免地受到了无故的牵连。由此在我内心引发出种种情绪,又不能书写成文,只好记在心里。

　　由祖父联想到老师,除过"阳光下最神圣的职业"这个感受之外,其中又有敬重祖父的成分在内。只要一提起老师,我会自然而然地想起祖父,想起他老人家慈祥的面孔,想起他老人家温和的言语,就连他老人家走路的姿势,都时时出现在我的梦中。可以这样说,祖父的举止言行,对我一生的影响是巨大的;他老人家的学识品德,他老人家的做人原则,他老人家的为人处事,已成为我一生行为的准则。

　　一九八零年农历五月十三,这天在我一生当中有着十分重要的意义:祖父在这天辞世了! 可想而知我的心情有多么悲痛,可事实就是那么不近人情,我只有将这份无限的思念,深深地埋在心里,直到没有阳光没有温度没有声音的那天……

　　从小学到忻州商校,自己在学校读书的生涯,少说也有十三年。本村小学五年(一九六八年至一九七二年),白石初中二年(一九七三年至一九七四年),下佐公社五七农技校二年半(一九七五年至一九七七年六月),豆罗高中二年

最温情的校园散文

半(一九七八年一月至一九八零年七月),忻县商业学校二年(一九八零年十一月三日至一九八二年七月十日),真所谓十年寒窗苦读书。现在想起学校生活,真是悲喜交加,酸甜苦辣,一言难尽啊!

但是,在这十四年读书求学期间,所有教过我的老师们,却时时潜入我的脑海,叫我常常难以入睡。我不能忘记他们,没有他们,也就没有我现在的身份和地位,我更不会写出四五本书来。因此,在这一篇里,我尽可能多写一写他们,算是报答他们的一种方式吧!

提起我的老师,应当首推吴果花老师。她老人家是山西省汾阳县人,老牌大学毕业生,人长得有福,个子也高,脸上经常带着笑容。尤其是她说话的声音,实在是好听。在我们名字后面,她老人家习惯带一个"子"字,听起来倍感亲切。

在教学上又有一套因材施教的办法,每年公社统考,寺庄小学的成绩都排在全公社前一二名。她的教学方法,不是那种死记硬背,她一个人教一至五年级,一共有二三十个学生,先给一年级的学生讲一遍课文,然后让他们自习。接着给二年级的学生讲一篇课文,然后让他们再自习。接着再给三年级的学生讲一篇课文,然后让他们再自习。接着再给四年级的学生讲一篇课文,然后让他们自习。接着再给五年级的学生讲一篇课文,然后让他们自习。这样四十五分钟的时间也就到了,然后就下课了。

听吴老师讲课,好像是在听弹钢琴,那么自如,那么轻松,那么愉快,像行云流水,像春天里的细雨,像夏天里的微风,像秋天里的庄稼,像冬天里的雪花。

小学时候,我们班只有七八个人,因为我的学习成绩,也因为我的一贯表现,所以我是班里没有任命书的班长。五年级那年,我被学校推荐到公社,又被公社推荐到忻县,最后在《忻县小报》上登了我的事迹。那年六一国际儿童节,我被推选为全公社五个学生代表之一,光荣地坐在庆祝大会的主席台上,观看文艺表演节目。

也就是那年冬天,在我身上发生了一件大事情。我记得好像是学校刚刚开学,依照旧例要全面打扫卫生,我打扫墙面时,无意把墙上的毛主席画像扫开一个小口子,这下可闯下大祸了!当时学校里驻着贫下中农管委会,他们很快意识到这是一起极其阴险、极其反动的反革命事件。

此时,他们又联想到祖父的身份。随即召开全校师生大会,还有贫下中农参加,让我在大会上公开做检查,承认罪行。当时我只有十岁,我不明白。

他们不管你明白不明白,他们不管你懂不懂,反正是天天让你做检查,学校也天天召开批斗大会,我站在学校的台子上,低着头,眼里流着泪,心里流着血……

对此,吴老师也爱莫能助。但她老人家非常同情我的遭遇,有事没事就把我叫去她家,所谓的家,也就是学校里的一间空房子。然后给我讲一些我能听懂的话儿。我知道她老人家是在开导我,指点我。然后取出她家里的所有书来,让我看。印象中有一本红皮书,好像是《星火燎原》,里面的内容没有记忆。尽管那时看不懂书里的"故事",却给我留下了爱看书的良好习惯。

一次考试,题目是地理方面的一道考题,原题记不清了,大意是举例说明中国地理西高东低的原因,我在答卷后面,以村北牧马河水从西向东流为例,以此说明中国地理西高东低。后来,吴老师还把我的答卷贴在教室后面的"学习园地",让其他同学学习。

吴老师是什么时候来我村教书的,我不知道,我只知道她老人家有三个孩子,二女一男,随她居住在学校,老大是个女孩,小名叫林林,人长得特别漂亮,我还为她写过一首诗,题目叫《企鹅》,收在我的诗集《月色情人》里面。我喜欢她,但是她那么高贵,我不敢有"癞蛤蟆吃天鹅肉"的想法。

后来,吴老师随夫调回太原钢铁公司某中学教书,我刚从吕梁调回忻州时,还特意去她家看望,她老人家身体很好,性格还是那么开朗,说话的声音还是那么洪亮。中午时分,她留我吃饭,我找了一个借口,走了。倒不是说我不愿意在她家吃饭,而是觉得我应该请她吃饭才合情理。那时自己生活还很拮据,实在是掏不出请客的钱来。

只有祝福她老人家健康长寿,万事如意。

上初中时,有位老师名叫邓松涛,湖南省人。他老人家喜爱文学,每天下午上自习课的时候,他老人家就给我们朗读著名作家浩然写的短篇小说,虽然

最温情的校园散文

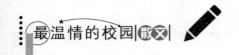

不是那个时代的主旋律,但邓老师那特有的湖南腔中间,又夹杂着一些山西口音,从他嘴里发出来的声音,就是另外一番滋味。尽管现在想不起当时他念的什么内容,但对于我来说,那却是世界上最美的文章了。"作家"二字在我心里留下了深刻的印象。由此在我心里埋下一颗种子:长大当一名作家。

我对文学的爱好,也就是从这时萌发生芽的。

后来,听说邓老师回了湖南老家,我多次打听他老人家的地址,想把我最近几年出的书,给他邮寄几本,也算是学生对老师的一种回报方式。后来,打听到的消息却是,他老人家已经走了……我只能遥望千里,寄一缕哀思。

上了中学,有一位老师对我影响至深。他老人家名叫赵三寨,系忻州城东街村人氏,早年毕业于天津大学历史系,成绩优异,留校做了助教。虽说赵老师学的是历史,但他老人家对其他学科都有极其深厚的功底,尤其是语文。记得他老人家给我们讲苏轼《赤壁怀古》时,讲着讲着,他竟然忘情地唱了起来,好像他老人家变成苏东坡似的,真是声情并茂,有声有色。

赵老师讲课还有这么一个习惯,就是讲课时,总是戴着一副口罩,好像是怕粉尘吸进他肚子里。每天早晨,我们跑操时,见他老人家在操场上慢悠悠地打太极拳,那个姿势,好叫人羡慕。

庙林里的往事

黄　泽

家乡寨子不大,只有几十户人家,却有上百株几人合抱的大树,林木交错掩映,树影婆娑,在浓荫笼盖下,斑驳的光影间,有一座寺庙,叫林映寺。林映寺连同后面的树林,寨子里的人习惯上叫它庙林。不管是刮风下雨还是严寒酷暑,也不管是早晨还是黄昏,这林映寺总是隐约露出一副沧桑的面容。

我对佛学并无研究,只知道这林映寺和贵阳黔灵寺、后山天灵寺一样,早年属于四川双桐派,至于修于何年、何人所修我是从来不大在意的。我的记忆里,关于这座寺庙的印象,只有一些断壁残垣。倒是寺庙后面浓密的树丛间,弥漫着我童年许许多多的欢乐。

寺庙后面的树主要有两种,一种是几人合抱的大树,树冠庞大浓密,大多是黄杨、檀木之类;一种是灌木,丛中还杂生着一些碗口粗细的斑竹。那时我还不知道苏东坡"宁可食无肉,不可居无竹"的诗句,也不知道郑板桥 40 余载"日间挥写夜间思"的典故,但在灌木和竹丛中掏鸟蛋,捉小雀子却成了我和小伙伴们的趣事。竹子太柔软,不等你爬到顶尖,就连人带窝摔到地上,鸟蛋也碎了。所以我们一般只在浓密的树丛中去找地麻雀窝,有时运气好,碰巧遇到竹鸡蛋,就找来柴火烧着吃,别具风味。

树林里落叶很多,日积月累,地上铺了厚厚的一层。走在上面,软软的,对于平日里光着脚丫乱跑的我们,有着说不出的温暖柔和。

庙林简直成了小伙伴们的天堂。

最温情的校园散文

学校就在寺庙里,平日里,只要一下课,我们就一窝蜂跑到树林里,找块稍微宽敞点的地方,把书包堆放在一起,然后我们就四散开来。树林里极为幽静,光线很暗,只稀稀疏疏洒下几块太阳的光斑。这个时候,整个庙林就只听得见小伙伴们稚气的吆喝声了,别的什么也没有。我们一玩起来,就如疯了一般,直到听到家里父母拖长声音叫回家吃饭,才惊慌失措地跑回来,在事先堆放书包的地方,争先恐后地捡起地上的书包,往家里赶,有时连书包也拿错了,回家难免挨父母一顿训斥,然后被父母领着,像赶鸭子一样挨家挨户寻找,直到找到属于自己的书包为止。

庙林也给整个寨子里的人们带来了欢乐。这一片偌大的树林里,蕴藏着一笔可观的财富,需要用树木做个家具什么的,到林子里走一趟即可。寨子里有好几个木匠,寨子里所有人家用的凳子、椅子、床,都是他们帮忙做的,有的还常常到外村去做,可以换几个零用钱。

每到春天,云贵高原的雨水,就像珍珠一样,一串一串地下个不停。雨中的庙林,笼罩着静谧,沙沙的雨声随着风飘得很远很远。有时会传来一阵凄婉悲凉的二胡声,仿佛在述说着一段哀怨的往事。住在庙里的"上山下乡"的一位老师拉得一手好二胡,爱在雨中黄昏,凭窗对林,在袅袅炊烟里,用二胡声述说自己的一腔心事。

风雨中的林映寺,在庙林的阴影中若隐若现,更加显得苍老和弱不禁风。

从我记事时起,寨子里的人,每年都要到庙林里砍伐不少的树木。等到我已成人,那茂密的树林早也不复存在,只剩下寺庙前后不大不小的几棵树,孤零零地在风雨中残喘,似乎在向人们述说着什么。